そうして俺たちは、
盗賊の討伐へと旅立ったのだった。
ラファンからケルグの町までは、
馬車でゆっくり移動して三日ほど。
乗り心地イマイチな馬車に、
何とも牧歌的な風景、
俺たちの精神もダレ気味である。
「あ
こんな感じかぁ」
ふぅ
見上げる俺に、
荷台の
る。
「あま
いようにね？
盗賊
たって
出るかもしれないんだから」
異世界転移、地雷付き。5

「……うわぉ」

「……ナオ、やりすぎじゃね？」

ゴウッ――!!

巨大な火柱が立ち上がった。

少し離れて立っていた俺の前髪が、
熱風でふわりと舞い上がる。

「助かった」

「わ、私は……」

何か言いかけたハルカを
俺は強く抱きしめた。

エディス
トーヤの隣にうっすらと浮かび上がったのは、少女の姿。
腰まである、やや青みがかった銀色の髪に、細く華奢な身体。
その姿は可憐で儚げだった。
――やっべ。
この姿で懇願されてたら、一も二もなく依頼を
引き請けてたかもしれない。全員が言葉を失っていたが、
ハルカが気を取り直したように、ポツリと言葉を漏らす。
「……ねぇ、エディス、
その姿……盛ってない？」

サイ
エステル
人の少ない食堂内を
見回してみれば、一人いた。
年は俺と同じぐらい、
珍しいことに女の子の冒険者である。
斜め後ろからなので
顔はよく見えないのだが、
後ろで結んだ薄紫の
セミロングの髪が印象的。
そんな俺の視線を感じたのか、
振り向く様子を見せたので、
俺は慌てて食事に戻る。

異世界転移、地雷付き。
いせかいてんい、じらいつき。
5
いつきみずほ
Illustration 猫猫猫

口絵・本文イラスト：猫猫猫
装丁：ＡＦＴＥＲＧＬＯＷ

CONTENTS

ISEKAITENI
JIRAITUKI5

プロローグ ―― 005

第一話 俺たちはどう生きるか ―― 029

第二話 意外な再会？ ―― 073

第三話 幽霊屋敷 ―― 136

第四話 盗賊討伐 ―― 171

サイドストーリー 「俺の冒険はここからだ!!」 ―― 231

「異世界転移、地雷付き。」周辺マップ

プロローグ

この世界に転移してきて数ヶ月。

冬が来る前に安心して暮らせる拠点《きよてん》を手に入れるべく頑張《がんば》った俺《おれ》たちは、なんとか費用を工面《くめん》し、ついに自宅の建築に着手した。

だが、そんな俺たちの野望を阻《はば》むかのように、自宅完成間近にラファンの町へと襲来《しゅうらい》したのは、キノコ災害だった。

キノコと家。

元の世界なら、その両者に関係性ができるのは、熟成された汚部屋《おべや》ぐらいだろう。

ましてや、キノコで建築が止まることなど、あり得ない。

だが、あり得ないのは、キノコの大きさとその成長速度だった。

正に一瞬《いっしゅん》という速度で成長し、家を破壊《はかい》せしめるパワーと巨大《きょだい》さを持ったバーラッシュというキノコの存在は、夢のマイホーム建築中の俺たちには驚異《きょうい》にして、脅威《きょうい》である。

しかも、街中に林立するそのキノコの処理に大工の手を取られ、必然的に工事は停止。

俺たちだってキノコの脅威は他人事《ひとごと》とも言えず、冒険者《ぼうけんしゃ》ギルドや錬金術師《れんきんじゅつし》のリーヴァと共に対処に奔走《ほんそう》し、なんとか寒くなる前に家を手に入れることに成功した。

そして、住み処《か》を新居に移して少し落ち着いたころ。

俺たちはお世話になった人を招いて、ちょっとした食事会を開くことにしたのだった。

「本日はお招きありがとうございます」

「あ、ありがとうございます！」

「「ようこそ！」」

おおよそ予定した通りの時間にやってきた客人二人を、俺とトーヤで出迎《でむか》える。

料理の準備には役に立たなくても、ちゃんと仕事を見つける俺たち、えらい。

――決して台所でうろちょろして、『邪魔《じゃま》だから出て行って』と追い出されたわけじゃない。

「よく来てくれました。ディオラさん、リーヴァ」

今日の食事会に招いたのはこの二人だけ。

知り合いということであればアエラさんやトミーもいるのだが、あまりたくさん招いても落ち着かないし、今日は新居の完成を祝う催《もよお》しなので、直接関係した両名だけに限定したのだ。

「ただ、まだ準備中なので、少し待ってもらわないといけないのですが……」

「ええ、大丈夫《だいじょうぶ》ですよ。この後で用事があるわけでもなし、急ぐ必要はありませんから」

「助かります。――そういえば、二人は一緒《いっしょ》に来たんですね？」

正確な時計が普及《ふきゅう》していないこの世界に於《お》いて、訪問時には五分遅《おく》れで到着《とうちゃく》、なんて常識は存在しないし、実現も困難である。

つまり同時に訪問するには、どこかで待ち合わせをして、一緒に来るぐらいしか方法がない。

当然そうなのだろうと思って尋《たず》ねたのだが、ディオラさんは困ったように笑った。

「いえ、この家の前で合流したんです。フードを目深《まぶか》に被《かぶ》って、怪《あや》しげな行動をしている人と」

そんな言葉と共にチラリと視線を向けられた人物は、へにょりと耳を垂らして項垂《うなだ》れた。

「うぅ……すみません……気後《きおく》れしちゃって……」

なるほど、不審《ふしん》人物の正体は、リーヴァか。

彼女《かのじょ》の格好はいつも通りのフード付きローブ。

今は顔を出しているが、門をくぐるまではしっかりとフードを被っていたのだろう。

「あー、気にしなくて良いぞ？　初めての家だと、緊張《きんちょう》するよな？」

「で、でも、変な噂《うわさ》が立っちゃうかも……」

新築の家の周りを彷徨《うろつ》く怪しげな人――のうっ！　引っ越《こ》し早々、ご近所トラブル⁉

そんな俺の心配を、ディオラさんは笑いながら否定した。

「この辺りに関して言えば、その心配はないと思いますよ？」

「ディオラさん……なんでだ？」

「そういうエリアですから。冒険者なんて、血みどろで帰ってくることすらありますから……」

そういえば、ここは冒険者ギルドで紹介《しょうかい》してもらえるような場所だった。

つまり、居住者には冒険者も多く、外見が怪しい程度の人物など見慣れているため、住人たちも多少のことでは動じないらしい。

「リーヴァさんは、あからさまに抜《ぬ》き身の武器を持って歩いていたわけじゃないですし、体格も大きくないですから、随分《ずいぶん》とマシな方でしょうね」

「そうなんですか！　良かったです～」

リーヴァは胸を撫《な》で下ろしているが、これは喜んでも良いのだろうか？

ヤバい場所に新居を構えてしまったと、後悔《こうかい》すべきなんじゃ……？

「ま、苦情が来ねぇなら良いんじゃね？　それより、どうやって時間を潰《つぶ》す？」

「そうだな、そんなに時間はかからないと思うが……」

本来はこういうときにこそ使うべき応接間だが、そう設計してあるだけで中身は未《いま》だ空《から》。

ソファーはもちろん、普通の椅子《いす》すら存在せず、人を通せるような状態ではない。

かといって、この場で立たせたまま待たせるのは……。

「なら、先に家の中を案内したら？　新築のお祝いなんだから」

悩《なや》む俺にそう声を掛《か》けてきたのは、家の奥《おく》から歩いてきたハルカだった。

「ハルカ。準備は？」

「もうちょっと。私の担当は終わったから、来てみたんだけど……」

俺の隣《となり》にハルカが歩いてきたのを見て、ディオラさんが一歩前に出た。

「ハルカさん、この度《たび》は新居の完成、改めておめでとうございます。これからも冒険者としてご活《かつ》躍《やく》頂けることを、私も含《ふく》め、ギルド一同、願ってやみません」

「ね、願ってます……」

ハルカに対するディオラさんのそつのない挨拶《あいさつ》と、それに乗っかるリーヴァ。

人付き合いの経験の差が如実《にょじつ》に出ている。

だがリーヴァ、省エネしすぎではないかい？

もっとも、気軽に来て欲《ほ》しかったので、挨拶なんてどうでも良いといえば良いのだが。

「つきましてはこちら、新築祝いとしてワインを用意してみました。ナオさんたちはあまりお酒を嗜《たしな》まれないようですので、飲みやすいちょっと良いものを奮発しましたよ？」

「わ、私は大した物を用意できなかったんですが……」

ディオラさんは小振《こぶ》りの樽《たる》を、リーヴァは何やら色々と詰《つ》まっていそうな布袋《ぬのぶくろ》を差し出した。

それを見たハルカは、少し困ったように笑う。

「ちょっとした食事会なので、気にしなくて良かったんだけど……」

「新築のお祝いに行くのに、さすがに手ぶらというわけにいきませんよ」

「ですです！　私は錬金術の道具を一通り用意しました！」

ディオラさんが苦笑《くしょう》すれば、リーヴァもまた同意するように何度も頷《うなず》いたが、すぐに申し訳なさそうに眉尻《まゆじり》を下げて長い耳を垂らした。

「……あまり余裕《よゆう》がないので、私が使わなくなったお古になっちゃうんですが」

「そんなことないわよ。私にはとても助かるわ。リーヴァ、ありがとう」

リーヴァから袋を受け取り笑顔《えがお》を見せるハルカだが、それは決してリーヴァに対する気遣《きづか》いなどではなく、本心からのものだろう。

ハルカも少しは錬金術の道具を持っているが、それは本当に少し。本格的な錬金術をできるほどではないし、需要《じゅよう》の少ない物なので、この町で道具を揃《そろ》えるのは案外難しいらしい。

だから中古だとしても、本職が使っていた物を譲《ゆず》ってもらえるなら願ったり叶《かな》ったりである。

「そう言って頂けると……お金、なかったので……」

「ん？　今回のキノコ災害で儲《もう》かったんじゃねぇの？」

「い、いえ……枯茸薬《こじょうやく》自体はそれほど高い物じゃないので……」

遠慮《えんりょ》がちに否定するリーヴァの言葉を聞き、トーヤは不思議そうに首を捻《ひね》る。

「え、高く売れそうじゃね？　……冒険者ギルドが利益を独占《どくせん》？」

「してないです！　ギルドは公正っぽい組織ですよ！」

トーヤからの疑いの視線を、きっぱりと否定するディオラさんだが……ぽいんだ？

――まぁ、俺たちも多少優遇《ゆうぐう》してもらってるし、完全に公正とは言えないか。

「少なくとも、災害で儲けるようなことや、協力者の上前を撥《は》ねるようなことはしません！」

「恨《うら》まれるものね」

「ええ。儲けるなら、もっと上手くやります。今回の枯茸薬に関する依頼《いらい》も通常通りの手数料で、依頼料の残りはナオさんたちへの護衛料と、リーヴァさんへの報酬《ほうしゅう》として支払《しはら》っています」

残った枯茸薬も通常価格で売却《ばいきゃく》されたため、リーヴァとしては普段よりも少し多めに売り上げがあった、という程度に収まったらしい。

って、今、さらっと問題発言がなかったか？

経営としては正しいんだろうが……ある意味、有能なのだろう。ディオラさんは。

「そんななのに、リーヴァはお祝いを持ってきてくれたのか。悪いな」

「だ、大丈夫です……先ほども言った通り、もう使わなくなった物ですから……」

そんな慎《つつ》ましいことを言うリーヴァだが、実際には無理しているのではないだろうか？

この世界、中古品の流通はごく一般《いっぱん》的で、ボロボロになった古着を筆頭に、大抵《たいてい》の物は買い取ってもらえるし、庶民《しょみん》が何か物を買うときは最初に中古品を検討する。

リーヴァのくれた錬金術の道具だって、売ればそれなりの値段が付くはずである。

それを売らずに持っていたのだから、そこには何らかの理由があるような気がして……。

何かお返しとして渡《わた》せる物はないかと考え、俺は以前聞いた話を思い出す。

「……そういえば、リーヴァはクットの実が好きなんだよな？　いつでも採りに来て良いって言ったとは思うが、今日、採って帰るか？」

「えっと……本当に良いんですか？」

「あぁ、好きなだけ。どうせ俺たちだけじゃ食べきれないし、売っても安いからな」

保存は利《き》くが、来年になればまた実るのだから、必要以上に貯《た》め込《こ》んでも意味はない。

錬金術の道具のお返しとしては随分と安上がりだが、あまり価値のある物を渡してもリーヴァが恐縮《きょうしゅく》するだろうし、このぐらいが適当か。

「そ、それじゃ、お言葉に甘《あま》えて。この前採ったのは、もう食べちゃったので……」

リーヴァは少し恥《は》ずかしげにはにかむ。

もう食べたのか。森ではそれなりの量を拾っていたと思ったが……本当に好きなのだろう。

「それじゃ、ナオたちは二人を案内してくれる？　私は頂いた物を置いてくるから」

「了解《りょうかい》。まずは二階から行くか。――って言っても、個室があるだけなんだよなぁ」

玄関《げんかん》ホールから正面の階段を上がって、左手にあるのが俺たち五人の私室で、右手にあるのが客室――という名目の空き部屋が五つ。

ベッドどころか毛布の一枚すらないので、客を泊《と》めることなどできるはずもない。

「だよなぁ。空き部屋を見せても仕方ねぇし、一応、オレたちの部屋でも見せておくか？」

「なら俺の部屋に行くか。見るべき所もない部屋だが」

「わ、私、男の子の部屋に入るのって初めてです！」

勝手にハルカたちの部屋を見せるわけにはいかないと選んだ俺の部屋だが、リーヴァは少し緊張した様子を見せ、ディオラさんはそんな彼女を見て微笑《ほほえ》む。

「初々《ういうい》しいですねぇ。私ぐらいになると――」

「け、経験豊富なんですか？　――ひぅっ」

「さて、ナオさんのお部屋はどんな感じなんでしょうねー」

ディオラさんから視線を向けられただけなのに、引き攣《つ》ったような声を漏《も》らしたリーヴァと、質問を華麗《かれい》にスルーして、笑顔を保ったままのディオラさん。

微妙《びみょう》なお年頃《としごろ》の独身女性にそんな質問をするとは、リーヴァ、チャレンジャーである。

無意識であったとしても、それは危険な煽《あお》り運転にも等しい。

そして当然のように安全運転を心がけている俺は、無言を保ったまま二人を自室に招き入れる。

だがそこにあるのは、ベッドとチェスト代わりの木箱が一つだけ。

窓にはカーテンすらなく、先ほど言った通り、見るべき所は何もない。

大してこだわりのない俺は、適当なカーテンを買うつもりだったのだが、ハルカたちから『家の正面から全部の窓が見えるのに、揃っていないのは美しくない』とやんわりと、しかし逆らえない雰囲気《ふんいき》で却下《きやっか》され、結局は布だけ買ってハルカたちが自作することになったのだ。

そうして作られているカーテンも女性たちの部屋が優先されるため、俺の部屋に付くのはしばらく先になるだろう。

そんなわけで、今の俺の部屋を端的《たんてき》に表すならば――。

「何というか……殺風――」

「シンプルですっきりと整った、機能的な部屋ですね」

「――ですね！　機能的ですね！」

さすがはディオラさん、良い言い回しをする。

リーヴァもそれに乗っかろうとしたのかもしれないが、乗れてないから。落下してるから。

「気を使わなくて良いですよ。先日まで宿屋暮らしでしたからね、俺たちは。揃えるだけなら可能ですけど、折角なら良いものを買いたいので、ゆっくり検討するつもりです」

取りあえずの第一目標はロッキングチェアかな？

展示場で見たあれ、かなり気に入ったんだよなぁ。

「良いと思いますよ。高品質な家具は何代にも亘《わた》って使い続けられる物ですから。こちらのベッドもシンプルながら、なかなか良い物みたいですが……」

「窓から見える景色も……素敵《すてき》です」

いや、頑張って部屋中を見回して、褒《ほ》める所を探さなくても良いから。

二階建てだから多少見晴らしは良いが、見えるのは荒《あ》れた庭と雑然とした街並みだから。

まぁ、元の世界ならまだしも、この部屋に見られて困るような物は別に……あ。あった。

木箱の中身。あれに入っているのは複数のマジックバッグ。

ぱっと見は判《わか》らないが、リーヴァは錬金術師である。

それを踏《ふ》まえて考えると……。

「さ、さて、そろそろ次に行くか。見る物もないしな」

さりげなく木箱の前に立ち、リーヴァの背中を押《お》せば、彼女は不思議そうに耳を揺《ゆ》らす。

「あれ？　ナオさん、何だか焦《あせ》ってませんか？」

「まさか。案内が早めに終わったら、一緒にクットの実でも採ろうかとは思っているが」

「あ、手伝ってくれるんですか⁉　それじゃ早く行きましょう！　次は一階ですよね？」

俺が笑顔で人参をぶら下げると、素直《すなお》な兎《うさぎ》さんは簡単に飛び付いてくれた。

弾《はず》むような足取りで部屋を出るリーヴァにディオラさんも続くが、俺の横を抜ける際、「フフフ」と意味ありげな笑みを見せる。

でも、違《ちが》うよ？　ディオラさんが思っているようなことじゃないよ？

釈明《しやくめい》できないけどさ！

更《さら》にはトーヤまで、コソコソと近付いてきて囁《ささや》く。

「……なぁ、ナオ。この世界でもそういう物って売ってたんだな。どこで買ったんだ？」

お前もか！

パーティーとして知られたらマズいことを隠《かく》したってのに‼

「……トーヤ、後で校舎裏な？」

「なんで⁉　てか、校舎裏ってどこ⁉」

戸惑《とまど》うトーヤの脇腹《わきばら》に軽く拳《こぶし》を入れてから部屋を出た俺は、リーヴァたちと共に一階へ。

建物の右端《はし》から、浴室にする予定の洗濯《せんたく》場、用途《ようと》の決まっていない空き部屋二つを軽く見せ、その隣の錬金部屋に入ると、そこにいたハルカがこちらを振り返った。

「……あぁ、二階の案内は終わったのね」

「知っての通り、見るべき物もないからな。ディオラさん、リーヴァ、ここが錬金部屋だ」

「と言っても、名ばかりなんだけど。でも、リーヴァのおかげで少し格好がついたわ」

今朝までは言われなければ錬金部屋と判らなかったこの部屋に、今は何やらそれっぽい物が複数存在していた。おそらくあれが、リーヴァのくれた新築祝いなのだろう。

やや古びてはいるが、逆にそれが良い味を出し、錬金術っぽさを盛り上げている。

「活用してくれると、私も嬉《うれ》しいです」

「ええ、ありがたく活用させてもらうわ。――残りは裁縫《さいほう》部屋だけ？」

「準備中の台所と食堂を除けば、そうなるな」

他《ほか》には未だ空っぽの応接間や居間、トイレもあるが、そこは案内する必要もないだろう。

「それじゃ、隣に行きましょうか。ある意味では、今一番整っている部屋なのよね」

隣の部屋に誘《さそ》うハルカの言葉に、ディオラさんは不思議そうな表情を浮《う》かべた。

「専用の部屋を作ったのですか？　ハルカさんの腕《うで》はバックパックで存じていますが……」

「部屋は余ってるからね。それに裁縫って、場所を取るし」

「あぁ、確かに。余っているなら、専用の部屋を作る方が便利ですよね」

「そういうことね。——ここが裁縫部屋よ」

その部屋で最初に目に付くのは、中央に置かれた大きなテーブルだろう。

俺が大の字で寝《ね》られるほどに大きいそのテーブルには、今も作りかけのカーテンが広げられ、部屋の側面にある棚《たな》には、何種類もの布地や皮革がストックされている。

ミシンやトルソーこそないものの、いくつもの作りかけの服がハンガーに掛けられて並ぶその広い部屋は、ちょっとした仕立屋のようですらあった。

「お、思ったよりも本格的です。可愛《かわい》い服もたくさん……」

「買うよりも作った方が割安だからね。好きなデザインにもできるし」

目を丸くしたリーヴァに、平然と言ったハルカだったが、その言葉にため息をついたのは、傍《そば》で聞いていたディオラさんだった。

「それは古着を買う必要がない人だからこそ、ですよ、ハルカさん」

「ですです。一着分の布を買うより、古着の方が安いです……」

「そうかしら？　纏《まと》め買いすれば、少し状態の良い古着より安上がりだと思うけど？」

今回作るカーテンにしても、服にしても、俺たちの購入量《こうにゅう》は基本五人分である。

ハルカたちの交渉力《こうしょう》を以《もっ》てすれば、『安上がり』も嘘《うそ》ではないのだろう。

「――そうね、良かったら、リーヴァの服も作ってあげましょうか？」

「えっ？　そ、そんな、悪いです……」

ハルカの提案にリーヴァは遠慮がちに首を振るが、その視線は周囲に掛かっている服にチラチラと向けられているのだから、本心は明確である。

「気にしなくて良いわよ。リーヴァのなら、ナツキたちも喜んで作ると思うし、正直、リーヴァの服ってちょっと野暮《やぼ》ったいと思ってたから」

微笑みながら首を振り、少々酷《ひど》いことを言うハルカ。

だが残念なことに、ディオラさんが不審人物と表現するぐらいには事実であり、その自覚があるらしいリーヴァも困ったように肩《かた》を落とす。

「うぅ、全身を隠せる服だとどうしても……。でも、良い面もあるんですよ？　ちょっとぐらい怪しい方が、錬金術師として信用されるんです。――たぶん」

「たぶんなのかよ！」

「ひゃうっ！　で、でも、効果あるんですよ？　こんな格好なら余計なことを聞かれませんし」

トーヤのツッコミを受け、リーヴァが身体《からだ》を縮めて上目遣《うわめづか》いでそんなことを言うが、それを『効果』と言ってしまうのは、商売として間違っている気がする。

「ま、まぁ、それはそれ《せったい》として、新しい服についてはまた話しましょ。――この後は？」

「準備ができるまで、クットの実を集めようと思ってるんだが……」

「あぁ、良いわね。ディオラさんは――」

「お手伝いしますよ。今回はリーヴァさんにもお世話になってますから」

「ありがとうございます！　――一年分、頑張って集めなきゃ」

むんっと拳《こぶし》を握《にぎ》り、リーヴァは小声で気合いを入れる。

その言葉から感じる悲哀《ひあい》に俺たちは涙《なみだ》を誘われ、『準備ができた』とユキが呼びに来るまで、クットの実集めに全員で精を出したのだった。

◇　◇　◇

「本日はオレたちのドリームなハウスの、完成披露《ひろう》パーティーに来てくれてありがとう！」

「やめい！　その言い方!!　見た目が良いだけで住みにくく、数年後には廃墟《はいきょ》になっているとか、そんな悲劇がありそうだから！」

全員が席に着くなり何だか不穏《ふおん》な言葉を口にしたトーヤに、俺は思わずツッコミを入れた。

だが、その不穏さが判るのは一部の人のみ。

当然のように理解できないリーヴァは、不思議そうに首を捻る。

「何でですか？　夢の家、良いじゃないですか。素敵な家だと思いますよ、庭も広いですし」

「気にしないで、リーヴァ。ナオの妄想《もうそう》だから。それにこの家は実用性重視、デザイナーの虚飾《きょしょく》に塗《まみ》れた、住む人のことを考えていない住宅とは違うから」

「だよね。おかげで建築期間も短かったし。——ちょっと、重視しすぎた気もするけど」

「ほぼ長方形の箱、だもんな！」

そう言ってトーヤは苦笑するが、驚《おどろ》きや遊び心を排除《はいじょ》し、建築費用と建築期間、メンテナンス性と耐久性《たいきゅうせい》、実用性と暮らしやすさを重視している分、家の完成度という面では決して悪くない。

「俺はかなり満足してるぞ？　リーヴァだって褒めてくれてるし。なぁ？」

「はい。ここまで広くなくて良いですが、私もいつかは庭付き一戸建て、欲しいです」

「あ！　オレと結婚《けっこん》すれば、すぐにで——」

「す、すみません」

言下に断られたトーヤが尻尾《しっぽ》を垂らし、耳を伏《ふ》せて撃沈《げきちん》する。

「……速《すみ》やかに断られた」

「トーヤ、アウト～！　空気読め？　むしろトーヤに必要なのは、空気嫁《よめ》？」

「ぐはっ！　うぅ……ワンチャンあるかも、と思っちゃダメなのか……？」

「ダメですね。自身が変わらなければ、数を撃《う》っても当たりませんよ？」

ユキとナツキに酷評《こくひょう》されたトーヤが、救いを求めるような視線をこちらに向けてくるが、俺は擁《よう》護《ご》できないと重々しく首を振った。

真剣《しんけん》ならば、それ相応《そうおう》の話の持っていき方があるし、冗談《じょうだん》ならば尚更《なおさら》ダメだろう。

仮に、脈があるか探《さぐ》っただけにしても、こんな所で言うべきことじゃない。

今はユキが混ぜっ返してくれたから良いようなものの、これで空気が悪くなっていたら、招かれたリーヴァはかなり居心地《いごこち》が悪くなったことだろう。

「私からすると、トーヤさんは優良物件だと思いますが、相性《あいしょう》ってありますから」

「そうね。繊細《せんさい》さに欠けるトーヤには一旦《いったん》引いてもらって……ナオ、挨拶をお願い」

「俺か？　え～～と……」

リーヴァに気を使わせないよう、あえてトーヤを下げているのだろうが、挨拶なんて考えてもいなかったのに、突然《とつぜん》振られてもちょっと困る。

「……みんなの頑張り、そしてディオラさんとリーヴァの協力もあって、こうして家を手に入れることができました。少しは危険なこともありましたが、それでも大過なくすごせたのは慎重《しんちょう》に仕事を選んできたからだと思います。これからもボチボチ頑張りましょう。そして、ハルカ、ユキ、ナツキ、美味《おい》しそうな料理をありがとう。乾杯《かんぱい》！」

「「「乾杯!!」」」

なんとか捻り出した俺の挨拶に、全員が唱和。

掲《かか》げたコップを傾《かたむ》ければ、葡萄《ぶどう》のフルーティーな甘みと香《かお》りが口の中に広がった。

「おぉ、美味しい。これってディオラさんのワインだよな？　良い物をありがとうございます」

「いえいえ。あ、飲みやすくてもお酒ですから、量は各自で調整してくださいね？」

「はい、気を付けます。さて、料理の方は……」

広いテーブルは、ハルカたち三人が腕を振るった料理で埋《う》め尽《つ》くされている。

定番のオーク肉はもちろん、先日手に入れた魚や蟹《かに》、海老《えび》など、種類も豊富である。

調理場所の制約で、これまでは単純な塩茹《しおゆ》でや塩焼きで食べるしかなかったこれらの食材。

それでも十分に美味しかった物をしっかりと調理すると、いったいどれほどの味となるのか。

弥《いや》が上にも期待が高まる——のだが、それよりも更に気になるものが目の前にあった。

皿に載《の》せられたそれは、厚み三センチほどの白く四角い物体。

表面はきつね色に焼き上げられ、一見すると巨大なはんぺんのようにも見える。

鼻を近づけて息を吸い込めば、バターの芳醇《ほうじゅん》な香りが鼻腔《びこう》を擽《くすぐ》る。

「それはバーラッシュのソテーですよ。正確に言うなら、生バーラッシュの、でしょうか。一般的には干して食べるようなので。スプーンでどうぞ」

「ほほぅ、これがあの巨大キノコ……軟《やわ》らかいな」

添《そ》えられていたスプーンを差し込めば、まるでスフレのように抵抗《ていこう》もなくふわっふわで、口に入れればキノコの濃厚《のうこう》な旨味《うまみ》とバターのコク、それに何やら香《こう》ばしい匂《にお》いが広がる。

「美味《うま》っ」

「これがバーラッシュですか。想像以上ですね」

「お、美味しいですぅ〜」

思わず俺が声を漏らせば、ディオラさんも感心したように目を瞬《しばた》かせ、リーヴァは頬《ほほ》を押さえて蕩《とろ》けるような表情になっていた。

先に味見をしていたのか、ハルカとユキに驚きは見えないが、その満足げな表情を見れば、味の感想は聞くまでもないだろう。そしてトーヤは、無言で掻《か》き込んでいる。

「これをナツキが作ったのか？　凄《すご》いな……」

「凄いのは素材ですよ。私がしたことなんて、バターの強い塩味をクットから絞《しぼ》った油で調整したぐらいですね。あとは焦《こ》げないように焼くだけで、この味です」

「あぁ、この香ばしさは、クット由来なのか」

「この町では比較的《ひかくてき》手に入りやすい油脂《ゆし》のようですね。バターなんかよりも余程《よほど》」

「それでも、決して安くないんですけどね……」

リーヴァがボソリと呟《つぶや》くが、そこは子供のおやつ《クットの実》を買うのを躊躇《ちゅうちょ》する彼女の金銭感覚、実際にはそこまで高い物ではないのだろう。

……ちょっと、不憫《ふびん》になってきた。

「ですが、美味しく焼き上げるのも、料理の腕ですよ。初めて扱《あつか》う食材でしょうに」

「ディオラさんも食べるのは初めてなんですか？」

「通常のバーラッシュと巨大バーラッシュは、ほぼ別物ですからね。栽培《さいばい》を認めている所なんてありませんし、生のままだと数日で傷《いた》んでしまいます。食べてみたいと思っていたんですが、キノコ災害の対応に忙殺《ぼうさつ》されていたから……。ナツキさんは――あぁ、マジックバッグですか」

「はい。売り出されている間に買っておきました。少し高かったので、これだけですけど」

「ですよねっ。私には手が出ませんでした……対処、頑張ったのに……」

「そうなのか？」

ナツキに視線を向けて尋ねれば、彼女は少し考えるように上を見てコクリと頷く。

「高級和牛ぐらいのイメージですね。お祝いですから、買ってみました」

払えなくはないが、それが料理一品の値段と考えると躊躇する、そんな感じか。

「良いと思いますよ。少々不謹慎《ふきんしん》ですが、これは数十年に一度、キノコ災害が発生した後の短期間のみ食べられる珍味《ちんみ》ですから。それこそ、一生に一度の贅沢《ぜいたく》ですよ」

「一生に一度……確かにそうなるか？」

本来キノコ災害は阻止《そし》すべきもの。

この町に俺たちの家があることを考えれば、尚更である。

つまり上手く阻止に成功すれば、本当にこれから先、食べる機会など巡《めぐ》ってこないわけで……もっと味わって食べるべきか？

――などと考えている間にも食べ終わったヤツがいた。

「ふぅ。美味いのは美味いんだが、腹には溜《た》まらねぇよな。オレとしては、もっとこう……」

言わずと知れたトーヤである。

そしてそんなトーヤの感想は予測済みだったのだろう。ユキが速やかに皿を差し出した。

「ちゃんと、オーク肉のがっつりステーキも用意しておいたよ」

「おぉ！　やっぱ肉、肉を食わねぇとな！」

ガツガツと食べ始めたトーヤの皿に追加で肉を載せつつ、ユキはリーヴァにも肉を勧《すす》める。

「リーヴァも好きなだけ食べてね。たくさん作ったけど、あたしたちって小食だから」

「ありがとうございます。私としては、お魚料理とかも気になっているんですが……」

「そっちもいくらでも。足りなくなったら、お姉ちゃんがまた作るから！」

「そ、そこまでたくさんは――お姉ちゃん……？」

ユキの戯《ざ》れ言に小首を傾《かし》げるリーヴァを見て、ハルカが呆《あき》れたようなため息をついた。

「こら、ユキ。強引《ごういん》に固定化を狙《ねら》わないの。リーヴァが戸惑ってるでしょ？」

「くっ、見破られた！　さりげなくやったのに～」

ユキは悔《くや》しそうに歯噛《はが》みするが、欠片《かけら》もさりげなさなんてなかったんだが？

かなり露骨《ろこつ》だったんだが？

「そもそもユキって、どっちかといえば妹キャラだよな」

「頼《たよ》れる綺麗《きれい》なお姉さんキャラへの脱却《だつきやく》を！」

「無理じゃないでしょうか、ユキの身長では……。可愛くて良いじゃないですか」

「反対！　身体的特徴《とくちよう》での差別、反対！　可愛さの、アピール年齢《ねんれい》、考えろ！」

ユキはシュプレヒコールを上げるが、それは多方面に敵を作りそうなスローガンである。

俺たちよりも年上で可愛いリーヴァは地味にダメージを受けているっぽいし、一番のお姉さんであるディオラさんは、微妙に怖《こわ》い笑みを浮かべているぞ？

「ユキさん、それは私に対する挑戦《ちようせん》ですか？」

そんなお姉さんの手がユキの肩にポンと置かれ、ユキが凍《こお》りついた。

「や、やだなぁ。ディオラさんは綺麗系じゃないですかぁ～。ははは……」

「ふふふ……。露骨なお世辞ですが、まぁ、良しとしましょう」

などと、極一部《ごく》には緊張感のある遣り取り《や》もありつつ、基本的には和《なご》やかに進んでいたパーティーだったが、食べすぎでリーヴァがリタイアしたころから、少し状 況《じょうきょう》が変化し始めた。


「あは、あははっ！　マイホーム！　あたしたちの家！　いっこくいちじょーの主《あるじ》!!　あはっ！」

「……ユキ、お前酔《よ》ってるだろ？」

笑いながらくるくると回っているユキはとても楽しそうであるが、ちょっとヤバげ。

笑い上戸というか、理性の箍《たが》が緩《ゆる》んでいるというか……。

「酔う？　あたしが？　そんなわけなーじゃない。こんなジュースみたいなお酒でぇ～」

「そうか、そうか。取りあえず、水を飲んでおけ。な？」

「あは、水も美味しいねぇ！」

空になっていたコップに水を入れてやれば、幸い、ユキはそれも美味しそうに飲み干す。

水分の摂取《せっしゅ》が少ないと二日酔い《ふつかよ》になると聞くが……焼け石に水だろうな、これ。

そして俺の右隣には、いつの間にか椅子を寄せてきていたハルカの姿が。

寄りかかるような、抱《だ》きつくような状態になっているため、とても右手が動かしにくい。

「ハルカ、食べにくいんだが……」

「えー、そうなの～？　仕方ないわねぇ、食べさせてあげるわよ。ほら、あーん」

そう言いながら、フォークでぶっ刺《さ》した殻《から》付きの海老を俺の口元に押し付けてくる。

仕方なしにパクリと食べてバリバリと噛《か》み砕《くだ》けば、ハルカはにんまりと嬉しそうに笑う。

これ、呂律《ろれつ》こそ回っているが、ハルカも結構酔ってるよな？　人前でこんなことをするあたり。

気付けば長い耳も赤く染まっている。

「ナツキは大丈夫か？」

「はい、私は。でもこれ、飲みやすいですけど酒精は強いですよね」

俺の対面でコップを揺らしながらナツキが答える。

頬は薄桃《うすもも》色に染まり、目が少し潤《うる》んでいるが、口調はしっかりとしているので、嘘ではないのだろう。【頑強《がんきょう》】や【毒耐性《たいせい》】など、そういった面ではナツキが一番強いんだよな。

トーヤもそれなりに強いはずだが、こっちは床《ゆか》に転がり腹を見せ、鼾《いびき》をかいて寝ている。

もっともこれは、酒の所為《せい》というよりも単に満腹になって眠《ねむ》くなっただけだろう。

ちなみに俺が比較的素面《しらふ》なのは、酒に強いわけではなく、蟹と一騎打《いっきう》ちをしていて飲んだ量が少なかったからである。

リタイアしたリーヴァはユキの部屋で寝ているから良いとして、ディオラさんは……顔色も変えず、俺たちを面白《おもしろ》そうに観察しているな。結構飲んでいたはずなのに。

「……ディオラさん、まさか？」

「いえいえ、ちゃんと量は各自で調節してくださいって、言ったじゃないですか」

そう言って笑うディオラさんだが、酒に慣れていないことを知っていてそんな酒を選ぶあたり、なにかしらの意図が見え隠れするように思えるのは、穿《うが》ちすぎだろうか？

そんな俺の視線を感じたのか、ディオラさんはコップを傾けながら、何気なく口を開いた。

「ですが……あえて何か言うとしたら、冒険者ギルドは有能な冒険者の為《ため》なら、多少のことであれば目も瞑《つむ》り、口も噤《つぐ》みます。犯罪者でない限り、ですが」

俺の腕を抱《かか》え込んでいるハルカの身体が、僅《わず》かに緊張したのを感じる。

俺はディオラさんの真意を確かめるよう、その顔を観察しつつ訊《き》き返した。

「……それは？」

「深い意味はありませんよ。ギルドとしては、利益を齎《もたら》してくれる冒険者は大事ってだけのことです。何かしら公《おおやけ》にしたくない事情があろうとも、詮索《せんさく》するつもりはありませんしね。お酒の席での夜話《よばなし》など一晩も寝れば忘れてしまうものですから」

俺の警戒心《けいかいしん》など気にした様子も見せず、ディオラさんは微笑みながら首を振ったのだった。

第一話　俺たちはどう生きるか

パーティーが終わった後、俺《おれ》たちはすぐに仕事に戻《もど》ることはせず、家の整備に力を入れていた。

ナツキがカーテン作りに精を出す傍《かたわ》ら、俺とハルカ、それにユキはマジックバッグを戸棚《とだな》型にした〝保存庫〟をいくつか製造、出来立て料理をストックできるようにした。

これにより、食事の準備にかかる手間が劇的に減って大助かり——ハルカたちが。

だって、俺やトーヤの作った飯なんて、誰《だれ》も食いたくないし？　俺も含《ふく》めて。

料理下手でもレトルトや万能な調味料《めんつゆや焼き肉のタレ》でなんとかなる現代とは違《ちが》うのだ。

ちなみにその間、生産系スキルにやや乏《とぼ》しいトーヤの仕事は、荒《あ》れた庭の整備、時々、鍛冶《かじ》。

俺たちの武具を作るには足りないが、トーヤの【鍛冶】スキルも決して捨てたものではなく、庭の片隅《かたすみ》に作った荒《あば》ら屋で、趣味《しゅみ》と実用を兼《か》ねて鍋釜《なべがま》を作ってくれていた。

そして俺たちは、満を持して風呂場《ふろば》の整備に取り掛《か》かる。

お湯を沸《わ》かす魔道具《まどうぐ》を作るハルカ、バスタオルや足拭《ふ》きマットを縫《ぬ》うナツキ、素人《しろうと》細工で簀《す》の子を作るトーヤに対し、俺とユキに任されたのは湯船の準備だった。


「さて、それじゃ、シモンさんの所に注文に——」

「行くのは期待されてないだろうな。たぶん」

それであれば、俺たち二人には任せられないだろう。

そもそも湯船を知らないだろうシモンさんに、安易に〝木製で大量の水を入れられる物〟なんて注文したら、巨大《きよだい》な樽《たる》が納品されそうである。

「やっぱり？　土魔法で作れってことだよね。あたしたち二人ってことは」

「だろうな。トミーあたりに金属製で作ってもらうことも不可能じゃないだろうが……。錆《さ》びに強い白鉄《はくてつ》を使うと考えると、一体いくらになることやら。

「ナオは土魔法でダイスを作ってたよね？　――ナオのちょっと良いとこ、見てみたい♪」

「やれってことか？　……取りあえず、丼《どんぶり》サイズで作ってみるか」

俺の土魔法もダイスを作った時から更《さら》に進化している。実のところ、トーヤが鍛冶に使っている荒ら屋と炉《ろ》を作ったのも俺の土魔法なのだ。丼を作るぐらいは訳もない。

ユキに煽《おだ》てられるまま魔法を行使、僅《わず》かな時間で湯船のミニチュアが出来上がる――が。

「……なんか、汚《きたな》いね？」

「汚いゆーな。備前焼みたいで味があるとは思わないか？　どこかの鑑定士《かんていし》なら『良い景色ですね』とか言ってくれそうだろ？」

などと自己弁護を図《はか》ってみたものの、その辺の土を使って作った茶色の器《うつわ》は、表面もざらざらで少々清潔感に乏しく、瓶《かめ》などとして使うならまだしも、湯船にするには難がある。

水漏《みずも》れこそしないだろうが、こんな風呂に入りたいかと訊《き》かれれば、俺でも素直《すなお》に頷《うなず》けない。

「う～ん、これじゃ、あたしの珠《たま》のお肌《はだ》に傷が付いちゃう！」

「……今のユキなら、タマはタマでも玉鋼《はがね》じゃないのか？」

「なにおぅ！　あたしのぷにぷにほっぺを触《さわ》っても、そんなことが言えるかぁ？　ほら、ほら！」

「解《わか》った、解った！　表面を整えれば良いのか？」

自分のほっぺたを人差し指で示しながら、ぐいぐいと迫《せま》ってくるユキを押《お》し返しつつ、俺は改めて丼もどきを手に取ったが、ユキは不満そうに首を振《ふ》った。

「ダメダメ！　それじゃ素敵《すてき》なお風呂じゃないよ！　せめて白っぽい焼き物に近い物を期待したい‼　ほら、洋画に出てきそうな、脚《あし》付きの白いバスタブ的な？」

「あれって磁器だろ。陶石《とうせき》でも拾ってこいと？　それで作れと？」

「ちっちっち。土魔法には『土作成《クリエイト・アース》』という魔法があるのです。頑張《がんば》れば、希望の組成で土が作れそうだよね？」

普通《ふつう》に『土作成《クリエイト・アース》』を使うと、現れるのは足下《あしもと》の地面と同じような土である。

だがユキの言うように、意識的にどんな物が含まれる土が欲《ほ》しいかを考えれば……？

「……陶石は石英と絹雲母《きぬうんも》とかだったたか？」

「あと、長石とかね。でも、着目すべきはそれらの構成物質じゃないかな？　石英だと二酸化珪素《にさんかけいそ》、SiO_2だよね？　絹雲母は？」

「それを俺に聞く？　アルミニウムの酸化物だったような気もするが、覚えてねーよ」

自慢《じまん》にならないが、学校の成績はユキたち三人に負けている俺である。

雑学的知識ならまだしも、化学式とかそういった学術的知識はユキが勝《まさ》っているだろう。

「耐火《たいか》レンガはアルミナを使うんだっけ？　あれも白っぽいし、近いのかな？」

「ハルカかナツキが知ってるかもしれないが……いるか？　絹雲母。焼くわけじゃないのに」

陶石を固めて湯船にしても、それは磁器ではなくただの陶石である。先ほど作った器を見るに、『魔法だから』でなんとかなりそうな気もするが、重要なのは表面のガラス質だろう。

「ふみゅ。石英だけで湯船を作れと？　つまりは水晶《すいしょう》製の湯船。そう聞くとなんか素敵だね！」

むしろ成金趣味にも思えるが……ユキが嬉《うれ》しいなら別に良いか。

笑顔《えがお》のユキが、「ふんむっ！」と気合いを入れる。

「二酸化珪素……つまりは珪砂《けいしゃ》だね。よっしゃ！　唸《うな》れ、あたしの『土作成《クリエイト・アース》』‼」

唸った結果、地面の上に現れたのは、両手で掬《すく》えるほどの白い砂の山だった。

「わわっ、成功したよ⁉」

自分で言っておきながら信じ切れていなかったのか、目を丸くしたユキは砂を一撮《ひとつま》みほど手のひらに取り、それを検分しながら「これが珪砂？」と首を捻《ひね》る。

俺も同じようにしてみるが、珪砂の実物を見た記憶《きおく》はなく、本物かどうかはよく判《わか》らない。

それっぽくは見えるんだが……だが、待てよ？

これが二酸化珪素なら、他《ほか》の金属元素も作り出せるのか？

それとも、土の中に安定的に存在しうる物質――鉄なら酸化鉄とか、アルミニウムならボーキサイトとか、そんなのであれば可能なのか？　で、あるならば……。

「なぁ、これって……もしかして金とかもできる？」

恐《おそ》る恐る言った俺を、目を見開いたユキがまじまじと見る。

「いや、それはさすがに……どうかな？　金も土の中にある以上、不可能じゃないかもしれないけど……簡単にできるなら、正に『錬金術《れんきんじゅつ》』だよね？」

「だよなぁ。さすがに無理だよな？　ははは」

「そうそう。そんなことできたら土魔法使いは大金持ちだよ。あははは」

顔を見合わせ、一頻《ひとしき》り笑う俺たち。

そして真顔になり、視線を合わせて頷き合う。

「でも、試《ため》すだけならタダだよね？　ダメ元だよね？」

「あぁ。できたら儲《もう》けもの。文字通りに」

「よし。……『土作成《クリエイト・アース》』!!!」

ダメ元と言いながら、めっちゃ力の入った詠唱《えいしょう》をするユキだったが、その表情はすぐに引き攣《つ》り、見る見るうちに血の気が引いて青白くなった。

「――っ！　ちゅ、中止！　中止！　これ、ダメ！　すっごく、ヤバい!!」

「だ、大丈夫《だいじょうぶ》か!?」

頭を揺《ゆ》らし、ふらりと倒《たお》れそうになったユキを、俺は慌《あわ》てて支える。

「ちょっと、しんどい……。ナオ～、膝《ひざ》、貸して～～」

「構わないが……部屋に戻るか？」

「大丈夫、少し休めば……はぅ～」

息を乱しているユキを座《すわ》らせ、膝枕《ひざまくら》をして額に浮《う》かんだ汗《あせ》を拭いてやる。

おそらくは魔力を一気に消耗《しょうもう》したことが原因だろう。

あれ、気持ち悪いんだよなぁ。意識を失うことこそないが、それは体調不良で魔法を維持《いじ》できなくなるからであり、つまりはそれほどにキツい。

それに耐《た》えて魔法を使い続けられたなら、気絶もするだろうが……普通はまず無理だろう。

「ふぅ……少し落ち着いた。う～ん、やっぱダメだったかぁ。消費する魔力量が土の種類……組成の稀少度《きしょうど》に比例してる、のかなぁ？」

「あ～、つまり生成した土に含まれる、対象の物質のみを抽出《ちゅうしゅつ》して出現させているようなイメージか？　なら、金の稀少度を考えると……」

顔色がだいぶ回復してきたユキが、俺の顔を見上げながら苦笑《くしょう》する。

「同じ量を生成するなら、珪砂の何千倍もの魔力が必要だろうね」

例えばこの辺の土を一トンほど掘《ほ》り起こして製錬《せいれん》したとしても、含まれている金は目で見える量にもならないだろう。『土作成《クリエイト・アース》』で作る土もそれと同等と考えるなら、一トンの土を生成する魔力を使ったとしても、金は得られないわけで……。

「甘《うま》い話はなかったか。当然だが」

「あたしたちが思いつくことぐらい、やってるよね、魔法が普通にある世界なんだから」

ちなみに後で知ったことだが、土に含まれる金の割合は珪砂の数億分の一でしかないらしい。

つまり、ユキの仮説が正しいとするなら、金の生成に必要な魔力は珪砂の数億倍。

そんなに魔力を使うなら、土魔法で土木工事でもした方が稼《かせ》げるよな、絶対。

「ま、珪砂が作れるなら、問題なし！　それじゃ――」

「まだキツいだろ？　しばらく横になっておけ。試しにこの珪砂でなんか作ってみるから」

「そう？　じゃ、お言葉に甘《あま》えて」

起き上がろうとしたユキの肩《かた》を押さえ、俺は珪砂の山に手を翳《かざ》す。

「……むむっ？」

「どったの？」

「普通の土よりも少し難しい、か？」

先ほどよりも多くの魔力を使い、珪砂を使った丼を作り上げるが……。

「なんか、白く濁《にご》ってるね？」

「俺の技術が足りなかったか。水晶製というにはちょっと厳しいな」

手触《てざわ》りなどはガラス製のボールなのだが、色は透明《とうめい》感のある乳白色。

俺のイメージする水晶からは遠い。

「んー、あたしが作った珪砂が純粋《じゅんすい》じゃなかったのかも？　それに湯船として使うなら、これぐらいで良いよ。透明な浴槽《よくそう》ってなんだか……アレ、じゃない？」

「……うん、それは確かに」

まるでバラエティ番組的な、そんな微妙《びみょう》な雰囲気《ふんいき》。

熱湯とか入っていそうである。

実用性から考えれば、外からは見えない方がきっと良いだろう。

「それじゃ、あとはどれぐらいの珪砂が必要か、だが……」

先ほどユキが生成した分は、丼一つでほぼ使い果たしている。

普通サイズの丼なので、容積は〇・五リットルに満たないぐらいか？

「えっと、単純な箱形だと仮定すると、容積が千倍になっても壁《かべ》の体積は百倍、なのかな？」

「それだと大きめの風呂ぐらいだが……それって、壁の厚みが同じなら、だよな？」

「そこだよね。せめて一〇センチ、安心感を求めるなら倍は欲しい」

「同意。それなりに硬《かた》そうではあるんだが……」

丼を指で弾《はじ》けば硬質《こうしつ》で澄《す》んだ音がするが、実際の強度は不明である。

俺たちの技術、形状の安定性、珪砂を魔法で固めた場合の強度、諸々《もろもろ》を考えれば、安全マージンは多めに取っておくべきだろう。

「丼は五ミリぐらいの厚さだから……最低でも二千倍、安心バージョンなら四千倍？」

「湯船の大きさ、形状次第《しだい》では更にドン、だな。――丼《どん》だけに」

「上手《うま》くない！　上手くないよ‼　気が遠くなってきたよ……」

「俺のギャグが素晴《すば》らしすぎて？」

「違うよっ！　――一応言っておくけど、さっきのだって、それなりに気合い入れたんだよ？」

「だったな。唸ってたもんな、ユキの『土作成《クリエイト・アース》』」

「そうだよ！　唸ったよ、唸りまくったよ！　あれを数千回とか、お風呂が遠い‼」

俺は膝の上で「うがー！」と荒《あら》ぶる虎《とら》を撫《な》でて宥《なだ》めつつ、希望的観測を口にする。

「まぁまぁ。慣れたら生成量も増えるだろ――きっと。俺も頑張るから」

「期待してる～。――それでも大変そうだけど」

俺とユキは小さな丼に目を向け、揃《そろ》ってため息をついた。


それから俺たちは、数日間に亘《わた》り珪砂の生成に全力を傾《かたむ》けつつ、ハルカたちと湯船の形状や大きさに関する打ち合わせも行い、全員が納得《なっとく》できる仕様を決定した。

それは当初想定していたよりもかなり大きな物であったが、慣れによる効率の向上もあり、無事に湯船の作製に成功。その頃《ころ》にはハルカも湯沸《ゆわ》かし魔道具を完成させており、俺たちは数ヶ月ぶりの入浴を、心ゆくまで堪能《たんのう》したのだった。

◇　◇　◇

「ねぇ、みんな、ちょっと集まってくれる？　今後のことを相談しましょう」

ハルカがそう言って俺たちを集めたのは、風呂が完成した翌日のことだった。

「お、仕事再開か？　家については目処《めど》も付いたし、だいぶ休んだもんなぁ」

「オレは賛成。訓練はしてたが、ちょい身体《からだ》が鈍《なま》ってきた気がするんだよ、最近」

俺がそう言えば、トーヤもニヤリと笑ってやる気を見せる。

貯蓄《ちょちく》にはまだ若干《じゃっかん》の余裕《よゆう》があるのだが、働いていないと不安になるのは、こちらの世界に保護者はおらず、何かあっても助けてくれないという心許《こころもと》なさがあるからだろう。

「それも含めて、色々相談しましょ。ナツキがお茶を淹《い》れてくれたから、それを飲みながら」

「ナオくん、お茶です」

「お、ありがと。……ふぅ。美味《おい》しい」

タイミング良く差し出されたお茶をナツキから受け取り、一口。

ほろ苦く熱いお茶が喉《のど》を通り抜《ぬ》け、胃の中から身体を温める。

少し肌寒さも感じるようになってきた今日この頃、温かいお茶は――。

「――ん？　お茶？　お茶⁉　お茶じゃないか！」

「何を当然のことを。ナオ、大丈夫か？　ずずずっ。ふぃぃ～」

目を細めて美味《うま》そうにお茶を啜《すす》るトーヤに、俺はカップを突《つ》き付けつつ、ナツキを振り返る。

「いや、これ、緑茶なんだよ！　どうしたんだこれ？　売ってたのか？」

緑色で渋《しぶ》みの中にも甘みが感じられるこれは、紛《まぎ》れもなく緑茶。

お茶自体はアエラさんの所でも飲めるのだが、あそこで出してくれるのはムスーク茶とか、原料不明のお茶（?）である。あれはあれで美味いが、緑茶とは味がまったく違うのだ。

「これは自家製ですよ。以前森でチャノキのような物を見つけたので、作ってみました。時季外れですが、それなりに飲めますよね？」

「これが自家製……十分に美味いと思うが、飲んで大丈夫なんだよな？　その木、似ているだけで実は毒があるとかそんなことは……」

「心配しなくても大丈夫ですよ」

ナツキが人を安心させるような穏《おだ》やかな笑みを浮かべ、俺は胸を撫で下ろす。

「だよな。そのあたり、ナツキが注意しないわけが――」

「私には【毒耐性】がありますから」

「げほっ！　ごほっ！　ナ、ナツキ⁉」

思わず咳《せ》き込み、目を剥《む》いた俺を見て、ハルカとユキが揃って笑う。

「大丈夫だよ、ナオ。ディオラさんやリーヴァ、アエラさんにも訊いてるから。木の正確な名前は判らなかったけど、少なくとも毒のある植物とは認識《にんしき》されてないみたいだよ？」

「私たちの【異世界の常識】にもないしね。馬酔木《あせび》や漆《うるし》みたいに、危険な植物なら知識も共有されてるだろうから大丈夫よ、きっと」

「ナツキ……」

ため息をつきつつ顔を向ければ、ナツキがちょこっと舌を出して「冗談《じょうだん》です」と笑う。

……うむ。可愛《かわい》いから許す。

緑茶も美味しいしなっ！

「この町でも何種類かのお茶は売っているんですが、チャノキを使った物はなかったんですよ」

「茶葉以外……ハーブティーとか、そういうものか？」

「どちらかといえば、柿《かき》の葉茶とか、枇杷《びわ》茶とか、どくだみ茶とか、そういう系統の物ですね」

「おぉ……広義ではハーブティーの一種なのに、そう言われると、お洒落《しゃれ》パラメータが九〇％オフって感じだな？　代わりに健康のパラメータは三〇％ぐらい上がってそうだけど」

俺のイメージとしては、香《かお》りが強く味が薄《うす》いのがハーブティーである。

元の世界にいたころの話だが、ハルカが『ちょっと良い物だから』とハーブティーを振る舞《ま》ってくれたのだが……ハルカが『良い物』と言うだけのことはあり、パッケージや見た目、香りは良かったものの、味の方は白湯《さゆ》と大差なく。

もちろんハルカには『香りが良いな』とか言って、文字通りお茶を濁したのだが、それ以降、ハルカが〝お洒落なハーブティー〟を買ってくることはなかったので、彼女《かのじょ》も美味しいとは思わなかったのだろう。

「ムスーク茶なども良いんですが、やはり飲み慣れた緑茶も欲しかったんですよね。出来には不満もありますが……」

「いやいや、十分に売り物になるレベルだと思うぞ？　これだけの味なら。……ん？　これって、もしかして良い副業になる？」

チャノキから作られるお茶は緑茶だけじゃない。発酵《はっこう》させた紅茶、半発酵させた烏龍《ウーロン》茶など、厳密に言えば多少品種は違うのだろうが、全部チャノキの葉っぱから作られるお茶である。

「そーいや、茶って時代によっては、同じ重さの黄金に等しいとか言われてたんだよな？　上手くやったら、オレたち、大金持ち？」

口元を緩《ゆる》めつつ夢を見るトーヤを見て、ナツキは苦笑する。

「それは……上手くブランディングできれば可能性はありますが、難しいと思いますよ？　お酒など違って、判りやすく美味しい物ではありませんし、〝お茶〟という括《くく》りでは競合もいる中、高いお金を出してまで、新種のお茶が飲まれるかと考えると……」

とても現実的な回答だが、トーヤは諦《あきら》めなかった。

「つまり、王様にコネを作って緑茶を献上《けんじょう》、王様印《じるし》のお茶として売り出せば良いわけだな！」

「うん、そんなコネがあったら、副業とか必要ないよね。あたしたちには無理だよね」

「ダメか。もしも、勝手に御用達《ごようたし》と謳《うた》ったりしたら――」

「処刑台《しょけいだい》への片道特急切符《きっぷ》だよ！　……トーヤ、見送りに行くね。あっちでも元気でね」

「あっちってどっち⁉」

「すまん、俺は見送りに行けそうにない。お前が吊《つる》されるシーンは、俺には刺激《しげき》が強すぎる」

「いや、やらねぇよ⁉」

「トーヤくん、私たちは無関係と、必ず供述してくださいね？　他人ですからね？」

「あっさり見捨てられた‼　オレたちの友情が儚《はかな》い！　うぉーん！」

トーヤが両手で顔を覆《おお》って天井《てんじょう》を見上げれば、俺たちは揃って笑う。

「ふふっ。ま、冗談はそのぐらいにして……そろそろ本題に入っても良いかしら？」

「おっと、仕事再開に関する話だったな。オレはいつでも良いぜ？」

すぐに泣き真似《まね》を止めたトーヤの言葉に、ハルカは曖昧《あいまい》に頷く。

「その仕事についても、ね。みんなで頑張ったおかげで、こうして立派な家も手に入れたし、元の世界と遜色《そんしょく》ない、とまでは言えないにしても、快適な生活が送れるようになったでしょ？　それを踏《ふ》まえて、今後どうするのか、一度話し合っておいた方が良いと思ったの」

「なるほど。風呂に入れて、清潔なベッドで寝《ね》られて、料理も美味い。確かに快適だな」

思い返せば、この世界に来た時には、翌日の宿代にすら事欠く有様だった。

怪我《けが》して動けなくなったら終わり、病気になったら終わり。

そんな不安感を、どこかで常に持っていた。

だが今となってはそれも過去のこと。自分の家があるのでそこまで心配する必要はなくなり、夜は安心してぐっすり眠《ねむ》れるし、薄汚《うすよご》れた古着を買う必要もなくなった。

正に雲泥《うんでい》の差。一つの区切りといえば、区切りだろう。

「美味しい料理はあたしたちの頑張りだからね？　感謝するよーに！」

「本当にな。いつも感謝してる。ありがとう、ユキ」

「そ、そんな面と向かって言われたら、ユキさん、照れちゃうよ⁉　ダメだよ、そういうの！」

感謝しろと言うから感謝したら、顔を真っ赤に染めたユキにダメ出しされた。解《げ》せぬ。

「照れるなら、言わなきゃ良いのに……。ま、そんな感じに快適な今の生活を続けるだけなら、もう危険なことをする必要もないのよね。簡単な仕事だけで稼げるから」

「そうか……十分に稼げるんだよな、比較的《ひかくてき》安全に」

平時にはタスク・ボアーが、秋になればディンドルが、そして時にはオーク狩《が》りなど。

いずれにしても今の俺たちなら、さほどの危険もなく熟《こな》すことができる。

それらの仕事を続けていくのであれば、武器や防具も今の物で十分だろうし、それらに掛けるコストが大幅《おおはば》に減れば、貯蓄だってそれなりにできるだろう。

「そういうこと。今ならある程度、選択《せんたく》の自由がある。それこそ冒険者《ぼうけんしゃ》は程々《ほどほど》にして、お茶農家に懸《か》けるという道だって、ないわけじゃないわよ？」

「さすがにそれはないが……」

俺はなんとなく冒険者を続けるつもりでいたが、それはハルカたちを危険な行為《こうい》に付き合わせることでもある。そう考えると、安易に『ガンガン行こうぜ！』とは口に出せない。

どうするのが良いのかと悩《なや》む俺に代わり、手を上げたのはトーヤだった。

「……オレから良いか？　オレはできる限り上を目指したいと思ってる。強くなれるのは楽しいし、貯蓄ももっとしてぇ。それに、オレの目標は獣耳《けもみみ》のお嫁《よめ》さんだからな！」

「なるほど、高ランク冒険者というのをアピールポイントにするわけだね。ブレないね！」

「格好いいだろ？　惚《ほ》れても良いんだぜ？」

ニヤリと笑うトーヤだが、そんなトーヤをユキは鼻で笑う。

「惚れないよ、獣耳フリークにはね。不毛だからね」

「辛辣《しんらつ》っ⁉　こんなにもふもふなのに！」

尻尾《しっぽ》を振ってアピールするトーヤだが、それは意味が違う――その尻尾は魅力《みりょく》的だが。

「でも確かに、定職に就《つ》きづらい私たちからすれば、高ランク冒険者というブランドは重要よね」

「それに加え、お金があれば、愛がなくても結婚《けっこん》できますしね」

「お金で出会いを買うわけか。そりゃ稼がなきゃダメだな」

「違うの！　オレは獣耳の女の子と恋《こい》をして、愛を育《はぐく》んで結婚するの！」

とても現実的なことを言う俺たちに、トーヤが猛抗議《もうこうぎ》。

だが、そんなトーヤに向かうのは、俺たちの生温かい視線だった。

「「トーヤ……」」

「現実を見ましょう？　お金がないと、愛を育む余裕も持てないんですよ、この世界は」

ふっと笑って、ナツキがトーヤの肩をポンと叩《たた》けば、トーヤは頭を抱《かか》えて叫《さけ》んだ。

「世知辛《せちがら》い‼　理解はできるけど！　――お前たちは、どう考えているんだよ？」

ジト目のトーヤに聞き返され、ユキが腕《うで》を組んで小首を傾《かし》げる。

「う～ん、前にも言ったけど、あたしたちって【スキル強奪《ごうだつ》】を使われた可能性が高いから、普通の人とは結婚しづらいんだよね、寿命《じゅみょう》の関係で。事情を理解できる相手だと良いけど……」

そしてチラリとこちらを見たユキは、腕を解いてバンとテーブルを叩き、力強く断言する。

「ぶっちゃけ今のままが良い！　下手な相手と結婚して生活レベルを落としたくない。具体的には、硬い黒パンは食べたくないし、お風呂や『浄化《ピュリフィケイト》』のない生活は耐えられない‼」

「確かに⁉　え、オレ、どうしよう……？　新婚早々、ナオたちと同居？　それはさすがに……」

などと、狸《たぬき》の皮を数え始めたトーヤはさておき、自分で『浄化《ピュリフィケイト》』が使えるナツキはまだしも、ユキはなかなかに切実だろう。

「ま、それを措《お》いても、まだ頑張りたいかな？　この歳《とし》で自分の限界？　到達点《とうたつてん》？　それを決めてしまうのは早い気がする。――それに命を懸けるのかと言われると、少し悩むけど」

「私もユキに同意です。安全も重要ですが、人生には目標も必要だと思っています。トーヤくんみたいに獣耳のお嫁さんをもらう、というのもありだとは思いますが……」

いや、それは見習う必要がないものだ。

ナツキが『カッコイイ婿《むこ》を捕《つか》まえる！』とか言い出したら、俺は病気を疑うぞ？

「『自分は何を為《な》すべきか』。そう考えたとき、候補に挙がるのは自《みずか》らの職域で一角《ひとかど》の人物になること。そして今の私は冒険者です。まだその端緒《たんしょ》に就いたばかりの」

何を為すべきか、か。

子供のころは『将来、○○になる！』なんて夢を口にしたものだが、現実感を持って将来の仕事について深く考えたことはなかった。

なんとなく大学に行って、就職して……と漠然《ばくぜん》と思っていただけである。

しかし本来、就職はゴールではなくスタートだ。

まさかナツキも冒険者になるなんて想像もしていなかっただろうが、『なった以上はできるだけ頑張る』というのが彼女のスタンスなのだろう。

翻《ひるがえ》って俺は……？

半ば惰性《だせい》で、冒険者を続けると考えていなかったか……。

「もちろん『いつでも辞《や》められる余裕を確保した上で』ですが。貯蓄が少なくて老後が心配だから、体力的な不安があっても引退を先延ばしにする、なんてことはないようにしたいですね」

「つまり、ナツキも続行希望、と。……真面目《まじめ》ねぇ。もっと適当でも良いと思うけど」

ハルカが少しだけ呆《あき》れ混じりで苦笑したが、それを見たナツキは悪戯《いたずら》っぽい笑みで付け加える。

「――ナオくんと一緒に、この家でのんびりと暮らすのも悪くないとは思いますけどね」

「え、俺？」

突然《とつぜん》そんなことを言われ、驚《おどろ》いてナツキの顔を見ると、俺を見つめてニッコリと微笑《ほほえ》んだ。

「はい。これまでと同じことを続けるなら、同年代の女の子と知り合う機会なんてないですよ？　ここ数ヶ月、誰かと知り合いましたか？」

「えーっと……」

女の子自体、見かける機会がほとんどないんだが……。

冒険者ギルドに若くて美人な受付嬢《じょう》はいないし、可愛い女の子の冒険者なんて見かけもしない。

市場で物を売っているのは、おじさんかおばさん、飲食店の看板娘《むすめ》も夢幻《ゆめまぼろし》である。

「……あっ、アエラさんとリーヴァとは知り合った」

「――っ！　いえいえ、きっとアエラさんはかなり年上ですよ？　あのお店を作れるぐらいのお金を貯《た》めているんですから。リーヴァさんは獣人《じゅうじん》ですから、エルフのナオくんとは……」

ナツキは一瞬《いっしゅん》、『それがあった！』みたいな表情を浮かべ、慌てたように首を振った。

「それは、そうか」

一般《いっぱん》的に、弟子《でし》入りで貰《もら》える賃金はさほど高くない。

それにも拘《かか》わらず、店を買って改装、高価な魔道具も揃え、更には自称《じしょう》コンサルタントに巻き上げられる資金まで貯めていたのだから、いったい何年ぐらい修業《しゅぎょう》したのだろうか？

リーヴァの方は少し年上なぐらいだろうが、彼女は一応、別種族。

俺の方はまだしも、リーヴァからすれば決して低くないハードルがあるだろう。

「……いや、結婚したいわけじゃないけどな？」

誰ともなく言い訳する俺に、ナツキは我《わ》が意を得たりと頷く。

「でしょう？　ほらほら、選択肢《せんたくし》がないじゃないですか。それとも、私じゃ不満でしょうか？」

「いや、不満ってことはないが……」

一緒に暮らすって、結婚ってこと？

外国人との結婚では文化的違いが障害になるとも聞く。ましてや異世界なら、何をか言わんや。

そう考えれば、気心が知れていて日本の価値観を持っているナツキは理想的……？

「もう既《すで》に新居で同棲《どうせい》しているんです。これってもう既に実質的な――」

「ちょっと待った！」

俺に近づき、そんなことを囁《ささや》くナツキを、ハルカが強引に身体を入れてインタラプト。

「私とユキを無視しないで！」

「……え？」

ハルカの抗議に、ユキが後ろで『あたしも？』みたいな表情をしているぞ？

「大丈夫です。若い女性はいませんが、若い男性なら冒険者ギルドに溢《あふ》れています。ハルカとユキなら簡単に見つかりますよ」

「お・こ・と・わ・り！　問題外！」

「冒険者はさすがにないよ！　ナツキこそ、ギルドで声を掛ければ選《よ》り取り見取りだよ？」

「私も遠慮《えんりょ》します。合いそうにないですから」

「じゃあ、あたしにも勧《すす》めるな！」

さすがにユキもそれは受け入れがたかったのだろう。

俺をそっちのけで、ぎゃあぎゃあと騒《さわ》ぐ女性陣《じん》。

——うん……元気だなぁ。

そんな悟《さと》りを開けそうな俺の肩を、トーヤがポンと叩く。

そちらに顔を向けると、ニヤリと笑ってアホなことを宣った。

「ナオ、モテモテだな？」

「いや、消去法じゃないか？　他にいないから」

冒険者は基本、汚い。この町にいるような低ランクの冒険者は特に。

髪《かみ》や髭《ひげ》も伸《の》び放題。あまりに酷《ひど》いと仕事に差し支《つか》えるので水浴びぐらいはしているようだが、清潔とはとても言い難《がた》く、綺麗《きれい》好きの女性陣にとっては、近くに寄るのも不快だろう。

金がなく、『浄化《ピュリフィケイト》』も使えないのだから仕方ない部分もあるだろうが、それらと比較されて負けたら、自信家ではない俺でも超《ちょう》ヘコむ。

「そもそも本気じゃないだろ、まだ二十歳《はたち》にもなってないんだぜ？」

その間も少し声を落としたハルカたちの方からは『早い者勝ちじゃない』とか、『ここは日本じゃないから』とか、『寿命が長いから』とか、微妙に気になる言葉が聞こえてくる。

「そうとも言えないと思うがなぁ……」

トーヤはそう言って苦笑すると、女性陣の間に言葉を投げ込《こ》む。

「おい、お前ら！　そういうことは、ナオのいない所でこっそり話し合って決めろ！　今は冒険者を続けるかどうかだっただろ？　ハルカとナオはどうなんだよ？　何も言ってないけどよ」

いや、こっそり決められても困るのだが……正論ではある。

「え？　ナオは続けたいでしょ？　なら当然私も一緒にやるわよ。ユキたちの事情はともかく、普通なら私とナオがこの先一番長く生きるわけだし、二人の幸せな老後の為《ため》にはお金が必要だからね」

「こやつ、しれっと⁉」

トーヤに一喝《いっかつ》されて頭が冷えたのか、すぐに内緒話を止めたハルカは平然と答え、ユキは驚愕《きょうがく》の表情でハルカを、ナツキは含みのあるような表情で俺を見た。

「そうなんですか？　ナオくん？」

「えっ？　あ、あぁ、俺ももっと高ランクの冒険者になりたいとは思っているぞ？」

「ふ〜ん、まぁ良いです。では、最初に必要なのは、オークの巣の殲滅《せんめつ》報告でしょうか。ディオラさん、追及《ついきゅう》こそしませんけど、何か気付いていますよね？　きっと」

「あれだけオークを持ち込んだらねぇ。しかもコンスタントに」

「パーティーの時も、それっぽいこと言ってたものね」

「そうだな。……ん？　ハルカ、覚えているのか？　酔《よ》ってたのに」

トーヤは寝ていたし、素面だったのは俺とナツキだけだと思ったのだが、それを指摘《してき》すると、ハルカに上目遣《うわめづか》いで睨《にら》まれた。

「……ナオ、そういうことは、気付いても言わないの」

「お、おぉ、そうか。すまん……？」

なんか知らんが、怒《おこ》られた。

「ふふっ。では一度、オークの巣を確認しに行きましょうか。あれから日も経《た》っていますし、他のオークが住み着いていたら、困ったことになりますから」

「失敗と判定されるかもしれねぇよな、そんなことになったら」

オークの巣は潰《つぶ》したが、それは森の浅い場所へと出てきていた一部のオークが作った物。

森の奥《おく》深くには、もっと多くのオークが生息している、らしい。資料によると。

そもそも討伐依頼《とうばついらい》の目的も、街道《かいどう》に出てくるオークを排除《はいじょ》することにある。

森から完全に殲滅することは求められていないし、土台不可能。

斯《か》くて俺たちの飯の種は、今後もなくならないわけである。

「あまり頻繁《ひんぱん》に出てこられても困るが……アエラさんへの納入には都合が良いか？」

幸いなことにアエラさんのお店は好評なようで、もし俺たちが肉を卸《おろ》さなくなったとしても経営に問題は発生しないだろうが、可能な限り援助《えんじょ》はしてあげたいところ。

可愛いエルフさんだし、なによりインスピール・ソースを譲《ゆず》ってもらった恩がある。

美味しいトンカツも、このソースあってこそ。

他にも用途《ようと》は多く、使う原料次第では更に化けるかもしれない値千金《あたいせんきん》のソースである。

「まぁ、オーク肉が足りなくなれば、森の奥に狩《か》りに行っても良いわけだしね。他は……冒険者を続けるなら今後の報酬《ほうしゅう》に関しても決めておいた方が良いわよね。私としては、得られた報酬の半分を共通費として、残りを等分したらどうかと考えていたんだけど、どう？」

まずは生活を安定させることが第一と、今までは無駄遣《むだづか》い禁止、全員のお金を纏《まと》めて効率的に使う、という方針だったわけだが、こうして家を手に入れて生活も安定した。

良い機会だから、自分のお金は自分で管理しよう、ということらしい。

「あたしは構わないけど……共通費の範囲《はんい》は？」

「武器・防具も含めた冒険に必要な物全般と、食費や家の修繕費《しゅうぜんひ》、共用部分の家具類……ぐらいかしら？　普段の服は各自で。自室の家具もね」

「あの、自分たちで作る服に関しては共通費にしませんか？　誰が買った布とか、細かく分けるのも面倒《めんどう》ですし、今更ナオくんたちだけ古着を買って、というのも――」

「え、それは困る！　オレ、ナツキたちに作ってもらいたい。金は出すから！」

「同意。以前買った古着より、ナツキたちが作る方が着心地が良いし」

慌てて声を上げたトーヤに続き、俺も頷く。

下着こそ新品が手に入るが、かなりやっつけ仕事って感じだし、他の普段着は基本古着。

新品の服をオーダーメイドするぐらいなら、ナツキたちに頼《たの》む方がずっと良い。

「あたしも賛成かな？　服を作るのは結構楽しいしね。ここ、娯楽《ごらく》もないから」

「そうね。じゃあ、私たちが作るなら共通費、自分で買ってきたら自腹ということで」

ふむ。それなら俺が使う金なんて、自室の家具ぐらいか？

全然問題なさそうだな——将来のことを考えれば、基本は貯金だろうけど。

この世界で結婚とか考えたら、金が必要だからなぁ。

安定した職業、耕せる農地、地位などと言い換《か》えても良いが、結局重視されるのは生活力。

恋愛《れんあい》感情なんて二の次というのが、庶民《しょみん》の現実である。

逆に言えば、年齢《ねんれい》や容姿に自信がなくても、金さえあれば結婚できるため、成功した冒険者なんかだと、借金を肩代わりして若い相手と結婚する、なんてことも普通にある。

俺の常識からすると、物語にありがちな悲劇のシチュエーションって感じだが、こちらの常識だと、これがそうでもないようで、あまりにも変な相手でなければ案外喜んで受け入れるらしい。

何故《なぜ》なら、自己破産で免《まぬが》れられるほど、この世界の借金は甘くないから。

男女問わず若ければ普通の娼館《しょうかん》に、借金の額が大きかったり、年齢が高かったりすればヤバい娼館に斡旋《あっせん》され、そのへんでも需要《じゅよう》がなければ、高確率で死ぬような危険な現場で強制労働。

それに比べれば、多少年齢や容姿が好みから外れていようと、まともな生活ができる分、お金を持った相手と結婚する方が余程良い。そういうことである。

ちなみに、そんな幸運を手に入れられる冒険者はごく少数。

ほとんどの冒険者は、結婚もできずに老いて死ぬか、老いることすらできずに死ぬ。

のんびりとした、優雅《ゆうが》な老後なんて存在しない厳しいお仕事、それが冒険者。

それを避《さ》けるためには、何はなくとも貯蓄である。

——で、あるのだが、何やらトーヤは「ついにお小遣い制、脱出《だっしゅつ》かぁ。何に使お？　……むふ、確かあの辺りに」などと、頬《ほほ》を緩めている。

それを見て、困ったように深いため息をついたのは、ハルカだった。

「トーヤ、一応言っておくけど、老後の資金は貯めておきなさいよ？　コツコツと」

「お？　おぉう、二十歳《はたち》にもなってないのに、老後の心配が必要なのか……？」

「日本でだって、働き始めたら給料天引き、もしくは強制徴収《ちょうしゅう》で貯蓄されるでしょ？　年金や保険料という形で。こっちだと全部自己責任だから、気を抜いてたら死ぬわよ？」

鼻白むトーヤに、ハルカは現実を突きつける。

日本の健康保険料は決して安くはないが、アメリカの医療費《いりょうひ》ほどには法外な額ではないし、健康な時は『保険料が高い』と愚痴《ぐち》っていた親も、大きな病気をした時には大半を保険が賄《まかな》ってくれて、随分《ずいぶん》助かったと言っていた。

なんだかんだと批判されることの多い年金にしても、自己負担額だけで見れば十分に元が取れるし、病気や怪我で働けなくなったときの補償《ほしょう》まで付いてくると考えれば、かなり割安らしい。

だが、こちらの世界にそんなものはなく、すべて自己負担で、自己責任。

高額医療費の免除《めんじょ》はないし、働けなくなっても、誰も年金なんてくれない。

きちんと貯蓄しておかないと、苦労する老後すらなくなるのだ。

「途中で人生リタイアするなら別だけど、そのつもりはないでしょ？」

「当然だろ⁉　解った！　解りました！　無駄遣いはしません！」

そんなことをハルカに蕩々《とうとう》と説明され、トーヤは少しウンザリとした表情で、小さく「お袋《ふくろ》みたいなことを……」と呟《つぶや》く。

そんなトーヤに、ハルカはもう一度深いため息をつき、言葉を付け加える。

「……トーヤ、獣耳のお嫁さんもらうんでしょ？　その娘《こ》の分まで貯めなくて良いの？」

「そうだった！　良い暮らし、させてやらないとな！　オレは貯蓄の鬼《おに》になる‼」

一転喜色を浮かべ、なんの当てもない幸せな新婚生活でも妄想《もうそう》しているのか、『でへへ』とだらしない笑みを浮かべるトーヤと、それを呆れた表情で眺《なが》める女性陣。

これでトーヤの老後の不安がなくなるのなら、良いといえば良いのだろうが……。

「本当に母親みたいだね？」

「言わないで。悲しくなるから……」

ユキに茶化されて、疲《つか》れたように三度《みたび》ため息をついたハルカの表情が、妙に印象的だった。

◇　◇　◇

久しぶりに入った東の森は、すっかり冬の様相を呈《てい》していた。

落葉したり、赤く色づいたりした多くの木々。

変化してしまった風景に少し迷いつつも、以前歩いた経路を辿《たど》って森の奥へと向かった俺たちだったが、そこで待っていたのは、あの時から変化のない荒れ果てたオークの巣だった。

解体した残渣《ざんさ》も一緒に燃やしたからか、他の獣《けもの》に荒らされた様子もない。

あえて違いを挙げるならば、草が芽吹《めぶ》き始めた地面だろうか。

あれから何度か雨が降ったためか、硬く踏み固められていた地面にも緑がポツポツと見える。

「オークはいませんか……。少し残念ですね。新しいお肉を確保することができません」

ナツキは使い勝手の良いお肉と脂《あぶら》が同時に得られるオークが、案外お気に入りらしい。

町で売っている植物性油脂《ゆし》って、他の食料と比べると割高だからなぁ。

いや、作る手間を考えれば、元の世界で売っている油が凄《すご》く安いと言うべきか。

菜種のような小さな種を栽培《さいばい》、集めて油を絞《しぼ》る手間を考えれば、高いのも必然。

理解はできるのだが、天ぷらとかも好きな俺としては、油は多めに確保しておきたい。

「何事もないのは良いんだが……すぐに引き返すのか？」

「折角ここまで来たのに、収穫《しゅうかく》なしでは勿体《もったい》なくないですか？」

「でも、そろそろ木の実も終わりだよねぇ。えーっと……、薪《まき》とか？」

「薪か。必要だよな、宿じゃないから」

今までは宿暮らしだったので気にする必要もなかったが、ガスや電気はもちろん、燃料油も売られていないここでは、庶民の火力は基本、薪。ちょっと余裕があれば炭。

凄くお金があるなら魔道具で魔石を燃やすが、今のところ俺たちは庶民である。

もっと寒くなれば暖房も必要なので、薪はいくらあっても問題ない。

問題は、生木を切って帰っても乾燥《かんそう》させなければ使えないことだが……まぁ、いざとなれば『暖房《ワームス》』という魔法があるので、寒さに関しては耐えられるだろう。

「台所のコンロは早めに魔道具に変えたいわね。やっぱり使いにくいし」

「アエラさんのお店にある物ですね。賛成です。美味しい料理を作るためにも」

「それは反対できねぇ。暖房器具はどうすんだ？」

「それも魔道具が良いかしら？　魔力に関しては問題ないでしょ？」

「そうだな。俺やハルカがいれば、燃費はゼロだな」

魔道具の燃料は魔力なのだが、使用者の魔力を使う方法と、魔石で代替《だいたい》する方法とがある。

大抵《たいてい》の人は魔力を持っているため、魔法が使えなくても魔道具を使うことはできるのだが、問題となるのはその量。ちょっとした魔道具ならまだしも、暖房器具を一日中使うのは難しい。

だからこそ魔石が燃料となるわけだが、俺たちの場合はまず問題ないだろう。

「でも、折角暖炉《だんろ》があるわけだし、あれは使いたいかも？　炎《ほのお》って温かく感じるし」

「それは同意だけど……自室はどうするの？」

建築費用や清掃《せいそう》の手間、薪のコストなども考え、暖炉が設置されているのは、食堂にリビング、応接間のみである。

そのことを指摘するハルカに、俺は少し考えて答えた。

「……冬場は、食堂かリビングで過ごせば良くないか？　寒ければ『暖房《ワームス》』もあるんだから」

休日でもなければ、自室で過ごす時間なんて僅かだろう。

それこそ各自の部屋に『暖房《ワームス》』をかけておけば、布団《ふとん》に入るまでなら十分に温かいはずだ。

「そう言われると、わざわざ暖房の魔道具を用意する必要はないかしら？」

「『暖房《ワームス》』の魔法が使えないのは、ナツキとトーヤだけだしね。ナツキは言ってくれればいつでもかけるし、トーヤは自前の毛皮があるもんね」

「ねぇよ！　毛があるのは耳と尻尾だけだよ！」

「あれ、そうなの？　見たことないから、てっきり……」

などと、ムフフと笑いながらユキが惚《とぼ》けたことを言うが、当然ながら知らないはずがない。

訓練中とか、人目も憚《はばか》らず上半身裸《はだか》になるのがトーヤなのだから。

「まったく。もしもこれ以上、獣人の獣度合いが高ければ、オレは邪神《じゃしん》さんに苦情を申し立てることも辞さない覚悟《かくご》だったぜ？　オレの魂《たましい》を懸けて！」

「わぉ。そんなことで苦情を言われたら、邪神さん、良い迷惑《めいわく》だね！」

うん、間違いなく。だが、俺の心情的にはトーヤの味方である。

だって、リーヴァとか、可愛いし？

「ま、結果的には良い感じだったから、感謝してるけどな。——でだ。今後冒険者として先に進むなら、ここより奥に入っていくことになるんだよな？」

「そうですね。遠くに見える山脈の麓《ふもと》を最深部として、森を三層に分けるなら、この辺りは一層の終わりの付近になります。ギルドとしては一層を緩衝《かんしょう》地帯と定め、この辺りまでオークの集団が出てくるようなら、今回のような討伐依頼を出すみたいです」

俺たちとしてはかなり踏み込んだつもりだったが、まだまだ浅い部分だったようだ。

ギルドはこの辺りまでを一般的な冒険者の活動範囲とし、町や街道の安全には影響《えいきょう》しない二層、三層には手出ししないというスタンスらしい。

「そうなると、二層、三層の情報はないのか？」

「いえ、そうでもありません。ラファンの家具産業、それに必要な銘木《めいぼく》が不足している話は知っていますよね？　それらが生えているのは二層以降なんですよ。ラファンの代官としても見過ごせない問題ですから、調査はされているようですよ」

銘木の採取依頼も出ているようだが、その報酬は危険性に見合うだけの額ではなく、その程度の報酬でも動く冒険者では死ぬ確率が高いため、ギルドも入らないように注意する。

結果的に、現在は魔物の分布を調べる程度に止《とど》まっているようだ。

「資料にあったのは、スカルプ・エイプ、バインド・バイパー、オーガーの三種類ですね」

「スカルプ・エイプ？　変な名前だな……？」

「えっと……最初に発見されたとき、人間の『それ』を持って騒いでいたらしいです」

「……おう」

ちなみにスカルプとは、頭皮のことである。

「一〇匹《ぴき》以上で獲物《えもの》を取り囲み、棍棒《こんぼう》や投石で攻撃《こうげき》してくる大猿《おおざる》なので、少し厄介《やっかい》ですね」

その腕力《わんりょく》もハンパなく、普通の人間なら素手《すで》で殴《なぐ》られても大怪我。獲物が弱ってきたら、頭や腕、足を掴《つか》んで振り回し、地面に叩きつけるという極悪な攻撃もしてくるらしい。

「マジかよ……その数と道具を使う知能は脅威《きようい》だな」

「はい。とにかく囲まれないことが大事、ですね」

一〇匹以上で囲まれ、石を投げられるだけでも十分に脅威だが、その腕力が大猿――つまり、ゴリラ並みとなれば、当たり所が悪くなくても死にそうである。

場合によっては、大きな盾《たて》を準備すべきかもしれない。

「バインド・バイパーは五メートルぐらいある大蛇《だいじや》です。木の上からこっそり忍《しの》び寄り、首を絞《し》めたり、吊《つ》り上げたりするそうですが……先に発見できれば危険性は低そうです」

あってよかった【索敵《さくてき》】スキル。

うっそうと茂《しげ》る葉っぱの間から、突如《とつじよ》現れる蛇《へび》は怖《こわ》いからな！

もっとも、しなやかな胴体《どうたい》には打撃が効きにくいため、先に発見できても雑魚《ざこ》ではないらしい。

「打撃……トーヤの攻撃が効きづらいのか」

「いやいや、オレの剣《けん》、一応刺《さ》せるからな？」

「木の上だぜ？　届くのか？」

「またか！　ブランチイーター・スパイダーもオレ、一匹も斃《たお》してないんだぜ⁉」

そもそも討伐数自体が少ないのだが、一応撃墜《げきつい》率トップを誇《ほこ》るのは弓を使うハルカである。

茂った木の枝の隙間《すきま》を縫って、ブランチイーター・スパイダーを確実に斃す。

針の穴を通すようなその狙撃《そげき》は、なかなかに見事だった。

「バインド・バイパーは皮が強靱《きょうじん》ですから、ハルカの弓の腕があっても厳しいと思いますよ？　強引に頭を叩き潰すか……ハルカとユキの小太刀《こだち》で切り裂《さ》くのが有効かもしれません」

巻き付こうと頭を下げたときに狙《ねら》うってことか。なんか面倒そうである。

基本、一匹で現れるらしいのが、まだしもの救いか。

「純粋に強いのがオーガーです。オークリーダーよりもやや小さいですが、速度・筋力共に大幅に上。今の私たちなら逃《に》げることを検討すべきでしょうが、速度的には多分逃げられません。ナオくんの【索敵】頼《だよ》りで遭遇《そうぐう》しないようにするのが一番ですね」

「オークリーダー以上？　それは、戦っちゃダメだね！」

「かなり不安だが、そこまで強いなら【索敵】でも判りやすいよな？」

きっと。判らなかったら……下手したら死ぬんだよなぁ。プレッシャーである。

「動物については、最も危険なものでヴァイプ・ベアーですから、油断しなければ大丈夫でしょう。狼《おおかみ》もいますが、普通はあえて人間を襲《おそ》うことはないみたいです」

問題となるのは、やはり魔物か。

それさえいなければ、元の世界の森と大差ないわけで。

「……ん？　ギルドの資料には普通の蛇も載《の》っていたが？」

ふと思い出して尋《たず》ねてみれば、ナツキはハッとしたように口元に手を当てた。

「あ、忘れていました。毒蛇や毒虫も多少はいます。ですが、光魔法で治療できますから、さほど脅威ではないでしょう。――魔法がなければ死にますけど」

「おぉぅ、そうなのか……」

あっさり死ぬとか言われてしまった。

確かに何種類かの毒蛇は、咬《か》まれると危険と書いてあった気もする。

「血清なんてないですからね。搬送《はんそう》手段も限られますし、町に戻る前に手遅《ておく》れになります」

「『毒消し草』みたいな物はないいんだ？」

「ゲーム的な即効性《そっこうせい》を求めるなら【錬金術】の範疇《はんちゅう》ですね。【薬学】で作る物は、それぞれ対応する毒がありますから、何にでも効く物はありません」

もちろん元の世界でもそんな都合の良い物はなく、対応する血清が必要となる。

近くの病院になければ取り寄せることになるが、それが可能なのも現代だからこそ。

こちらだと解毒《げどく》薬を探したり、作ったりしている間に死ぬし、そもそもがナツキの言った通り、町まで辿り着けない確率の方が高いのだ。

もっとも毒蛇が危険なのは判りきっており、森に入る人は丈夫なブーツなどで身を守るため、そうそう咬まれるような事故は起きないらしいのだが。

「さて、そろそろ帰りましょうか。目的は達したわけだし」

ナツキの解説が一通り終わったところでハルカがそう提案し、俺もそれに頷く。

「そうだな。薪でも拾いながら。猪《いのしし》でも見つかれば、それを狩っても——むっ」

言葉を途切れさせ、動きを止めた俺をハルカが振り返る。

「どうしたの？」

「【索敵】に反応があった。しかし、これは……何だ？」

既知《きち》の魔物であれば、【索敵】である程度の予測がつく。

だが、今回引っ掛かったのは未知であるのは当然として、反応が曖昧で掴みづらい。

俺の様子を見て、ハルカたちも一転、表情を引き締《し》める。

「長居しすぎたかしら。オーガーではないのよね？」

「そんな強い反応があったら、オレでも気付く。そんときゃ、即座に尻尾を巻いて逃げる」

眉《まゆ》を顰《ひそ》めたハルカに対し、答えたのは俺ではなくトーヤだった。

その尻尾はピンと立ち、戦意は十分そうである。

「では、戦ってみましょうか。初見の敵に森の中で襲われるより、余程良いかと」

「賛成。ここなら広いから、囲んでボコれるもんね！」

身も蓋《ふた》もないが反対する理由はなく、俺たちは武器を構えて万全《ばんぜん》の態勢で待ち受ける。

そうして現れたのは、錆び付いた剣を片手にぶら下げた、とてもファンタジーな魔物だった。

「……スケルトン、だな」

やや肩透《かたす》かしな結果に、俺たちの空気が緩んだ。

「そうね。腱《けん》も筋肉もないのに、何故か全身が繋《つな》がっている不思議な魔物よね」

「いや、ツッコミどころはそこか？　きっと、クーロン力的な何かで繋がってるんだよ」

「それにしては、骨の間が離《はな》れすぎですが……。それ、距離《きより》の二乗に反比例しますし」

確かにカタカタ音がするぐらいに隙間があるが、ナツキの指摘を聞いたユキは、なんとも言えない表情でため息をついた。

「そんな科学的考証は求めてないよ……二体いるけど、トーヤにお任せかな？」

「槍《やり》は向いてないよなぁ、スカスカだし。その点、トーヤは鈍器《どんき》だから」

「いや、一応、剣だからな？　切れ味は良くねぇけど。——何かあれば、フォローよろしく」

スケルトンの動きは遅《おそ》く、あまり強そうに見えなかったからだろう。

トーヤはさして気負った様子もなく、武器を構えて飛び出す。

それに対するスケルトンの反応は、やはり遅かった。

ガチャガチャと剣を構えようとしたところで、先頭の一体はトーヤの剣によって頭蓋骨《ずがいこつ》から鎖骨《さこつ》の辺りまで砕《くだ》かれてしまう。

続く二体目も素早《すばや》く斬《き》り返した剣で頸骨《けいこつ》を断《た》たれ、頭蓋骨がコロリと地面に転がった。

「脆《もろ》っ！　——って、トーヤ、まだ動いてる！」

「おぉっと、てりゃ！」

一体目のスケルトンは最初の一撃で崩《くず》れ落ちて動きを止めたのだが、もう一体の方は頭をコロコロしたまま動き続けていた。

それをユキに指摘され、トーヤは慌てたように転がった頭蓋骨を踏み潰し、剣を振り上げようとしていた胴体の方も、脊柱《せきちゅう》を首元から割り砕き、左右で真っ二つにした。

「ちっ。強くはないが、面倒だな。斃したと思って油断すると、怪我しかねねぇぞ」

「魔石を砕けばすぐに斃せるはずだが……そうすると、利益もないしなぁ」

さすがに人骨を素材として買い取ってはくれない……よな？

元の世界では、人体を原料に薬を作ったり、皮を本の表紙にしたりするような所もあったが……

仮にスケルトンが売れるとしても、気分的に持ち込みたくはない。

俺的に許容できるのは髪まで。そして当然ながら、スケルトンにそれは存在しない。

……あったとしても、集めるつもりはないが。

「魔石は頭蓋骨の中に存在するはずですが……」

「――これか？　案外大きいな。【鑑定】……一六〇〇レア？　高っ！」

トーヤが砕けた骨を漁《あさ》って拾い上げた魔石は、その強さから想像するよりも大きかった。

値段を知ってトーヤが驚きの声を上げたが、それも強さと比較してのことだろう。

「砕いてしまうのが安全だけど……少し勿体ないわね、その値段だと」

「一応、魔石を取り出してしまえば、確実に斃せるようですが……戦闘《せんとう》中に拾えるか、ですね」

トーヤのように頭蓋骨を砕くか、手を突っ込んで――いや、それは無理か。

骨の構造的に魔石がある部分――つまり、脳がある場所へと繋がる穴は小さすぎて手が入りそうにないし、そんなことをする余裕があれば、頭蓋骨を砕く方がまだ楽だろう。

「この程度の強さなら、気にするほどじゃねぇけどな。やりすぎて魔石を壊《こわ》す方が心配かも――お、二つ目もみっけ。よしよし、無事だな」

「あの攻撃で壊れないなら、確かに気にしなくても――トーヤ！　後ろ！」

トーヤの反応は素早かった。

手に持った魔石を地面に落とすと同時に腰《こし》の剣を引き抜き、振り向きざまに一閃《いっせん》。

だが、そんなトーヤの攻撃は、何の抵抗《ていこう》もなく空を切った。

「ぬっ⁉　なんだこれ‼」

そこにあったのは、黒っぽい半透明の何か。

あえて表現するならば、黒いローブを被《かぶ》った人型の靄《もや》、だろうか。

だが、手も足もなく、顔にあたる部分も、ただ深い暗闇《くらやみ》が見えるだけ。

その奥に微《かす》かな青白い光が見えるが、全体として半透明なので、なんともあやふやである。

「スケルトン繋がりでアンデッドか⁉」

トーヤがそう叫びながら剣を振るうが、それはただ靄を通り過ぎるのみ。

そして、その靄が手を伸ばしたかのように見えた次の瞬間、トーヤの膝がガクッと落ちかけ、彼《かれ》は慌てたように飛び退《すさ》った。

「触《ふ》れると――なんつーか、力が抜ける！」

【索敵】の曖昧な反応はこれか！　トーヤ、下がれ！　『火矢《ファイア・アロー》』！」

これまで幾度《いくど》となく活躍《かつやく》、俺の信頼《しんらい》に応《こた》えてくれたその魔法は――靄をすり抜けた。

更には、その背後にあった木まで燃え上がらせる。

土壇場《どたんば》での酷い裏切りである。

「まずっ！」

「バカ、ナオ！　『消火《エクスティンギッシュ・ファイア》』！」

ユキの素早いフォローで、燃え上がっていた木が一瞬にして鎮火《ちんか》する。

やったな、ユキ。

今、ユキさんの信頼度《しんらいど》は『火矢《ファイア・アロー》』さんより上位に位置したぞ？

「助かった！　ってか、魔法も効かないのかよ⁉」

『物理がダメなら魔法でしょ』と撃《う》ってみたのに、足止めにすらならなかった。

「ナオ、『聖火《ホーリー・ファイア》』は？」

「使えるか！　レベル7だぞ、それ！」

無茶なことを言うハルカに、俺は叫び返す。

如何《いか》にもアンデッドに効きそうな魔法だが、魔道書によれば、レベルは実に7。

ステータス表示のスキルレベルと、使える魔法のレベルは必ずしも一致《いっち》しないのだが、魔道書のレベル表記と難易度は比例する。つまり、レベル7は相応《そうおう》に難しく、今の俺に使えるような魔法ではないし、アンデッドに遭遇する予定もなかったから、練習もしていない。

しかもこの魔物、俺の【索敵】でもはっきりとは捉《とら》えられていないのだ。

ただの雑魚なんてことはないだろうし、アンデッドに効きそうな武器も、聖水的なアイテムも用意していない今の俺たちは、どう考えても準備不足である。

「クソッ！　撤退《てったい》するぞ！」

「待ってください！」

ゆっくりと近づいてくる靄を見据《みす》えながら叫んだ俺を、ナツキが制した。

「『浄化《ピュリフィケイト》』！」

何で今その魔法？　そう思ったのは一瞬だった。

ナツキの放った光が黒い靄を照らした次の瞬間、それはなんとも表現しづらい、「ギギギィィ‼」という耳障《みみざわ》りな声を上げた。

「――っ！　『浄化《ピュリフィケイト》』！」

その反応を見て、ハルカが即座に追い打ちを掛ける。

それが決定打。ナツキの魔法で既に薄くなっていた靄は、宙に溶《と》けるように消え去った。

「……あぁ、そうか、『浄化《ピュリフィケイト》』って、洗濯《せんたく》や掃除《そうじ》、身体を綺麗にするためだけに使う魔法じゃなかったんだよなぁ」

俺はそのことを改めて思いだし、大きく息を吐《は》くと、額に手を当ててその場に屈《かが》み込んだ。

「ええ、本来はアンデッド浄化用の魔法なのよね、これ。ナツキは良く覚えていたわね？　私、すっかり忘れてたわ」

「私も同じですよ。ただ、ハルカが『聖火《ホーリー・ファイア》』の話をしたので、思い出しただけです」

「それか～。確かに、光魔法の領分よね、そのへんは。完全なミスね」

ナツキが苦笑しながら言った言葉に、ハルカも苦笑を浮かべてため息をつくが、そんな二人を慰《なぐさ》めるように、ユキがポンポンと肩を叩く。

「ま、これも経験だよ。蹉跌《さてつ》を経て、人は成長するんだよ！　はっはっは！」

「それは事実だけど……何もしなかったユキに言われると、なんか……」

「ええ、なんだか……」

「あ、あたしはほら、ナオのフォローしてたから？」

ハルカだけではなくナツキからもジト目を向けられ、ユキは慌てたように目を逸《そ》らした。

俺も一言言いたいが、フォローされたのは事実なので、今は口を噤《つぐ》む。

「そ、それよりあれって何だったのかな？　トーヤの攻撃も、ナオの魔法も効かなかったけど。あ、アンデッドってことは解るよ？　『浄化《ピュリフィケイト》』が効いたわけだから」

【鑑定】によると『シャドウ・ゴースト』みてぇだな。詳《くわ》しく見る余裕はなかったが。ただ、触れられた時はなんか力が抜けるというか、吸い取られるというか……すっげぇ気分が悪かった」

「あの状況《じょうきょう》でも、ちゃんと鑑定はしてたのか。……ドレインか？　ゲームでは定番だが」

「まさか、レベルとか吸い取られてねぇよな⁉　――ふぅ、大丈夫だな」

俺のつぶやきに反応したトーヤが、慌てて宙に目を走らせ、ホッと息を吐いた。

どうやらステータスを確認していたようだが、それを見ていたユキが悪戯っぽく笑う。

「判らないよ～？　ほら、この世界、キャラレベルもあるから。そっちは確認できないし？」

「脅《おど》かすなよ、おい！　え、オレ、実は弱くなってる？」

確認するように自分の身体を見下ろしながら、パタパタと叩くトーヤだが、そんなことで判るはずもなく、その表情は晴れない。

「こらこら、ユキ、確証もないことを言わない。――盾《トーヤ》が怖《お》じ気づいたら困るでしょ？」

「おぉぉい！　ハルカも酷いな⁉　そりゃ、前に立つのがオレの役目だけどよぉ……」

情けなさそうに耳や尻尾を垂らすトーヤを見て、ハルカはふふっ、と笑う。

「冗談よ。――シャドウ・ゴースト、ね。詳しいことは町に帰って調べましょ。対策が必要ならそれも同時に。気になるのは……ナオ、索敵に反応はなかったの？」

「あぁ……。何となく違和感《いわ》は感じたんだが、直前まで判らなかった。すまん」

生死が曖昧なスケルトンのせいかと思ったのだが、実際には他の敵が存在したわけで。

索敵を担当している俺としては、完全なミスである。

「責めてるわけじゃないわよ？　本来、ナオの感覚だけに頼っていること自体、ダメなんだし。でもこれからは、索敵では捉えられない魔物の存在も警戒《けいかい》すべきでしょうね」

「だな。オレもマジで気付かなかったし、ナオだけの責任じゃない」

「助かる。違和感はあったから、訓練次第で気付ける可能性はあると思うが……」

これまで俺たちは【索敵】スキルによって安全を担保してきた。

だが、【索敵】が効かない魔物の存在はそれを根底から覆《くつがえ》し、かなりの脅威である。

スキルが技術である以上、通用しない相手がいるのは当然なのだが、そのことに対する認識が甘かったと言わざるを得ない。

「【忍び足】や【隠形《おんぎょう》】というスキルもありますし、そちら方面の訓練もした方が良いかもしれませんね。それなら私も協力できますから」

「そうだな。そのときは頼む」

「はい、頑張りましょう」

【隠形】が気配を消すスキルだとすれば、【索敵】はそれを見破るスキルである。

互《たが》いに訓練を重ねれば、レベルアップも可能だろう——というか、急務である。

幸い今回は致命《ちめい》的な結果にならなかったが、そんな幸運が次回も続くとは限らないのだから。

「けど、索敵が効かねぇだけで、そんなに強くねぇのか？　『浄化《ピュリフィケイト》』二回で消えたし」

「それはどうかしら？　ある意味で、私たちが一番得意な魔法、でしょ？」

「うん、一番お世話になってる。『浄化《ピュリフィケイト》』様々だよねー」

最近風呂を手に入れるまで、長い間俺たちの心を支えてくれたのは、確実にこの魔法である。

これがなければ、俺たちの人間関係も今ほど上手くいっていなかっただろう。

「それに、私とハルカしか攻撃手段がないのも問題だと思いますよ？」

「そこだよなぁ。オレ、役立たずだったし。魔石は……あるな。スケルトンよりも大きいか？」

シャドウ・ゴーストが消えた辺りを調べていたトーヤが、落ちていた魔石を拾い上げた。

「中身のない靄に見えたが、魔石はしっかりと残すとか……ありがたいな！」

スケルトン共々、後始末が要《い》らないのが特にありがたい。

「不思議だけど、それは同意だね！　結構大きいし？　アンデッド、実はウマい？」

「ゾンビさえ出なけりゃな！　絶対臭《くせ》えし。魔石の回収、したくねぇ……」

「ゾンビかぁ。それは嫌《いや》だなぁ……そもそもこの辺り、アンデッドの情報って、あったっけ？」

ユキが顎《あご》に指を当てて小首を傾げ、俺たちを見回すが、全員揃って首を振る。

「いえ、私が把握《はあく》しているのは、先ほど言った通りで……」

「だよね、あたしもそうだし。——調査不足？　それとも、ギルドも把握していない？」

「一度、ディオラさんに確認してみた方が良さそうね」

ギルドが把握しているなら、あの手作り感溢れる資料にきちんと追記されていそうだが……。

「取りあえず今日のところは、準備なしには先に進めないと判っただけでも収穫か。町に戻って、オークの巣の殲滅報告をしよう」

「アンデッド対策の検討はその後ですね。攻撃手段も含めて」

トーヤは言うに及《およ》ばず、俺の『火　矢《ファイア・アロー》』が効かなかった以上、ユキもまた攻撃手段を持たない。

光魔法や『聖　火《ホーリー・ファイア》』以外で効果がありそうな魔法としては、水魔法の『聖　水《ホーリー・ウォーター》』があるのだが、こちらも魔道書によるレベルは7。当然ながら使えない。

風魔法にはそれっぽいものがなく、土魔法はレベル7に『埋葬《ベイリアル》』があるが、これは敵を地面に埋《う》めてしまうだけなので、アンデッドに効果があるかどうかは不明である。

というか、たぶん効果はない。ゴースト系なんて、特に。

何か良い手段が見つかれば良いんだが……。

第二話　意外な再会？

足早にラファンへ戻《もど》った俺《おれ》たちは、混雑する時間を避《さ》けて冒険者《ぼうけんしゃ》ギルドに赴《おもむ》いた。

俺たちは別に名声が欲《ほ》しいわけではない——いや、むしろ目立ちたくないので、人目を避けるのは当然として、暇《ひま》な時間帯の方がディオラさんにも対応してもらいやすく、都合が良い。

幸いなことにギルドは今日も平常運転で、人影《ひとかげ》はまばら。

カウンターにいるディオラさんも、入ってきた俺たちにすぐに気が付いて声を掛《か》けてきた。

「あら、皆《みな》さん。先日はありがとうございました。お仕事、再開ですか？」

「はい。結構休みましたからね。いつも通りの納品と……報告したいことが」

「報告ですか……。では、まずは倉庫の方へ」

ピクリと眉《まゆ》を動かしたディオラさんに促《うなが》され、俺たちは裏の倉庫へ移動する。

最近はオークの納品ばかりだから、カウンターで受け渡《わた》しする機会はめっきり減っている。

だが、オークの大きさを思えばそれも必然。肉はあまり出さないが、剥《は》ぎ取ったオークの皮だけでも十分に重く、それをディオラさんに運べというのは、あまりにも酷《こく》だろう。

……まぁ、ディオラさん、地味に力持ちなんだけどな。

「今回も大量ですねぇ。そろそろオークの巣が全滅《ぜんめつ》しちゃうんじゃないですか？　ふふふっ」

おや、ナイスタイミング。

少し呆《あき》れたように冗談《じょうだん》っぽく笑いながらも、探《さぐ》るようなディオラさんに、俺は頷《うなず》いた。

「はい、実は殲滅《せんめつ》が終わりました。報告はそれです」

「ふふふ……はい？　え、殲滅？　オークリーダーを斃《たお》した、ではなく？」

ディオラさんが表情を凍《こお》らせ、首を傾《かし》げて聞き返すが、それに俺たちは揃《そろ》って頷いた。

「あの時、巣にいたオークと、後で帰ってきたオークは、ですけどね」

「討《う》ち漏《も》らしがないとは言えないけど、オークリーダーも四匹《ひき》斃したから――」

「四匹⁉　オークリーダーが、ですか‼」

「ええ。これ、魔石《ませき》ね」

ハルカが倉庫のカウンターにオークリーダーの魔石を四つ、通常オークの魔石を一〇個あまり並べると、ディオラさんは慌《あわ》てたようにオークリーダーの魔石を手に取った。

「ちょ、ちょっと待ってください。――確かに、オークリーダーのようですね」

カウンターの中に置いてあった秤《はかり》のような道具に魔石を載《の》せ、その目盛りと俺たちの顔を、信じがたいものを見るような目で見比べるディオラさん。

その表情にもちょっと言いたいことがあるが、それより気になったのはその道具。

魔石の種類を調べられる物があったのか？

「ディオラさん、それって何なんだ？」

と思っていたら、トーヤが訊《き》いてくれた。

「これですか？　これは魔石の魔力量を計る魔道具です。魔物の名前までは判《わか》りませんが、この辺りであれば生息する魔物が限られるので、実用上は問題ないんですよね」

名前も調べられる高性能な物も存在するそうだが、魔石の買い取り価格は魔物の種類ではなく、含《ふく》まれる魔力量で決まるので、業務上はこれで十分らしい。

「他《ほか》の魔石も……間違《まちが》いないですね。凄《すご》いですね。ランク二の冒険者パーティーが単独でやることじゃないですよ？　オークの巣の殲滅なんて」

呆れたようにため息をつくディオラさんに、ナツキがニコリと微笑《ほほえ》む。

「いきなり攻《せ》め込《こ》んだわけじゃなく、少しずつ数を減らしましたから」

「でも、ディオラさんも予測はしてたんじゃないの？」

「してました。してましたけど、それは普通《ふつう》のオークの巣ですよ。オークリーダーが四匹もいるなんて、聞いていません！」

やや興奮したように、バンとカウンターを叩《たた》いたディオラさん曰《いわ》く、これまでギルドが主催《しゅさい》した討伐《とうばつ》では、巣にいたオークリーダーは基本的に一匹のみ。

例外的に二匹いた時は、かなりの被害《ひがい》を出してしまったらしい。

「高ランクの冒険者でも、オークリーダーの相手は危険なんですよ？　……まぁ、極《ごく》一部の人たちは、鼻歌交じりに片手で切り捨てますけど」

おおぅ、極一部でも、あれを鼻歌交じりに切り捨てられる人がいるのか。

想像以上に冒険者のレベルが高かった。

「もちろん、そんな現役《げんえき》の冒険者、この町にはいませんけどね。以前、対処が遅《おく》れてオークジェネラルが発生した時は、代官が依頼《いらい》を出して他の町から呼び寄せることになりました」

そんな高ランクへの依頼料は莫大《ばくだい》らしく、結果的に代官は責任を取らされて更迭《こうてつ》。

それを教訓に、以降の代官は冒険者ギルドに補助金を出して、殲滅を行わせているんだとか。

「その時ほどではなくても、オークリーダーが四匹もいるような巣があったら、街道《かいどう》の被害がもっと大きいはずなんですが……皆さんが間引いてくれていたからでしょうね、きっと」

「俺たちとしては良い金蔓《かねづる》だったが……役に立っていたなら、幸いだ」

「大助かりですよ。……はい、査定完了《かんりょう》です。報酬《ほうしゅう》をお渡ししますので、カウンターの方へ」

驚《おどろ》きはあっても、仕事の手は止まっていないのがディオラさんらしい。

そうして倉庫を出た俺たちだったが、ディオラさんが向かったのはカウンターの方ではなく、ギルド二階へと続く階段の方だった。

「……？　ディオラさん？」

「皆さんのランクを上げます。就きましては、一度、支部長にも会ってもらえますか？」

「あ、ランクアップするんだ？　というか、あたし、支部長って見たことない」

「さすがにオークを殲滅した皆さんたちを、ランク二のままにしておくわけには。素行に問題もないですから。支部長は……トラブルでもない限り、出てきませんからね」

ディオラさんはそう言って苦笑《くしょう》するが、トップならそんなものだろう。

社長が受付に座《すわ》っているような会社があったら、逆に怖《こわ》いし。

これまで縁《えん》がなかったということは、俺たちが平穏《へいおん》に過ごせていた証《あかし》とも言える。

今回、縁ができることが吉《きち》と出るか、凶《きょう》と出るか……。

「ここが支部長室です。——支部長、入りますよ」

ディオラさんは三階奥《おく》にあった扉《とびら》の前で立ち止まり、軽くノック。

返事も待たずに扉を開けて部屋に入ると、俺たちを招いた。

そこは特に豪華《ごうか》ということもない、少し雑然としたごく普通の部屋だった。

左右の壁際《かべぎわ》に置かれた棚《たな》には木箱が詰《つ》め込まれ、それは床《ゆか》の上にも溢《こぼ》れている。

中央奥には机があり、そこに座っていたのは初老に足を踏《ふ》み入れた男。

髪《かみ》の生え際は少し後退しているが、その鍛《きた》えられた肉体からして、元は冒険者と思われる。

彼《かれ》は突然《とつぜん》入ってきた俺たちに驚く様子も見せず、気怠《けだる》げな視線を向けてきた。

「ディオラか。そいつらは……お前が目を掛けている冒険者か？」

「はい。彼ら——ナオさんたちのランクを上げようと思いますので、顔合わせを。若者特有の根拠《こんきょ》のない自信や無謀《むぼう》さもなく、堅実《けんじつ》に仕事を熟《こな》してくれる方たちです」

「ふーん……まぁ、副支部長がそう判断したのなら、俺は反対はしない。俺がラファンの町の冒険者ギルド支部長、マークスだ。短い間だろうが、よろしく頼《たの》む」

値踏《ねぶ》みするように俺たちを見た支部長は、それだけ言って椅子《いす》の背もたれに身体《からだ》を預けた。

何やら投げやりだが、低ランクの冒険者相手ならこんなものか。

それより、ディオラさんって副支部長だったのか？

幹部とは聞いていたが……。

「支部長、ちゃんと挨拶《あいさつ》してくださいｌ　珍《めずら》しく定住してくれそうな冒険者なんですから‼」

「……なに？　本当か？」

「はい。先日、私が斡旋《あっせん》した土地に家が完成しました。これはボーナス査定、期待できますね！」

その言葉を聞いたマークスさんは、一転してにこやかな笑《え》みを浮《う》かべて立ち上がった。

「おぉ、これはすまん。ランクが上がるとラファンを離《はな》れる冒険者が多くてな。ランクに見合う適当な仕事がないのが原因なんだが……。あ、ディオラのボーナスは今後の実績次第な」

さらりと付け加えられた言葉に、ディオラさんの肩《かた》が落ちる。

「ないんですか、お仕事？」

「ないな。お前さんたちみたいにマジックバッグ持ちならオークで稼《かせ》げるが、ランクを上げられるような仕事は……おぉ、そうだ！　ギルド主催のオークの殲滅に参加すれば――」

「あ、支部長。それ、ナオさんたちが片付けてくれました。しかも、オークリーダーが四匹もいたそうですよ？　ふふふ、これで実績も十分ですね」

「マジか⁉　オークリーダーが四匹？　――くっ、俺も行きたかった！」

復活したディオラさんの言葉を聞き、悔《くや》しそうに歯噛《はが》みするマークスさん。

――別に驚けとは言わないが、反応、違わないか？

そんな俺たちの表情を見たのか、ディオラさんが苦笑する。

「この人、元高ランクの冒険者なんですよ。どちらかといえば、極一部の方の」

……？　っ！　オークリーダーを片手で切り捨てられる冒険者！

「ですので、機会があれば現場に出たがるんですよねぇ。仕事はできるんですけど……」

「なんだよ、やることはやってるだろ？　しかしそうなると、マジで紹介《しょうかい》できる仕事がねぇなぁ。今更《いまさら》、南の森で木こりの護衛もねぇし……北の森で銘木《めいぼく》でも――」

「支部長！　皆さんを殺すおつもりですか⁉」

マークスさんが呟《つぶや》くように漏らした言葉を聞き咎《とが》め、ディオラさんが厳しい口調で遮《さえぎ》った。

「わーってる、わーってる。単なる願望だよ。――せめて山麓《さんろく》まで道を付けられりゃ、ランク四、五でもなんとかなると思うんだがなぁ」

そのあたりのランク向けの仕事がないことが、冒険者が町を離れる要因となっていることは支部長も把握《はあく》していて、以前から解決策を模索《もさく》しているらしい。

また、銘木の不足は町としての課題でもあり、代官も銘木採取に補助金を出す姿勢を示しているそうだが、その程度の補助金では、道の開設に必要な高ランク冒険者を呼び寄せるには足りず、内部で賄《まかな》おうにも、地元の冒険者はランクが上がれば町を出る。

必然的に支部長の構想は、長い間停滞《ていたい》を続けているわけである。

「あの、一応言っておきますが、私たちに期待されても無理ですよ？」

ナツキが遠慮《えんりょ》がちながらもはっきりと言えば、マークスさんは「ガハハ！」と笑って頷いた。

「もちろん解《わか》ってるし、頼みゃしねぇよ。そんなことしたら、ディオラに殺される」

「支部長……？」

ディオラさんがニッコリと笑って、マークスさんを見上げる。

目はまったく笑っていないが。

その視線にマークスさんは慌てたように首を振《ふ》った。

「あぁ、いやいや、ディオラは冒険者思いだからな！　うん、素晴《すば》らしいことだと思うぞ？」

「ですよね？　無理な仕事を斡旋するなんて、最低ですよね？」

「もちろんだとも！」

にこやかに頷くディオラさんと、頷きながらも額に汗《あせ》が浮かんでいるマークスさん。

普段の力関係が窺《うかが》われる。

「ま、そんなわけで、あんま仕事の紹介はできそうにないが、可能な範囲《はんい》なら便宜《べんぎ》も図《はか》ってやる。期待しているから、頑張《がんば》ってくれよな！　ハルカ、ナオ、トーヤ、ナツキ、ユキ」

「「「は、はい」」」

俺たち全員と握手《あくしゅ》して、激励《げきれい》するように肩を叩くマークスさんに、俺たちも頷く。

初対面なのに全員の名前が一致《いっち》しているあたり、『仕事はできる』のは本当なのだろう。

俺たちにはそれぞれ特徴《とくちょう》があるので判りやすいだろうが、それも覚えていてこそ。

見た目は脳筋っぽいのに、かなり有能である。

「しかし、巣の現状は確認《かくにん》しておく必要があるな。……よしっ、見てくるか！」

「支部長！　トップが気軽に出かけようとしないでください！」

「つってもよ、ディオラ。他に任せられる冒険者がいるか？　ナオたち以外で」

「それは……二パーティー、合同で依頼すれば……」

ディオラさんは迷うようにそう言うが、マークスさんはニヤリと笑う。

「その予算をディオラが用意してくれるなら、何も言わんが？」

「うぐ……厳しいですね」

「だろ？　俺なら一人で良いし、金も掛からない。悪くねぇだろ？」

「予算面だけで言えばそうですが……」

ディオラさんは視線を泳がせ、困ったように頬《ほほ》に手を当てる。

利があるのは理解できるが、副支部長としては簡単には認めづらい、そんなところだろうか。

トップに自由な人がいると、中間管理職はなかなか大変そうである。

とはいえ、ここに俺たちがいても何の役にも立たないわけで。

「あの、そろそろお暇《いとま》しても？」

俺が遠慮がちに声を掛けると、ディオラさんがハッとしたようにこちらを見た。

「――っと、そうでした、すみません。報酬とランクアップの処理をしますので、カウンターに行きましょう。それから支部長！　私がいない間に勝手に出かけないでくださいね！」

ディオラさんに強く念押《ねんお》しされ、マークスさんは肩をすくめて苦笑した。

「行かねぇよ。まだ場所も聞いてないしな」

「そうでしたね。場所は下で聞きましょう。さあさあ」

俺たちの背中を押すようにして一階へと戻ったディオラさんは、報酬の支払《しはら》いとランクアップの処理をしながら、オークの巣の場所も聞き取ると、慌ただしく上階へと戻っていった。

きっとこれから、マークスさんとの戦いに臨《のぞ》むのだろう。

その攻防《こうぼう》がどのような形で決着するのかは判らないし、俺たちには手助けもできない。

お世話になっている彼女《かのじょ》の心労があまり重ならないことを、ただ祈《いの》るのみである。


「まさか、一気にランク四になるとは、予想外だったな」

ランクアップというから、一つ上がってランク三と思っていたのだが、ディオラさん曰く、『オークの巣を一パーティーで殲滅できる冒険者がランク三はない』らしい。

一気に殲滅したわけじゃないので過大評価にも思えるが、ランクアップは素直《すなお》に喜ばしい。

「だよねぇ〜、みゅふふ、ランク四。一人前の冒険者だね！」

ランクを示す刻印が増えたギルドカードを嬉《うれ》しげに見ているのはユキであるが、トーヤも似たようなことをしているし、ナツキとハルカも笑顔である。

「でも、ランクが上がっても、あまり影響《えいきょう》はないんですよね？」

「一般《いっぱん》社会ではね。ギルドからの信頼《しんらい》を数値化したものだから。さすがに七以上になると誰《だれ》からも尊敬されるし、その社会的地位もそれなりらしいけど」

「冒険者ギルドのサービスを利用するとき、少し優遇《ゆうぐう》されるぐらいかなぁ？」

ルーキーを卒業して冒険者として侮《あなど》られなくなるのがランク三だとしたら、ランク四はそれよりもちょっとマシな程度。尊敬されるというほどではないが、同じ冒険者であれば一目《いちもく》ぐらいは置いてくれる——そんな位置づけにあるらしい。

俺たちのパーティーは女性が多いので、多少のトラブル避《よ》けになれば御《おん》の字、ってところか？

「あ、でもランク四からはダンジョンに入れるようになるから、行くなら意味があるよ？」

ギルドが管理するダンジョン限定で抜《ぬ》け道もあるようだが、建前上はそうなっているらしい。

今のところ予定はないが、一度ぐらいは入ってみたいと思っているので、その点を考えればランク四になれたのは良かったのだろう。

「ダンジョンか、行ってみてぇけど、近くにあるのか？」

「残念だけど、ダンジョンで有名な町はかなり遠いよ。あたしの知らないダンジョンもあるだろうけど、近くにあるという話は聞いたことないかな」

実のところ、ダンジョンそれ自体はさほど危険な物ではない。

放置したところで中から魔物が溢れ出てくるわけではないし、一般的には周囲に悪影響を及《およ》ぼすこともないと考えられている。

それどころか、魔物由来の素材はもちろん、稀《まれ》に魔道具などを得られることもあるため、どちらかといえば資源扱《あつか》い。それを利用して領地を発展させようとする領主も少なくない。

――少なくないのだが、失敗することもまた少なくない。

ダンジョンの危険度と得られる素材が見合わない、場所が悪すぎて冒険者が集まらない、周辺整備にお金を掛けすぎて領地経営が破綻《はたん》、柄《がら》の悪い冒険者が増えて治安が悪化、などなど。

成功例よりも失敗例の方が多い、そんな状態のため、ダンジョン開発は一種のギャンブル。

ダンジョン発見の報を受けても、放置することを選ぶ堅実な領主もそれなりの数に上るらしい。

「ま、そんな場合でも情報は冒険者ギルドに残るから。近くにあるなら、ディオラさんが知らないってことはないと思うよ？　つまり、ダンジョンに入りたいなら、遠出するしかない」

「そりゃ、行くとしても当分先だな。折角家を作ったんだから」

「ですね。新築の家、長期間留守にするのは勿体《もったい》ないです」

そんな話をしつつ家路を辿《たど》っていた俺たちだったが、ユキがふと思い出したように声を上げた。

「あ。そういえば、アンデッドについて訊くの、忘れてた……？」

「覚えてたけど……あの状況《じょうきょう》で訊ける？　微妙《びみょう》に修羅場《しゅらば》っぽい、ディオラさんを引き留めて」

「無理、だよねー、あたしたち、切羽《せっぱ》詰まってるわけじゃないし」

「でしょ？　ま、ディオラさんにはまた訊きに行くとして、まずは自分たちで情報収集や対策を模索してみましょ。……ちょっと頼《たよ》りすぎって気もするし」

「だな。最終的に頼るにしても、努力してからだよな」

訊けば答えてくれるだろうが、頼り切ってしまうのはやはり違うだろう。

もっとも俺たちの情報源なんて、選べるほどの数もなく……。

「そいじゃ、オレは武器屋を回って、ガンツさんにも話を訊いてみるか」

「なら私は、再度文字情報を当たってみます。見落としがあるかもしれませんから」

「私はアエラさんに話を聞いてみるわ。冒険者としても、私たちより経験豊富だと思うし」

「あたしはハルカに付き合おうかな？　一人歩きはあれだしね」

基本的にはいつもの面々。

こちらで過ごして未《いま》だ数ヶ月、仕方ないとはいえ、人脈の薄《うす》さを実感せずにはいられない。

「俺は……何か良いアイテムがないか、町を回ってみるか」

アエラさんと出会えたのも、俺が町を漫《そぞ》ろ歩きしたからこそ。

もしかすると、また良い出会いがあるかもしれない。

——いや、誤解しないでくれ。決して可愛《かわい》い娘《こ》との出会いを期待しているわけじゃない。

アンデッドに効果があるアイテムとの出会いだぞ？

うん。邪推《じゃすい》はダメだ。

それに、そんなオカルトな代物《しろもの》を扱っているような怪《あや》しげなお店に、ハルカたちを向かわせるのは不安だし——あ、ここだとオカルトじゃないのか。

もっとも、それでも俺が行く方が安心なのは間違いないわけで……。

◇　◇　◇

翌日、俺は予定通りに一人で町を歩いていた。

アエラさんの店を見つけた時は新市街から行政区画の辺りを歩いたが、今回の目的はアイテム探し。商業区画を中心に歩き、それっぽい店を探す。

「といっても、どんな店を探せば良いのか……怪しげな店か？」

オカルトというイメージに引き摺《ず》られ、そんなお店を探してみるが、表通りにあるのはごく普通の店ばかり。裏通りに足を延ばしてみても、やや人通りが少ないだけで大した違いもない。

一応、雑貨屋などに入ってみたが、アンデッド対策用品の品揃えは皆無《かいむ》である。

う～む、なんでも揃う大規模ホームセンターが欲しい。

そうすれば、ゾンビも斃せるスコップやショットガンがお手軽に——ないか。

「確か、リーヴァの店はこの辺りにあるんだよな？」

結果の出ない探し物に飽《あ》いていたこともあり、以前聞いた話を思い出しながら、俺は気分転換《てんかん》にリーヴァのお店探しを始めた。

そして、さほど時間をかけることなく、それらしいお店を見つけたのだが……。

「随分《ずいぶん》とこぢんまりとした店構えだな」

店舗兼《てんぽけん》住宅のはずだが、アエラさんの店とは比べるべくもなく、ガンツさんの店よりも小さい。

リーヴァが言っていた通り庭がなく、建物もかなり古びている。

雰囲気《ふんいき》も何だか暗くて、一見《いちげん》さんはちょっと入りづらそうな、そんなお店。

「——けどこれ、怪しげな店という条件には引っ掛かってるなぁ」

幸いと言うべきか、二重の意味で目的の店を見つけてしまった俺は、躊躇《ちゅうちょ》を捨てて店に足を踏み入れたのだが……予想通りと言うべきか、店の中もやはり薄暗かった。

周囲に並んでいる商品も怪しげで、店の奥、カウンターの向こうに蹲《うずくま》るようにして座っているのは、全身を黒いローブで覆《おお》い、フードで顔を隠《かく》した人物。

「……いらっしゃい」

入店と同時に、嗄《か》れたような声の挨拶が微《かす》かに耳に届く。

ちょっと自信がなくなってきたが、ここって、リーヴァの店に間違いないよな？

「えーっと、リーヴァ、だよな……？」

「あれ？　その声はナオさんですか？」

恐《おそ》る恐る声を掛ければ、ローブから戻ってきたのは聞き慣れた声だった。

そのローブが何やら手元を操作すると、ランプのような物が灯《とも》って店内が少し明るくなる。

そして曲がっていた背中を伸《の》ばし、フードを下ろせば、その中から飛び出してきたのは特徴的なピンクのウサ耳。間違いない、リーヴァである。

「リーヴァ……なんだこの店？　かなり入りにくかったぞ？」

ホッとすると同時に、びびらされた不満が口を衝《つ》いた俺に、リーヴァは困ったように笑う。

「ふ、雰囲気作りです。一般人が錬金術師《れんきんじゅつし》に求めているのは、こういう方向性なので……」

なるほど、納得《なっとく》の答えである。

アンデッド対策用品探しでそんな店を探していた俺としては、ぐうの音《ね》も出ない。

「それでも客を見もしないのは不用心だと思うが……手に取れる位置に商品も並んでるし」

「あ、その辺の物はそれっぽいだけで、あんまり価値はないんです」

「これも雰囲気作りかよっ！」

「も、もちろんゼロじゃないですよ？　魔道具で防犯もしてますから、簡単に盗《ぬす》めるわけじゃないですしね。それに怖くないですか？　こんな店から盗むのって」

これまた納得の答え。

仮にどれか一つ、タダであげると言われても、手に取るのを躊躇するレベルだ。

「もっとも、雰囲気を作っても、お客さん、あんまり来ないんですけど」

それは……実は方向性が間違っているんじゃ……？

フッと寂《さび》しそうに笑うリーヴァに何か言ってやりたいが、向こうでも馴染《なじ》みのあった飲食店とは違い、錬金術の店なんて利用経験ゼロ。むしろ、存在自体がゼロ。

正しいアドバイスになるのかすら判断できず、俺は口を噤《つぐ》む。

そんな俺をリーヴァはハッとしたように見て、表情を崩《くず》した。

「えへへ、ちょっと情けないこと言っちゃいましたね、私の方がお姉さんなのに。——さて、ナオさん、今日はお一人なんですね。何かご用ですか？」

「あ、あぁ、実はアンデッド対策になるようなアイテムを探しているんだが……」

リーヴァをお姉さんと見たことはないのだが、そこはあえて追及《ついきゅう》せず、俺は本題を口にする。

「アンデッド？　幽霊屋敷《ゆうれいやしき》の除霊でも依頼されました？」

「いや、森で出会ったんだ。一応、魔法で斃すことはできたんだが……何かないか？」

小首を傾げて不思議そうなリーヴァに事情を話すと、彼女は少し困ったように眉尻《まゆじり》を下げた。

「ナオさん……そういうのは基本的に、神殿《しんでん》の領分ですよ？」

「……おぉ！」

俺は思わずポンと手を打つ。失念していたが、除霊といえば巫女《みこ》さんや神官じゃないか！

大幣《おおぬさ》を持って、バッサ、バッサなもんである。

「ってことは、ここにはないか」

「ないこともないですけど」

「あるのかよ！」

「一応、アンデッドが近寄りづらくなるお薬が。散布しておけば、多少効果があります」

完全じゃないのか。虫除けスプレーみたいだな？

「ただ、普通の人が緊急避難《きんきゅうひなん》的に使うならまだしも、冒険者が日常的に使うには高すぎると思うんですよね。なので……ナオさんは属性鋼《こう》ってご存じですか？」

「いや、聞いたことはない、と思う」

「簡単に言えば、特定の魔力属性を持つ金属のことです。光の属性鋼で作った武器は、アンデッドに効果的なようですよ？　そして、属性鋼を作る技術を持つのが錬金術師なんですが……」

聞くだけならアンデッド対策に最適に思えるが、リーヴァは迷うように言葉を濁《にご》す。

「もしかして、売ってないのか？　ここでは」

「注文があれば作りますが、私はあまり得意じゃないんですよね。魔力も多く必要ですし、原料自体が高価ですから……ハルカさんがご自分で作る方が良いかもしれません」

「いや、リーヴァ、良いのか、それで⁉」

売れるか判らないならまだしも、受注生産なら高価な商品は確実な稼ぎになる。

そんな絶好の機会を捨てようとするリーヴァに、俺は思わず突《つ》っ込みを入れたが、リーヴァは気弱そうに笑った。

「お友達から儲《もう》けようとするのはちょっと……」

「その優《やさ》しさは尊いが、正当な対価は取って当然だと思うぞ？」

多少の『お友達価格』はありにしても、友達だから儲けなしというのは違うだろう。

とはいえ、魔力的な問題もあるようなので、リーヴァに指導料を払って教えてもらうのが現実的なラインかもしれない。そう思って、必要な素材などの値段を聞いてみたのだが――。

「うん、すぐに買える物じゃないな。会議案件だな、これは。決まったら頼む」

「あはは……そのときはお引き受けします。――お金はなくても、時間だけはありますから」

微妙に悲しいことを言って、リーヴァは苦笑したのだった。


「ここを左、だったよな」

暇していたのか――いや、見て判る通りに暇していたのだろう。少し名残惜《なごりお》しげなリーヴァに別れを告げた俺は、彼女に教えてもらった道を辿っていた。

もちろん目的地は神殿。属性鋼の武器は有効な手段になりそうだが、すぐに手に入れるのは難しそうだし、冒険者であれば複数の対策を持っておくべきだろう。

「しかし、神殿か……そういえば、こっちに来て宗教に関《かか》わったことはなかったな」

神殿と言われるとついギリシア系の、パルテノンな風味を思い浮かべてしまうが、神道《しんとう》の神社も神殿といえば神殿なんだよな。

この世界の神殿は果たしてどんな形なのか。ちょっと楽しみでもある。

「……ここか？」

しばらく歩いて見つけたのは、やや立派な建物だった。

シンプルな石造りの教会に、ギリシア建築が混ざったような雰囲気とでも言えば良いだろうか。

荘厳《そうごん》と言うほどではないが、周囲の建物よりも大きく、敷地《しきち》も広い。

「神殿だよな？　入っても、良いんだよな……？」

やや気後《きおく》れするものはあるし、『ご自由にお入りください』と看板があるわけでもないが、観光地でもあるまいし、まさか入場料を取られたりはしないだろう。

意を決し、そっと扉を開いて中に入ると、そこには一人の女性が立っていた。

年の頃《ころ》は二〇代前半か。ゆったりとした白い服を身に纏《まと》い、透《す》き通るような長い金髪《きんぱつ》を編み上げて後ろで纏めた彼女は、入ってきた俺に気付くと、ニッコリと柔《やわ》らかな笑みを浮かべた。

「ようこそ。お祈りですか？」

「えっと……はい。それと、ご相談したいことが……」

さすがに『祈る気はないが、アンデッド対策は教えろ』なんてことは言えず、俺は頷きつつ、本題も付け加える。

この神殿に、どんな神が祀《まつ》られているかすら知らないんだけどなっ！

「ご相談ですか？　私《わたくし》にお手伝いできることであれば、よろしいのですが……」

穏《おだ》やかな表情のまま耳を傾《かたむ》けてくれる神官さんに、俺が事情を説明すると、神官さんは少し困ったような表情になって、頬に手を当てた。

「アンデッド対策ですか。それでしたら、アミュレットか聖水になると思いますが……アミュレットはそう簡単にお譲《ゆず》りできるような物ではないのです」

簡単な物ならまだしも、アンデッドにしっかりと効果があるような物となると、作れる人も少なく、かなり稀少《きしょう》な物になる。この神官さん——イシュカさんという名前らしい——も作ることはできるが、掛かる時間を考えると安易に引き受けることもできないようだ。

「そうですか。では、聖水の方は？」

「アミュレットほどではありませんが、聖水も同様でして……」

神殿が配付している聖水は、水魔法で作ることができる『聖　水《ホーリー・ウォーター》』とはまったく別物で、神官が長い間祈りを捧《ささ》げて聖別することで完成するらしい。

しかも、しっかりと効果を出そうと思えば、アンデッドに直接ぶっかけるか、武器にたっぷりと塗《ぬ》りつけるかする必要があり、流れ落ちてしまえばそれまで。

効果が持続するわけではないため、アンデッドと戦うには大量の聖水が必要となる。

「最近、聖水と称《しょう》して怪しげな物を安価で販売《はんばい》している、という話も聞こえてきますが、本来聖水とは、信者の方のみにお分けする物なのです。もちろんナオさんは、そんな擬《まが》い物には惑《まど》わされない、信仰篤《しんこうあつ》き方であると思いますが」

ニコリと笑ったイシュカさんが視線を向けたのは、神殿の奥に祀られた神像。

若い男神の像だろうか。おそらく素材は石で、大きさはナツキと同じぐらい。

その前に置かれているのは、神社でよく見る箱に似た物。

――そう、賽銭箱《さいせんばこ》である。

さりげなく中を覗《のぞ》けば、何枚かの硬貨《こうか》が入っているのが見える。

なるほど、祈りを捧げろと。

そして、お布施《ふせ》を入れろと。

解ります。

「……お祈りさせて頂いても？」

「良きことです。ささ、前にお進み、お祈りください」

俺は神像の前に立ち、懐《ふところ》から出したお財布《さいふ》を探る。

昨日、オーク殲滅の報酬を分配したので、ある程度の金は入っているんだが……俺って、神社の初詣《はつもうで》でも数百円しか入れたことがないんだよな。

迷いつつ銀貨を手に取り、イシュカさんの顔を窺えば――真顔だった。

先ほどまでの穏やかな表情が行方《ゆくえ》不明である。

当然、俺はさりげない仕草で銀貨を財布の隅《すみ》に避《よ》け、大銀貨を手に取る。

少し戻ってきた――何が、とは言わないが。

俺は大銀貨も横に避け、金貨を選択《せんたく》する。

――無事帰還《きかん》である。これを入れろということですね？　はい。

これも必要経費と自分に言い聞かせ、金貨をチャリン。その場に膝《ひざ》をつき、手を合わせる。

その次の瞬間《しゅんかん》――俺の視界は真っ白に染まった。

◇　◇　◇

《初回ログインボーナス～～～!!》

「……はぃ？」

突然聞こえてきた能天気な言葉に、俺は図らずも間抜けな声を漏らしてしまった。

《いやー、君たちってホント宗教と縁遠いよね。三〇人以上いるのに、僕《ぼく》の神殿に来たのは君が初めてだよ。ま、すぐに死んじゃった人も結構いるんだけどね。あははは！》

視界は真っ白なままだが、続いた言葉の内容を聞き、俺は恐る恐る口を開いた。

「あの、もしかして邪神様でしょうか？」

《うん、君たちには邪神と名乗ったね。でもこの世界だと、アドヴァストリスという名前で呼ばれてるから、覚えておいてくれると嬉しいかな？》

「は、はぁ……」

もしかして、この神殿が邪神様、改めアドヴァストリス様の神殿だったのだろうか。

《そう、ここが僕の神殿だね。この町だと僕以外の神殿はベルフォーグのしかないから、もっと早く誰か来ると思ったんだけどねぇ》

ベルフォーグというのは、文脈からして別の神様か。

であるならば、ラファンを中心に転移してきたと思われる俺たちが、この神殿に来ると思っても不思議ではない——俺たちに神に祈る習慣があれば、だが。

「俺たちの年代だと、冠婚葬祭《かんこんそうさい》ぐらいしか宗教と関わる機会がないもので……」

そもそもリーヴァに指摘《してき》されるまで、神殿の存在を忘れていたぐらいなのだ。

困ったときの神頼《かみだの》みなのかもしれないが、実際に切羽詰まったら『神に祈る前に金稼ぎ』だったからな、俺たち。どんだけ当てにしていないか、解ろうものである。

おそらく大半の日本人にとって、神とは実際に助けてもらえるものではないからなぁ。

《みたいだね。ま、現世に影響を及ぼせない神だと、祈っても仕方ないよねぇ》

ぶっちゃけすぎである。大半の宗教に喧嘩《けんか》を売っているに等しい。

「え、えーっと……宗教による道徳心とか、心の安らぎとか……」

《別に否定はしないけど、それって精神的に幼いとも言えるよね？　『神が見ているから悪いことをしない』、『神が許しているからこれは大丈夫《だいじょうぶ》』、『神の言葉だから云々《うんぬん》』。自分で考えて行動できないのかな？》

なかなかにシビアな言葉だが、確かにそれは同感。

聞こえが良いように言葉を飾《かざ》っても、結局その根底にあるのは宗教だったりする。

たとえば食べ物。戒律《かいりつ》で許されているからこの動物は食べてもいい、この動物は禁止されているからダメ。宗教によってその内容は異なるし、相反するものもまた多い。

俺が日常的に食べていた牛や豚も食べることを禁止している宗教があるし、鯨《くじら》や犬を食べるのは野蛮《やばん》であり、可哀想《かわいそう》だと主張する人たちもいた。

そして、なぜか大半の宗教で許されている羊さん。

誰も守ってくれなくて涙目《なみだめ》である。

俺はあえて犬を食べたいと思わないが、『じゃあ、牛と何が違うの？』と問われれば答えを持たないので、他人に食べるなとはとても言えない。牛肉、美味しいし？

《発展段階なら戒律で縛《しば》るのもアリだとは思うけど、いい加減合理的思考をするようになっても良いと思うんだけどね、キミたちぐらいの世界なら。神も関与《かんよ》してないんだし》

「ははは……まぁ、未だに地動説や進化論を否定する人もいますから。でもそれ、神様が言っても良いんでしょうか？」

《僕たちはほら、現世に影響力を持つから。バカなことやってたら『神罰《しんばつ》‼』とかもできるし？》

「……できるんですか？」

《できるのです。神ですから》

神、すげぇ！　現実的な現世利益あるんだなぁ、この世界。

俺の偏見《へんけん》かもしれないが、地球だと死んだ後に天国に行けるとか、極楽に行けるとか、そういう宗教が幅《はば》を利《き》かせていたけど。

……いや、それらの宗教も一応、現世利益は謳《うた》っているんだろうが、不信心者の俺としては、良いことがあっても素直に『神様のおかげ！』とは、信じられないんだよなぁ。

《いろんな意味で不明確な宗教は面倒《めんどう》くさいねぇ――っと、それよりも初回ログインボーナスだよ。

こういうの、流行《はや》ってるんでしょ？　えーっと、ガチャだっけ？》
「……詳《くわ》しいですね」
《神だからね。折角だし、何か良い能力をつけてあげるよ。『レア以上確定！』みたいな？》
うっ……心惹《ひ》かれる。でも、この神の場合、落とし穴がありそうで……。
《はっはっは。別にそんなのないって》
おっと、さすが神様。口に出さなくても判るのか。
《ここは僕の神域だからね》
くっ、おかしなことは考えられない……って、抵抗《ていこう》するだけ無意味か。
俺は悟《さと》りも開いていないし、思考を制御《せいぎょ》するような器用さも持ち合わせていない。
《そもそも最初の時だって、おかしなスキルを希望した人がいただけでしょ？　僕は普通のスキルを提示したのに。君たちが地雷《じらい》とか思ってるのは、単にバランスを取っただけ。異常に強力なスキルが何のリスクもないとか、あり得ないでしょ》
「否定はできない……ですね」
こちらの世界の神様なのに、外から来た俺たちを異常に優遇するとか、普通はあり得ない。
何かの投資話だって『リスクなしで儲かります！』と言われれば、即座《そくざ》に眉に唾《つば》をつけるべき。そんなウマい話があるなら、勧誘《かんゆう》なんてせずに自分で出資するだろう。
地球の神話や民話でも、神様から提示された甘《あま》い話に乗ると大抵酷《たいていひど》い目に遭《あ》う。
つーか、日本の神様は比較的《ひかくてき》まともなのが多いけど、神様って滅茶苦茶《めちゃくちゃ》なのが多いし。

「……でも、【鑑定《かんてい》】や【索敵《さくてき》】みたいにとても便利なスキルもありますよね？」

《あぁ、そのへんはボーナススキルだね。ほら、平和な国で暮らしてきた君たちに、いきなり『死の気配を感じ取れ！』とか無理でしょ？　すぐに死んじゃうのは僕も望んでないし》

「ええ、凄く助かってます。あ、でも【看破】はちょっと微妙ですね。使いどころが……」

《そうかな？『相手の能力が丸裸《まるはだか》』みたいなことはできないけど、視界に入れただけで勝てそうかどうか判るだけでも有益じゃない？》

「それは……そうですね」

なるほど、そういう使い方。俺たちが活用できていなかっただけか。

武道の達人でもなんでもない俺たちに、相手の強さを測ることなんて到底《とうてい》不可能。

人間でそれなんだから、魔物相手なら言うまでもない。

だが、戦う前におおよそでも強さが判れば、逃《に》げるという選択肢《せんたくし》も取れる。

『魔王からは逃げられない！』みたいなことになった後では遅《おそ》いのだ。

《ちなみに頑張ってレベルを上げれば、初遭遇《そうぐう》の魔物や人でも、どんな攻撃《こうげき》をしてくるか予測できるようになるよ？》

「便利ですね!?　どうすれば上がりますか？」

《経験。いろんな人、魔物と対峙《たいじ》して、戦って、経験を蓄積《ちくせき》すれば自《おの》ずとレベルも上がるよ》

あぁ、そのへんはシビアなのね。

だが、経験を積んで知識を蓄《たくわ》えれば判るようになる、というのは納得である。

《さて、そろそろ初回ログインボーナスの話に移ろうか》
「あ、はい。――あの、このボーナスは俺だけなんでしょうか？　仲間には……」
《うーん、これは最初に僕の神殿に来た君に対するボーナス、だからねぇ。みんなにあげるのはちょっとダメかな？　神殿に来てくれたお礼、みたいな物だし》
「そうですか……」
でも、本当にお礼なんだろうか？　また落とし穴があったり……。
《おや、まだ疑ってるね？　うん、その慎重《しんちょう》さ、悪くないと思うよ？　でも、これは本当にお礼。そこまで凄い物じゃないから。ほら、ゲームバランス？　そんな感じ》
レア確定のガチャとか言っても、実は大したカードが出ないとか、そういうタイプか！
……いや、イラストだけは力入っていたりするけどね。
《う～ん、君が望むならガチャを止《や》めて、仲間にも恩恵《おんけい》のある能力を選んであげようか？　その分、ちょっとショボい感じにはなるけど》
「ショボい……でも、それでお願いします」
俺がここに来たのはたまたまなのだ。今まで無事に生きてこれたのは、みんなで頑張ってきたからだし、俺だけ得をするというのも心苦しい。
ちょっとしたことでも全員分ある方が良い、よな？　多分。
実は地雷で、全員揃って爆死《ばくし》、なんてことはないと信じています！
アドヴァストリス様！

《ふーん……ま、いっか。それじゃ、何が良いかな？　……うん、君には同じパーティーメンバーの取得経験値が一割アップする恩恵をあげよう！》
一割！　さすが神様がショボいと言うだけあって、割合が渋《しぶ》い！　でも――。
「えっと、それって、キャラメイクの時にあった地雷じゃ……？」
恐る恐る口にした俺の言葉を、アドヴァストリス様はすぐに否定した。
《いや、これは純粋《じゅんすい》にアップするだけ。落とし穴はないよ。そもそもあれだって、使い方によっては有効なんだよ？　僕は公平なんだから。――残念ながら気付いた人はいなかったけどね》
やはり抜け道はあったのか。単体ではデメリットしかなかっただけに、他スキルとの合わせ技《わざ》で使えるようになるんじゃ、とは予想していたが……。
「ところで、経験値ってやっぱりあるんですね？」
《そうだよ。最初に言ったでしょ？　レベルとかある世界だよ、って。みんな喜んでレベル上げに励《はげ》むと思ったのに、僕、予想外！》
「でも、現在値の確認ができないんじゃ……」
《そう、それ！　ちゃんと僕の神殿に来てくれれば『ナオは現在レベル13です。次のレベルアップには2,580の経験値が必要です』ってやるつもりだったのに、誰も来てくれないんだから！》
憤懣《ふんまん》やるかたないと言わんばかりに、そんなことを言うアドヴァストリス様だが、ステータス画面に表示されず、神殿でしか確認できないとか、昔のゲームみたいである。
ガチャとかは最近のゲームっぽいのに……ん？

「…………え？　もしかして今のって、本当ですか？」

《うん。今の君のレベルは13だね。冒険者になって一年未満としては、頑張ってる方かな？》

マジかっ⁉　マジにキャラレベルはあったのか！

それっぽいものがあるのは判っていたが、こうして経験値まで聞くと実感が湧《わ》く。

うわー、なんか嬉しい。

こういうの、凄くやる気が出てくるよな、ゲーマー的に。

「ちなみに、この神殿に来ると、いつでも確認できたり？」

《できるよ。あ、でもきちんとお布施は払ってね。最低でも銀貨一枚。でも、信者のためには大銀貨一枚ぐらい奮発して欲しいかな？》

世知辛《せちがら》いな、神様！

今回はイシュカさんの視線があったので頑張ったが、金貨はもちろん、経験値を確認する毎《ごと》に大銀貨一枚は結構大きい。ゲーマー的には、毎日でも確認したいし？

《頻繁《ひんぱん》に来るなら、銀貨一枚でも良いよ。僕はお布施で信仰心を測ったりしないから》

いや、存在は信じますけど、信仰しているかどうかは……。

「そもそもお布施を賽銭箱に入れても、神様の懐に入るわけじゃないですよね？」

イシュカさんは大丈夫そうだけど、強欲《ごうよく》な神官が贅沢《ぜいたく》するために使われるんじゃ……。

《あ、それは大丈夫だよ。お布施の使い道はクリーンです。神罰があるから》

「あぁ、なるほど。この世界で不正をするには根性《こんじょう》……いや、愚《おろ》かさが必要なんですね」

それなら、この世界の神殿は信じて良いのかもしれない。

神の目を盗んで不正をするとか、リスクが高すぎるわけだし。

――神様を信じられるなら、だが。

《少なくとも僕は『天網恢恢《てんもうかいかい》、疎《そ》にして漏らさず』だよ。ここだと孤児院《こじいん》の運転資金になるね》

「孤児院ですか？」

《うん。この神殿の裏にあるよ》

ほうほう。それなら頑張ってお布施を入れるのも良いかもしれない。

この世界の社会保障は貧弱《ひんじゃく》そうだし、孤児のためになるなら偽善《ぎぜん》でも意味はあるだろう。

《おっと、そろそろ時間だね。次回からは今回みたいには話せないけど、お友達も誘《さそ》ってまた来てよ。レベルの案内は毎回やるから。それじゃ！》

「あっ……！」

話の終わりは唐突《とうとつ》だった。まるで慌てたようにアドヴァストリス様が別れを告げるなり、真っ白だった視界は元に戻り、俺は神像の前で膝をついて祈る自分を認識する。

「えーっと、夢、じゃないよな……？」

今体験したことがイマイチ信じ切れず、ステータスを確認してみると……。

名前：ナオフミ

種族：エルフ（18歳《さい》）
状態：健康
スキル：【ヘルプ】　【槍《やり》の才能】　【魔法の素質・時空系】
【槍術《そうじゅつ》 Lv.4】　【短刀術 Lv.1】　【棒術 Lv.1】
【回避《かいひ》 Lv.2】　【鉄壁《てっぺき》 Lv.2】　【筋力増強 Lv.2】
【魔法障壁《しょうへき》 Lv.1】　【韋駄天《いだてん》 Lv.2】　【頑強《がんきょう》 Lv.2】
【鷹《たか》の目 Lv.2】　【忍《しの》び足 Lv.2】　【罠《わな》知識 Lv.1】
【索敵 Lv.4】　【看破 Lv.2】　【時空魔法 Lv.4】
【火魔法 Lv.4】　【水魔法 Lv.1】　【土魔法 Lv.3】
【解体 Lv.2】
恩恵：【経験値ちょっぴりアップ】

恩恵欄《らん》が追加されている⁉

しかも、しっかりと【経験値ちょっぴりアップ】と書いてあるし。

具体的に一割とは書いてないが、『ちょっぴり』がなんとも正直である。

しかし相変わらずキャラレベルや経験値は表示されておらず、やはり神様が言った通り、確認の為《ため》には神殿に来るしかないのだろう。

「熱心にお祈りされていましたね」

背後からの声にハッとして振り向けば、俺が祈っている間ずっとそこにいたのか、微笑みながらこちらを見るイシュカさんの姿が目に入る。

「すみません、そんなに時間が経《た》っていましたか？」

挙動不審《ふしん》なところがなかっただろうかと、少し不安になりながら謝罪する俺に、イシュカさんは穏やかに首を振る。

「いいえ、大丈夫ですよ。ナオさんは私が思った以上に、信仰篤き方だったようです」

「それほどでもないのですが……」

曖昧《あいまい》な笑みでやんわりと否定してみたわけだが……謙遜《けんそん》ではなく、事実である。

まさか、祀っていた神様の名前すら、知らなかったとは思うまい。

そんな俺にイシュカさんが差し出したのは、手のひらで隠れるほどの小瓶《こびん》だった。

「よろしければこちらをお納めください。戦いの役には立たないでしょうが、万が一の際にナオさんの助けになるかもしれません」

「これは……聖水ですか？　よろしいのですか？」

「はい。信者の方にお分けするのであれば。あなたに神のご加護がありますように」

おかげさまで恩恵を頂きました——とも言えないので、俺は聖水をありがたく頂き、イシュカさんに「ありがとうございます」と一礼だけして、神殿を後にしたのだった。

◇　◇　◇

「よっしゃ、みんなで結果を報告しようぜ！　まずはオレからな！」

家に戻った俺を待っていたのは、得意げな表情でそんなことを言うトーヤだった。

「……訊くまでもなさそうだが、成果があったのか？」

「おうとも！　あのな、ガンツさんによると、属性鋼って金属で作った武器があるらしいんだよ。これでオレもアンデッドと戦えるぜ！」

やはりそれか。武器屋であれば当然その情報は得られるよなぁ。

「ほうほう、それは凄いな。で、値段は訊いたか？」

「……え？」

キョトンと首を傾げたトーヤに、ハルカとユキが追い打ちを掛ける。

「私がアエラさんから訊いた話だと、今はちょっと買えそうにない値段だったわよ？」

「アエラさんのは短剣《たんけん》だったけど、それですらかなり高かったって。トーヤの剣だと……。属性鋼は錬金術で作るみたいだから、それを用意できれば安くなるみたいだけど」

「ハルカ……」

トーヤが縋《すが》るようにハルカを見たが、ハルカはその希望をあっさりと断《た》ち切った。

「まだ無理。そもそも属性鋼を作る素材も買わないといけないし」

「のぉぉ……やっぱオレは戦えねぇの？　誰か他の手段を見つけてたりは……しねぇか」

俺たちが首を振るのを見てトーヤは肩を落とすが、慰《なぐさ》めるようにユキがその肩を叩く。

「実体があれば戦えるんだから、そこまで気にする必要はないよ？　基本的にアエラさんも、実体のないアンデッドとは戦わずに逃げるって。面倒だから」

「あと、シャドウ・ゴーストなら魔力の高いエルフはあまり怖くない、とも言ってたわよね」

「へぇ……ん？　それってもしかして、オレは危険？」

うんうん頷きながら訊いていたトーヤは、ハルカの言葉に含まれる意味を理解して首を捻《ひね》る。

「そういえばディオラさんも、魔法の使えない人は危ないかも、と言っていましたね」

「あら、ナツキはディオラさんにも会ったの？」

「ええ、ギルドで調べ物をしていたらディオラさんがふらっと来て。あ、ちなみにオークの巣は、支部長が見に行ったそうですよ」

「……ディオラさん、止められなかったのね」

「予算の壁は高かったようです。それから、森でアンデッドが出たという記録はない、とも言っていましたね。すみません、他にも調べてみましたが、あまり有益な情報は得られなくて――」

「いや、それよりオレ！　オレのこと！　マジでヤバいの？」

食うように言って焦《あせ》りを見せるトーヤに、ユキたちは顔を見合わせる。

「魔力の少ない人は影響を受けやすいみたい？　ま、八割安全なら許容範囲かも？」

「それ、人数割合ぃ！　オレ的には安全性ゼロ！　危険の方が一〇割だから‼」

ま、実際にドレインも喰《く》らっているトーヤとしては、深刻な問題だろう。

故《ゆえ》に俺は、解決策を提示する。

「心配するな、トーヤ。そんなお前に最適な、アミュレットという物が存在するそうだぞ？」

「おぉ！　さすがはナオ。お前こそがオレの無二の親友だ！」

「入手は無理っぽいけど」

「ダメじゃねぇか‼　お前なんか、普通の親友に格下げだ！」

それでも親友なのな。そういうお前が俺は好きだぞ？

そんな俺たちの遣《や》り取りを見ていたナツキが、笑いながら口を挟《はさ》む。

「アミュレットについては私もディオラさんから聞きましたので、尋《たず》ねてみたのですが……」

「おぉ、それで？」

「やはり余程《よほど》の大金を積まなければ、普通に入手するのは難しいと。ただ、ディオラさんには何かあてがあるようで、『検討してみるので、また明日にでも来てください』と言われました」

「さすが！　最後に頼りになるのはナツキだな！　――で、ナオは何かないのか？　あんま具体的なことは言ってねぇけど。オレはちゃんと属性鋼を見つけたぞ？」

フフン、とでも言いたげな表情のトーヤにパンチ。

軽々と受け止められたその拳《こぶし》をグリグリと押し込みつつ、俺は反論する。

「言っておくが、属性鋼については俺も知っていたからな？　お前と違って、きちんとコストも訊いた上で断念したが。あとはアミュレットと聖水の情報も得たが……」

「聖水は運用が難しいでしょ。直接かけるか、武器に付けるか。入手性も悪いみたいだし」

「そこなんだよなぁ。ちなみにこれが、その聖水です」

イシュカさんにもらった聖水をテーブルの上に置くと、ハルカたちが驚いたように瞠目《どうもく》した。

そしてユキが聖水の瓶に手を伸ばし、まじまじと眺《なが》める。

「へぇ、これが……あたしたちは諦《あきら》めたんだけど」

「一瓶だけな。入手コストは、その瓶一つで金貨一枚」

「うぇ――!?」

妙な声を漏らしたユキが手を滑《すべ》らしかけて、慌てて抱《だ》きしめるように瓶を保持する。

「た、高すぎだよ、それは～。この小瓶じゃ、パシャってかけたら、なくなっちゃう」

「あぁ、ほぼお守りだな。それを投げるなんてとんでもない、って感じ」

コップ一杯《ぱい》にも満たないのに、日本円にして一万円ぐらいする水だぞ?

簡単に使えるはずもない。

「光魔法のレベルアップを図る方が良さそうね。『聖なる武器《ホーリー・ウエポン》』ならレベル5で使えるし」

「そこは、私とハルカの頑張りですね。――そういえば、聖水については、ディオラさんが気になることを言っていましたよ?」

そう言ってナツキが口にした情報は、俺がイシュカさんから聞いていた話とほぼ同じだった。

新しく加わった情報は、その聖水が手に入る場所がケルグの町――ここラファンから南の街道を進んだ先にある町で、配っているのが新興宗教である、ということぐらいだろうか。

「俺も聞いたな。そんな擬《まが》い物には手を出すなという警告と共に、聖水をくれた神官さんから」

「いえ、気になるのはこの先です。普通、新興宗教なんて無視されるみたいなんですが、その宗教は何故《なぜ》か信者を集めていて、更《さら》に名前が〝サトミー聖女教団〟なんです」

「「「……うわぁ」」」

「関わりたくねぇ！」

全員が顔を顰《しか》め、トーヤが吐《は》き捨てる。

元々新興宗教自体がアレなのに、名前からして地雷臭《しゅう》が漂《ただよ》っている。

もちろん関係ない可能性もゼロではないが……いや、ほぼゼロだよなぁ、これ。

「サトミー……さとみって名前の子って、誰かいたかしら？」

「どうだったでしょう？　親しい人以外、下の名前なんて……」

名前からして女子なのは間違いないだろうが、男子の下の名前すらあやふやな俺とトーヤの記憶《きおく》なんて当然あてにならず、ハルカとナツキも思い当たる人がいないようだ。

そんな中、口を開いたのは、俺たちの中でコミュ力トップのユキだった。

「確か、高松《たかまつ》さんが『さとみ』だったと思うよ？　漢字までは覚えてないけど」

この如才《じょさい》なさがコミュ力の源か。

俺なんか、苗字《みょうじ》を言われても『高松』の顔が思い浮かばないってのに。

そして俺と同類であるトーヤも「どんな奴《やつ》だっけ？」と呟き、首を捻っている。

「高松さんって、ちょっと地味な感じの子よね？」

「はい。休憩時間《きゅうけい》なんかは、自分の席で雑誌を読んでいたりした気がします。関わりがなかったので、良くは知らないのですが」

さすがにハルカとナツキは、名前を言われれば思い出したようだ。

俺もそこまでの情報を与《あた》えられたことで、ようやく記憶の中から掘《ほ》り起こせた。

まともに話した記憶はないのだが、長い黒髪のおとなしい女子だった気がする。

あの高松と宗教は結びつかないが……異世界デビューだろうか？

信者が集まっているのだから、成功といえば成功なのかもしれないが……。

「その高松が教祖になって、新しい宗教を作ったってぇわけか」

「まだ判らないけど、その可能性は高そうよね」

「偶然《ぐうぜん》俺たちがやってきたタイミングで新興宗教が興り、偶然その場所が隣《となり》の町で、偶然その名前がサトミー。――もう、必然と言って良いだろ、これ」

これでまったく関係がなかったら、どんだけ、ってなもんである。

「ま、この際、高松さんのことは措《お》いておくとして、聖水はやっぱり擬い物なの？」

「判りませんが、何故か売れているみたいですよ？　何故か」

「うん、それ、スキル使ってるよね、ほぼ確実に。だって、新興宗教の聖水だよ？　【聖水作製】みたいなスキルならまだ良いけど、たぶん精神操作系みたいなヤバいヤツ」

「……もしかして、アエラさんを騙《だま》したのって、高松なんじゃ？」

「あり得るわね。アエラさんも、何故かコンサルタントを受け入れてしまったみたいだし」

どういうスキルか不明だが、なかなかに厄介《やっかい》そうである。

ホント、関わりたくねぇ。俺たちの誰かが操《あやつ》られるとか、妙なことになったらシャレにならん。

「――うん。ケルグの町には当面近付かないということで。良いか？」

「「「異議なし！」」」

俺の提案は、満場一致で可決された。

新興宗教とクラスメイトのコンボ。どう考えてもケルグの町は地雷原である。

「はぁ～、まさかクラスメイトがなぁ。しっかし、新興宗教なんか作れんの？　この世界で」

「それが予想外にこの世界……いえ、少なくともこの国は寛容《かんよう》みたい」

疲《つか》れたようなため息と共に、トーヤが吐き出した疑問に答えたのはハルカだった。

このあたりは国によって異なるようで、厳しい所では新興宗教の布教なんて始めれば即刻拘束《そっこくこうそく》、そのまま処刑台《しょけいだい》行き、なんて場合もあるようだ。

「もっとも、布教活動をしたところで信者なんて集まらないけどね、普通は。この世界、神は実在するし、神託《しんたく》も下りるし、神罰だってあるんだから、怪しげな宗教に転んだりしないよね」

「それはたまたまとか、こじつけとかではなく？」

肩をすくめて言ったユキの言葉を、現実主義で【異世界の常識】もないナツキは懐疑《かいぎ》的に捉《とら》えたようだが、首を振ったハルカもユキに同調する。

「少なくともこの世界では常識ね。神託はまだしも、神罰なんて、不正を行った神官が衆目の中で雷《かみなり》に打たれるとか、人体発火で燃え尽《つ》きるとか、判りやすいわよ」

「それぐらいなら、魔法でなんとかなりそうですが……それも考えて、なんでしょうね」

「当然でしょうね。この世界で魔法は〝不思議な力〟じゃなくて、〝現実的な力〟なんだから」

「魔法とか、そんなレベルじゃない、超常《ちょうじょう》的な感じみたいだよ？　判んないけど！」

この世界であれば、神罰と判断できるなにかしらの根拠があるのだろうし、専門家からすれば、犯罪捜査《そうさ》を行う際に魔法の存在も考慮《こうりょ》に入れることは必然だろう。

もちろん、実際に神様から神罰の話を聞いた俺も、存在を疑ってはいない。

「ま、普通に暮らしていれば、私たちが神罰に関わることもないでしょ」

——いや、ハルカ、それはフラグじゃないか？

特に〝サトミー聖女教団〟という懸案《けんあん》がある俺たちからしたら。

口に出したら本気でフラグになりそうだから、何も言わないけど！

「さて、集まった情報は概《おおむ》ねこれぐらい？　何だか、またディオラさん頼りな部分が多かった気もするけど……明日、話を聞きに行ってみましょ」

「まぁ待て。俺はまだ終わりじゃないぞ？」

話を纏めようとするハルカを、俺は制する。

「なに？　何か凄い情報でもあるの？」

「おう。とっておきがな」

こちらを見るハルカの顔には『あんまり期待できないけど』と書いてあるが、俺はそんなハルカにドヤ顔を向け、笑みを浮かべる。

ちょっと本題から外れるが、驚きも有用さも俺が一番なのは確実。

少し勿体《もったい》振《ぶ》って、ハルカたちが聞く態勢になるのを待ち、おもむろに口を開いた。

「——俺は、神に会った」

そう口にした途端《とたん》、全員が動きを止め、俺たちの間に沈黙《ちんもく》が横たわった。

少し時が流れ、耳が痛いような、そんな静寂《せいじゃく》を最初に破ったのはユキだった。

「……トーヤくーん、救急車一台～」

「ぴーぽー、ぱーぽー。……くっ、残念ですが、もう手の施《ほどこ》しようがっ！」

「遅すぎたのね……何もかも」

「残念です。ナオくんの心の闇《やみ》に、私が気付いてあげられていれば……」

全員の息の合いようと、ノリが良すぎる⁉

「違うから！　ホントだから！　ナツキまで小芝居《こしばい》に参加しなくて良いから‼」

両手で顔を覆って下を向いていたナツキが顔を上げ、舌を出して、てへりと笑う。

可愛いけど、今それは求めていない。

「いや、勿体振った俺も悪いけど、結構真面目《まじめ》な話だから！」

「つってもよー、オレたちの方が正常な反応だと思うぜ？　……それともアレか、比喩《ひゆ》的な？　『俺の女神《めがみ》に出会った！』とか、そんな？　お前、さりげなく女運、あるもんなぁ」

アエラさんとか、と付け加えたトーヤの言葉に、ハルカの眉がピクリと跳《は》ね上がる。

「誰よ……まさか、神殿の……？」

「確かに、イシュカさんは清楚《せいそ》な感じの美人だったが――」

「クソッ、やっぱりか！　何でナオが出かけると若い女性と出会う⁉　オレとお前で何が違う！　オレなんて大抵はおっさんだぞ？　今日回った武器屋だって……」

俺の言葉を遮るようにトーヤから苦情を言われるが、それはお門《かど》違いというものである。

「単に行った場所の違いだろ？　それに俺だって他の雑貨屋なんかを回ってるし、その大半はおじさんだったからな？　大した情報は得られなかったが」

今日行った店で若い女性がいたのは、リーヴァの所ぐらいである。

そしてリーヴァは、ディオラさんの紹介で知り合ったのだから、トーヤの非難は当たらない。

「そもそもまだ二人目だから、そんなに言うほどのことじゃ――」

「詳しく話しなさい」

「あ、はい」

ハルカの有無《うむ》を言わせぬ口調に、俺は素直にイシュカさんについて説明。

おそらくは俺たちよりも年上の二〇代前半であり、交《か》わした会話もかなり事務的、更には妙な凄《すご》味《み》もあって、そういう感じじゃないということもアピールしておく。

じゃなきゃ、賽銭箱に金貨なんて放《ほう》り込まない。

「解って、頂けましたか？」

恐る恐る尋ねれば、目を瞑《つぶ》って聞いていたハルカはゆっくりと頷く。

「……そうね。取りあえず理解したわ。それじゃ、神に会ったというのは？」

「そのままなんだが……。会った――いや、会ったとは言えないのか？」

「トーヤくーん、救急車――」

「それはもう良いから！　――直接対面したわけじゃないから、声を聞いたと言うべきだな」

そうして俺は、神様との会話を覚えているかぎり、できるだけ正確に伝える。

要点としては、邪神さんの名前、経験値のこと、恩恵のことになるだろうが、話した内容を別の視点から見れば、他に気付くこともあるかもしれない。

「なるほど……ステータスに反映されている以上、ナオが白昼夢を見たってこともなさそうね」

「ナオ、あたしは信じていたよ！」

「嘘《うそ》をつけ、嘘を。……まぁ、俺自身、ステータスを確認するまで信じ切れなかったが」

そこに恩恵の表示がなければ、ハルカたちに話すのも躊躇しただろう。

「う～ん、でも邪神さんがアドヴァストリス様だったんだぁ……」

「知っているのか？」

「うん。アドヴァストリス様は五大神の一柱だし、五大神は『常識』だからね。ベルフォーグ様はナオの話にも出てきたけど、他にイグリマイヤー様、オーファー様、ウェスシミア様がいるよ」

「予測はしていましたが、邪神さんがこの世界で有名な神だったのは朗報ですね」

「そーゆーもんか？　そりゃ、『封印《ふういん》されし邪神！』とかじゃなくて良かったとは思うけどよ」

やめろ。そんなのだったら、俺たちに待っているのは破滅《はめつ》だけだ。

勇者になりたくはないが、討伐される側も御免《ごめん》である。

「もしも私たちの事情が明らかになっても、アドヴァストリス様がされたことと主張すれば、多少は問題になりにくいかと。神罰が存在するなら、尚更《なおさら》ですね」

「普通の人なら、怖くて騙りなんてできないよねぇ」

簡単に信用してもらえるかはともかく、『邪神に連れてこられた』なんて主張するより余程マシなのは間違いないだろう。

「でも、初回ログインボーナス、ね。ちょっとふざけてるけど、恩恵をくれたのはありがたいわね。ナオも、私たちのことを考えてくれてありがとう」

お礼を口にして、素直な笑みを見せるハルカから目を逸《そ》らし、俺は右手で口元を押さえた。

「お、おぅ……ま、まぁ、全員で頑張ってきたからな。俺一人だけ得をするというのは、な」

「ううん、そんな時でも気を回せるのは凄いと思うよ？　ありがとね」

「ええ、神様と対峙していたわけですから。ありがとうございます」

「オレだったら、獣耳《けもみみ》のお嫁《よめ》さんとの縁を――いや、なんでもない。サンキュな！」

口々にお礼を言われ、顔が熱くなる――一人微妙なのがいたが。

だが、それはそれで構わなかったと思うぞ？　同じ男として、トーヤの心情は理解する。

――理解するが、女性陣《じん》には不評だったようだ。

自分に正直な彼に少し冷たい視線が向けられ、トーヤは慌てたように言葉を続けた。

「で、でもよ、一割アップって、ちょっとしけてねぇ？　全員に効果があるとしても」

「そうでしょうか？　経験値を単純な数値と考えると少なく思えますが、継続《けいぞく》的に他の人よりも一割多く成長すると考えれば、長期的にはかなり大きな差になると思いますよ？」

「それでいて、努力を続けないと大した効果がない。う〜ん、さすがゲームバランスとか言うだけあって、考えてあるね！」

なるほど。レベル10とレベル11、みたいな単純な話じゃないのか。

貯金で喩《たと》えるならば複利計算。すぐには実感できないが、やがて差が出てくる——まぁ、遺《のこ》してきた俺の貯金額だと、その差は数十年経っても小数点以下だろうが。超低金利だったし。

「この恩恵があれば、もしクラスメイトと敵対するようなことがあっても、少しは安心できるかしら？　私たちが努力を怠《おこた》らなければ、だけど」

「クラスメイトかぁ……あると思う？」

「むしろ、あって当然だと思うけど。梅園《うめぞの》さんぐらいなら可愛いものだけど、ユキたちなんて【スキル強奪《ごうだつ》】を使われた可能性が高いわけでしょ？　それって完全に敵対じゃない」

あれだけ明確な敵意を向けられて、『可愛いもの』と言ってしまえるハルカの強心臓がスゴイ。

いや、外見は可愛かったし、自《みずか》ら墓穴《ぼけつ》を掘る迂闊《うかつ》さとか考えると、あまり怖くないけどね？

嬉しそうに走って行った梅園の後ろ姿を思い出すと、涙が……。

次に会ったときには、少し優しくなれそうである。

「ま、その時に【スキル強奪】を使ったヤツは死んだだろうが、サトミー聖女教団だって状況次第《しだい》で判らないよな。もしもアエラさんを騙したのが高松なら」

「あたしたちが関わらないようにしても、向こうも同じとは限らないしねー」

「そのへんは、あんま心配してもしゃーないだろ。杞憂《きゆう》に終わるかもしれねぇんだし」

微妙に漂う物憂《ものう》い空気を変えるように、トーヤがパンと手を叩く。

「それよりも、だ！　経験値だよ、経験値‼　聞けるの？　知れるの？　めっちゃ良くない？」

「同感！　あたしも気になる！　ナオとあんまり差はないと思うけど……」

「毎回お布施が必要なのが難点だけど、目安が解るのは助かるわね」

「ですが、確実に孤児のために使われるんですよね？　であれば、許容範囲かと。今の私たちなら、それぐらいの余裕《よゆう》は十分にありますし」

アドヴァストリス様は『頻繁に来るなら銀貨でも』とは言ったが、イシュカさんの視線を思えば、大銀貨ぐらいは奮発すべきだろう。

これがもしこの世界に来た当初なら、大銀貨一枚は血の一滴《いってき》――いや、コップ一杯ぐらいのイメージだったが、ナツキの言う通り、今であればそう大きな負担でもない。

それに神様が実在するとなれば、慈善行為《じぜんこうい》で徳を積むのも悪くないだろう。

――ん？　打算があっても〝徳〟となるのか？　……まぁ、良いか。

「それじゃ明日は、ディオラさんの前に、全員で神殿に寄ってみるか」

◇　◇　◇

翌朝、朝食を食べ終わるとすぐ、俺はハルカたちを連れて神殿を訪ねた。

どうやら全員、この辺りに来るのは初めてだったようで、観光地にでもなりそうな特徴的な石造りの建物を、物珍《ものめずら》しげに見上げている。

「これが邪神……じゃなくて、アドヴァストリス様の神殿？」

「あぁ。だが今後は邪神の方は口にしない方が良いだろうな。五大神の一柱なんだろ？」

「あ、だよね、神官さんに聞かれたらマズいよね。今後はアドヴァストリス様で統一しよっか」

ちょっと言いにくいけど、と付け加えつつ、そう提案したユキの言葉に全員が頷く。

本人――いや、本神（？）がそう名乗ったとはいえ、信者からすれば邪神扱いされて嬉しいはずがない。相手が狂信者《きょうしんしゃ》なら、異端審問《いたんしんもん》待ったなしである――あるのかどうかは知らないが。

どちらにしても、他者の信仰を貶《けな》すような不敬で危険な行為は、厳に慎《つつし》むべきだろう。

「それじゃ、入るぞ？」

まだ建物を眺めているハルカたちを促して中に入れば、そこではイシュカさんが神殿内の掃除《そうじ》に勤《いそ》しんでいたが、俺の顔を見ると、少し驚いたように瞠目した。

「あら、ナオさん、でしたよね？　今日はご友人と共にお祈りですか？」

「お邪魔致《じゃまいた》します。はい、彼女たちも祈りたいというので、連れてきました」

「それは良きことです。神はいつもあなた方を見守っていますよ」

穏やかな微笑みのイシュカさんに見守られつつ、俺たちは神像の前に進む。

そして全員揃って大銀貨一枚を賽銭箱に投入すれば、それを見ていたイシュカさんが、少し困惑《こんわく》したように声を掛けてきた。

「あの、大変ありがたいのですが、ご無理をされていませんか？　大切なのはお気持ちで、自らの身上に合った行為です。神は御寄進《ごきしん》の額で差別されたりはしませんから」

いえ、その神様に『寄進しろ』的なことを言われたんですが。

それに前回は、大銀貨でも『少ないですよ？』みたいな空気を感じたんだが……？

それともあれは、初回入会特典《ログインボーナス》ならぬ、初回入会金、みたいな？

ハルカたちはお友達紹介特典で入会金不要、的な？

少なからず戸惑《とまど》いを覚えた俺に代わり、笑顔でそつのない対応をしたのはハルカだった。

「いえ、私たちにできるのはこのぐらいですから。孤児院を運営されているんですよね？　恵《めぐ》まれない子供たちのために、せめてもの気持ちです」

「まぁ！　なんて素晴らしいお心がけでしょう！　きっとあなた方には神のご加護があることでしょう。及ばずながら私も、あなた方の安全を祈らせて頂きます」

イシュカさんは感動したように両手を合わせると、俺たちの隣に膝をつき、祈り始めた。

そんな風に言われてしまうと、実際にご加護《スキルや恩恵》があるだけに、もっと寄進が必要な気分になって少々居心地《いごこち》が悪いが、俺たちもまた、彼女を真似《まね》て神像へ祈る。

《ナオは現在レベル13です。次のレベルアップには2,320の経験値が必要です》

聞こえてきたのは昨日と同じ声。

だが、心の中で問いかけても返答はなく、やはりレベルと経験値を教えてくれるだけらしい。

というか、必要経験値、昨日よりもちょっと減ってないか？

あれ以降、魔物は斃していないし、やったことといえば日課の訓練ぐらい。

ってことは、訓練でも多少は経験値が貰《もら》えるということだろうか？

などと俺が考えている間にハルカたちが立ち上がり始めたため、俺も慌ててそれに続き、最後に立ち上がったイシュカさんに頭を下げた。

「お邪魔致しました」

「求める者に神殿の扉は開かれております。必ずしも御寄進は必要ありませんので、いつでも祈りを捧げにおいでください」

そう言って見送ってくれるイシュカさんに別れを告げ、神殿を後にした俺たちは、しばらく無言で歩いていたが、やがてハルカが少しだけ疲れたように言葉を漏らした。

「……ナオの言っていた意味が理解できたわ」

「だろっ！　それなりに払わないといけない気分になるだろっ！」

「うん、ナオとちょっと良い感じに……なんて心配は必要なさそうだったね」

「物腰《ものごし》柔らかですが、凄く有能そうな人ではありましたね」

そんな共通認識に達した俺たちを、トーヤは少し不思議そうに見る。

「えー、そうか？　無理する必要はないって言ってたじゃん。優しそうな人だったぞ？」

「優しいのは間違いないかもしれないけど……『身上に合った』が『お金があるなら、たくさん入れて』と聞こえたのは、私がひねくれているから？」

「邪推しすぎじゃねぇかなぁ……？」

と、なおもトーヤはきれいいいなイシュカさんを信じたいようだが、判定は四対一。

トーヤの眼識が俺たち四人を超《こ》えることは、たぶんないだろう。

「もっとも、悪いことではないと思いますよ？　おそらく彼女はあの神殿を管理されているのだと思いますが、純粋なだけの組織トップなんて、害悪でしかありません」

「確かに、なぁ……」

周囲がすべて良い人ばかりならともかく、『騙した方が勝ち』、『騙される方が悪い』、そんなことを言う悪人は必ずいる。もちろん騙す方が悪いのは当然なのだが、騙されやすいトップもそれはそれで罪。その組織に所属する人からすれば悪夢である。

特に今は、サトミー聖女教団という懸念《けねん》もあるわけで。

この町の宗教関係者が強《したた》かであるのは、俺たちからしても安心材料だろう。

「ふ〜ん。ま、悪い人じゃねぇなら、大した問題じゃねぇな。それよりもレベルだよ、レベル！　オレは13だったけど、お前たちはどうだった？」

多少釈然《しゃくぜん》としないだけで、大して興味はなかったのだろう。

トーヤはすぐに話を変え、輝《かがや》く瞳《ひとみ》で俺たちを見回した。

「私も同じ。ナオもだったわよね？」

「私は12でした。やはり後から参加したからでしょうか？」

「あたしも。ハルカたちはサールスタットに来るまでに鍛えてたから、その差かな？」

「ま、レベル1ぐらいなら、誤差の範囲だろ。そのうちレベルも上がりにくくなるだろうし」

ゲームだと定番だし、現実でも上達するにつれて成長速度が鈍化《どんか》するのは当然のこと。

そもそも俺たちは安全第一。魔物に討伐目安レベルなんてものが設定されているわけでもないのだから、レベルの値なんて自身の成長目安以上の意味はない。

「う～ん、12と13かぁ。冒険者になって半年ぐらいだよね？　良いのかな？　これ」

「アドヴァストリス様には『一年未満としては、頑張ってる方』と言われたが……」

「頑張っただろ。これで『ダメダメ。サボりすぎ』とか言われたら、ヘコむぞ、オレ」

「この町の冒険者と比べるとそう思いますが……トーヤくん、下を見ても仕方ないですよ？」

「だよね。『あたしより成績の悪い人はいる』とか思っても、虚栄心《きよえいしん》が満たされるだけだもん。自分の成長には繋《つな》がらないよね」

さすが、成績優秀《ゆうしゆう》組。『平均より上だから良いか』と妥協《だきよう》する俺とは心構えが違う。

それでも、さすがに赤点を取ったりはしないよう努力はしていたが。

いや、正確には努力させられていた？　ハルカたちに。

感謝はしているけど、甘くはなかった――感謝はしているけど！

「でも、ナオ。アドヴァストリス様は『頑張ってる方』って言ったのよね？　つまり実際にはもっと頑張っている人がいて、それがクラスメイトである可能性もある、と」

「確かにそうだが、これ以上努力することは――できなくはないか？」

その時々では頑張っていたつもりだが、過ぎてみればそれなりに余裕もあった。

戦うことよりも稼ぐ方を優先していたし、魚釣《つ》りみたいにレジャーっぽいこともしている。

それらの時間をすべて戦いに傾けていれば、今以上に強くなれたのだろうが……。

「……あたしはこのくらいで良いかなぁ。安全のために強くはなりたいけど、戦いが好きってわけじゃないし。無理は良くないよね？」

「そうね、強くなるのは手段だもの。戦いにはリスクがあるから」

「私もそう思います。努力は必要ですが、死んでしまっては元も子もありません」

努力家である三人も、戦いと勉強は勝手が違うようだ。

まぁ、必死に勉学に励むことによるリスクは、疲労《ひろう》と視力の低下ぐらいだろうが、レベルアップの努力を繰《く》り返すことは、それ即《すなわ》ち命の危険。

下手をすれば取り返しのつかないものであり、無理をするようなものじゃないだろう。

「俺もこれぐらいのペースが良いかなぁ。苦労はあってもそれなりに楽しいし」

「えー、レベル上げ、しねぇの？　折角経験値が判るのに？」

レベリングという判りやすいゲーム要素が惜《お》しいのか、トーヤが少し不満そうに口を尖《とが》らせる。

俺も男として、強くなりたいという気持ちは理解できる。

だが、命を懸《か》けて挑《いど》むほどかと言われると……そこまでの戦闘狂《せんとう》じゃないかな？

「上げないとは言ってないわよ？　無理しないってだけ。もしトーヤが死ぬ気でレベル上げに励みたい、世界最強を目指すんだ、というのなら止めないけど、私たちは付き合えないわよ？」

「なるほど、『オレより強いヤツに会いに行く！』ってやつだな。頑張れ、トーヤ」

「わぁ、闘技大会みたいなのに出ちゃったりするの？　応援《おうえん》に行くね！」

「そうなると、食事も考えた方が良いのでしょうか？　高タンパク、低カロリー、野菜多めで……

プロテインはありませんから、豆主体？　あんまり美味《おい》しい料理はできそうにないですが」

「訓練は、トーヤ対あたしたち全員でやるのが良いかな？」

「なら戦いも、基本はトーヤに任せて、私たちは援護《えんご》主体に——」

「いや、そこまでは……!?　レベル上げも楽しそうってだけで、一番の目的は稼ぐことだから！」

流れるように練られ始めた〝トーヤ強化計画〟に、トーヤは慌てたように口を挟んだ。

そんなトーヤを見て、ナツキたちはふふっと笑う。

「そして、獣耳のお嫁さんを迎《むか》えるのですね？」

「おう！　あっ、だから稼ぐことは二番だな。一番はそっちだから！」

「さすがトーヤ、ブレないな。それじゃ、そのためにもディオラさんの話を聞きに行こうな？」

とても良い笑顔でサムズアップするトーヤの背中を押し、俺たちはギルドへ向かった。

◇　◇　◇

「本日は、お呼び立てして申し訳ありません」

「いえ、元々私たちが訊いたことですから。それで、どのような……？」

「少し長い話になると思いますので、場所を移しましょう」

俺たちの普段の行動から、時間を予測していたのだろう。

カウンターの外で待っていたディオラさんに、俺たちはギルド二階の一室へと案内された。

初めて入ったその部屋は、やや簡素な応接間のような所だった。

賓客《ひんきゃく》を迎えるような内装ではないが、しっかりとした作りのソファーとテーブルが置かれ、腰を落ち着けて話をするには十分な設備が整っている。

そこのソファーに俺たちを座らせたディオラさんは少しの間席を外し、温かいお茶を持って戻ってくると、それを配ってからゆっくりと口を開いた。

「皆さんはこの町にある幽霊屋敷について、何か聞かれましたか？」

やや唐突にも思えるその問いに、俺たちは顔を見合わせた。

「それって、家探しの時に案内してくれた場所よね？　あれ以降は特に何も」

ハルカを始めとして、ナツキたちも首を振るが、俺は何かが引っ掛かり、頭を捻る。

「……あ。アンデッド対策の情報を集めてた時、『幽霊屋敷の除霊を頼まれたのか』と聞かれた」

それはリーヴァの言葉。さらりと言われたので気にしていなかったが、この町の人からすればアンデッドと幽霊屋敷はすぐに繋がるような情報なのだろう。

だが、思い出せてスッキリな俺とは裏腹に、ディオラさんの顔が困ったように曇《くも》る。

「やはりですか。そのあたりのこと調べていれば、耳に入るのも時間の問題と思われましたので、不正確な情報に惑わされないよう、ご説明する時間を取らせて頂きました」

「……説明が必要なもの、なんですか？　確かにいわくありげでしたけど。えっと……貴族の愛人が住んでいた屋敷って話でしたよね？　借りた人が病気になるとか」

俺は特に何も感じなかったのだが、ディオラさんが頑《がん》として中に入ろうとしなかったのだから、ヤバいことは間違いないはずである。

「ええ、そうご説明しましたね。ですが、それも正確な情報ではないのです。この町ではそう思っている人が多いので、その説明を採用しただけで」

――何だか、不穏《ふおん》だぞ？　これ、聞いて良い話？

そんな俺の戸惑いも余所《よそ》に、ディオラさんは話し始めた。

「話は数十年前、この領地でミスリルが発見されたころに遡《さかのぼ》ります。ミスリルはご存じですよね？」

「単純に言うと……高価な金属ですよね？」

俺のかなり身も蓋《ふた》もない言い方に、ディオラさんが苦笑する。

「そうですね。凄く高い貴金属です。曇りのない輝きも魅力《みりょく》的で、アクセサリーの素材としても人気があるんですよ？　私にもいつか、ミスリルの指輪を贈《おく》ってくれる素敵《すてき》な人が――」

そんなことを言いかけたディオラさんは、俺たちの生温かい視線に気付き、小さく咳払《せきばら》い。

「……コホン。少し話が逸れました。高価なことも確かですが、ミスリルの真価は武器などに加工したときに発揮されます。場合によっては戦況を変化させかねないほどに」

喩えるならば、木剣《ぼっけん》と鉄剣ぐらいだろうか？

戦況を一撃で変化させうるような圧倒《あっとう》的火力にはならないが、ミスリルの武器を持つ領主と持たない領主が争えば、前者が必ず勝つぐらいには大きな違い。

そのような物であるから、その価値は黄金以上であり、鉱山なんて見つかればその地の領主は大歓喜《かんき》、発展は約束されたようなものである。

「当然、この地の領主もミスリルの発見を喜び、採掘《さいくつ》を始めました」

「それは……良い話じゃないの？　領地が発展するんでしょ？」

「ええ、そうですね。……それが、正規の手続きに則《のっと》って行われていれば」

「「「えっ……？」」」

「そのような重要な物資ですので、ミスリル鉱山に関しては国が管理し、無断での採掘、販売は厳しく制限されています。もしも破れば、国家反逆罪に問われるぐらいに」

「え、待って。ちょっと待って。これって……聞かない方が良い話なんじゃないの？」

半ば予想通りと言うべきか、不穏な流れになってきた話をハルカが慌てて遮るが、ディオラさんは首を振って言葉を続けた。

「いえ、聞いてください。半端《はんぱ》な噂《うわさばなし》話でハルカさんたちに領主——ネーナス子爵《ししゃく》に対する間違った認識を持たれても困りますから」

国に隠れてミスリルの採掘を始めた領主だったが、情報の制限が必要な関係上、大々的に鉱夫を募《ぼ》集《しゅう》するわけにもいかない。

当初こそ領兵を使っていたものの、領兵には本来の仕事もあり、すぐに人手不足に陥《おちい》る。

そこで困った領主が取った手段は、重犯罪者を作業に従事させせることだった。

領兵とは違い、重犯罪者であれば使い潰《つぶ》すこともでき、僅《わず》かな期間はそれで上手《うま》くいったのだが、さほど人口が多くない領地に大量の重犯罪者がいるはずもない。

結果、重犯罪者は作り出されることになる。

「うわお、ネーナス子爵領に暗黒時代の到来《とうらい》？」

「ええ、その時代は正にそんな感じだったようです」

ディオラさんは困ったように少し笑ったが、実際には笑えるような状況ではなかったようだ。

普通なら注意で済むようなことでも容赦《ようしゃ》なく拘束、連行され、そのまま帰ってこない。

買い物に出かけた家族がいつまで経っても帰宅せず、目撃者から捕《つか》まったと知らされる。

そんな事例がいくつも発生したらしい。

「なんか、幽霊屋敷より、そっちの方がホラーだよ……？」

「ラファンって平和そうですのに……」

「今はそうです。ですが、後遺症《こういしょう》も残っているんですよ？　有能な冒険者があまりいなかったり、美味しい食事処《どころ》が少なかったり、と」

腰の軽い冒険者はすぐに逃げ出して、周囲の町には悪い噂が広がり、美味しい料理を出していた昔から続く食事処は、酔《よ》っ払《ぱら》いが起こした喧嘩の責任まで店主に求められ、逮捕《たいほ》される。

「そのような状況が長く続くかと思われたのですが、そんな時に立ち上がった義人がいました」

その名をクリストファー・シェリントン。

彼は問題の根底にミスリル鉱山があることを知り、ネーナス子爵の所業を国王に報告することを決意する。そして、その証拠《しょうこ》を持って王都に出発したのだが……。

「残念ながら、彼は王都に辿り着けませんでした」

「それって……」

「判りません。盗賊《とうぞく》に殺されたと言われていますが、実際のところは」

どう考えても怪しいが、領主以外に事件の調査をできる存在はなく、希望は潰《つい》えたかに思えたが、それから時を置かずしてネーナス子爵が消息不明となる。

おそらくはミスリル鉱山に赴いている時に、何らかの問題が起こったと思われるが、こちらも詳《しょう》細《さい》は不明。帰還しないネーナス子爵に代わり、王都から出戻った弟が領主の地位に就《つ》いたことで、前領主が行っていたことが白日の下《もと》に曝《さら》されることになった。

「結果、この町にも平和が戻りました。今の領主はその弟の息子《むすこ》、つまり問題を起こした領主の甥《おい》にあたります。個人的な感想ですが、それなりに有能な領主だと思います」

「そんな歴史が……でも、なんでネーナス子爵家は残ってるの？　一族郎党皆殺《ろうとうみなごろ》し、とまではいかなくても、普通ならお取り潰しじゃないの？　国家反逆罪並みのことをしたのよね？」

「そこは、高度に政治的な判断が行われた、としか。それとも……知りたいですか？」

「知りたくないです」

微笑みと共に聞き返すディオラさんに、俺は即座に首を振った。

前領主にあたる弟は王都から戻ったというし、有力な人脈か、派閥《はばつ》の問題か、何かしら貴族の面倒くさい何やかんやがあるのだろう。

そんなもの、俺たちが聞いても百害あって一利なしである。

「お話は理解しましたが、これまでに幽霊屋敷は関係していませんよね？」

「……おぉ、そうだ！　思わず聞き入ってたけど、話、出てきてねぇし！」

ナツキの指摘に、トーヤがハッとしたように瞠目する。

そう、俺も興味深く聞いてはいたが、これを俺たちが知る必要があるのか、幽霊屋敷とはどう関わるのかと疑問だったのだ。

「そうですね、ここまでは前情報になります。庶民《しょみん》でもちょっと耳聡《みみざと》い人なら知っている話ですね。そして、これ以降はあまり公《おおやけ》にできない話なんですが、皆さんにならーー」

「いいえ、聞きたくないです。トラブルには巻き込まれたくないので」

「聞いてください。高ランクになれば、どうせ貴族関連のお仕事も流れてきますから」

さらりと危険な情報を話そうとするディオラさんに、俺は強い意志で再度ノーと言ったのだが、それはあっさり撥《は》ね返され、更には嫌《いや》な情報まで付いてきた。

俺たちとしては、可能な限り貴族には関わらず、過ごしていきたいのだが……。

やや不安そうな表情になった俺たちを安心させるように、ディオラさんは微笑みを浮かべて、手をパタパタと振った。

「心配しなくても大丈夫ですよ。公に話されることではありませんが、知っている人は知っている情報ですから。ーー続けますね？　実は先ほど出てきたクリストファー、その人が婚約者エディス・シーニアーに贈ったのが、現在幽霊屋敷と呼ばれている屋敷なんです」

「……愛人じゃなくて？」

「はい、正確には婚約者です。で、問題はここからです。クリストファーが殺された時、エディスの住んでいたあの屋敷に、彼の死を知らせに行ったのが二人の共通の友人であるケヴィン・ベックマンという方なのですが、その時にどのような遣り取りがあったのか……」

詳しいことは判っていないが、現場の状況からして、エディスがケヴィンを刺《さ》し殺し、自身も自害して果てたことは、ほぼ間違いないらしい。

「それらの情報が不正確に広がったことで、愛人や心中などという話も出てきたようですね」

「はぁ……。状況的には、そういう噂が出るのも仕方ない気もするわね」

ため息をついたハルカの言葉にディオラさんは重々しく頷きつつ、予想外のことを口にする。

「――さて、ここからが本題です」

「え、あれ？　今までのお話は？　前情報の後の本題だったんじゃなかったっけ？」

ユキが目を瞬《しばた》かせるが、ディオラさんはしれっとした表情で話を続けた。

「本題の前段ですね。本題はここからです。皆さん、幽霊屋敷の除霊、引き請《う》けませんか？」

ディオラさんから出てきた予想外の提案。

俺たちは暫《しば》し沈黙し、確認するように俺は恐る恐る尋ねる。

「その幽霊屋敷は、今の話に出ていた物、ですよね？　ディオラさんが門前で引き返した」

「私たちが入らないようにも、誘導《ゆうどう》していたと思うけど……？」

「貸せる状態にないのに、無駄《むだ》なリスクを取る必要はありませんからね。ですが、あの時とは状況が変わりました」

一つ目は、俺たちがアンデッド対策を探していたこと。

二つ目は、俺たちがオークの巣を殲滅できるほどに強かったこと。

「実体のないアンデッドに対抗するには、高い魔力と意志力が必要です。その点、皆さんは心配ないでしょう。しかもハルカさんたちは光魔法が使えます。これは、依頼するしかないかと！」

ディオラさんは力強く断言するが、そこで遠慮がちに一つの手が挙がった。

「あのー、オレ、魔法使えないんだけど……？」

「はい、承知しています。そこで一つ目です。あの幽霊屋敷はこの町の懸案でありつつも、放置されてきたのですが、時が経つにつれ、改善するどころか、逆に悪化しているようでして」

実はディオラさん、俺たちを案内する前に、アミュレットを持って下見に行っていたらしい。

だが、門に触《ふ》れただけでアミュレットは消滅、すぐに引き返すことになった。

そのアミュレットは支部長のマークスさんから借りた物で、比較的安価な物だったそうだが、それでもこのまま放置するのはさすがにマズいと、ギルドで問題になったらしい。

「そのようなことから、伝《つて》を辿って高性能なアミュレットを取り寄せたのですが、残念ながら手に入ったのは一つだけでして……」

そう言いながら、ディオラさんがそっとテーブルの上に置いたのは、小さな巾着袋《きんちゃくぶくろ》だった。

サイズは小石が一つ入るぐらい。緑色の布で作られ、銀糸で全体に細かな刺繍《ししゅう》が施されている。

一見するとそこまで高価な物には見えないが、重要なのは効果の方である。

「これって、どのぐらいの効果があるんですか？」

「少なくとも幽霊屋敷の霊から悪い影響を受けることは、まずありません」

アミュレットの消滅という経験をしているディオラさんがそう断言するのだから、高性能なアミュレットであるのは間違いないのだろう。

確かに、今の俺たちからすれば是《ぜ》が非でも入手したい物であるが……。

「幽霊屋敷の除霊を引き請けてくださるのであれば、このアミュレットをお貸ししますし、成功の暁《あかつき》には、報酬としてお渡しすることも可能です」

まるで見せつけるように置かれたアミュレットと、笑顔のディオラさん。

その二者を、俺たちはやや困惑顔で見比べる。

「……ディオラさん、美味しい餌《えさ》を用意して、私たちを上手く使おうとしてない？」

「ハルカさん、交渉《こうしょう》するときに相手の欲しいものを用意するのは、常識ですよ？」

その通りですねっ！　とても有効ですよねっ！

そしてその有効な手段にあらがう術《すべ》を、俺たちは持たなかった。

――もっとも、ディオラさんが勧《すす》める依頼である以上、そこまで危険性は高くないだろうという打算と信頼があったことは否定できないのだが。

第三話　幽霊屋敷

ディオラさんに笑顔《えがお》で送り出された俺《おれ》たちは、日を置かず幽霊屋敷《ゆうれいやしき》を訪《おとず》れていた。

借りてきた鍵《かぎ》で門を開き中に入れば、そこは鬱蒼《うっそう》とした森のようになっており、あんな話を聞いた後だからか、何だか薄暗《うすぐら》く陰気《いんき》な空気が漂《ただよ》っているようにも感じられた。

「雰囲気《ふんいき》は十分ですね……」

「うん、何だか寒いような？　気のせいかなぁ……？」

まるで寄り添《そ》うように俺の腕《うで》に触《ふ》れたナツキが呟《つぶや》けば、ユキも自分を抱《だ》きしめるように、両手で二の腕を擦《さす》ってぷるりと震《ふる》えた。

「外套《がいとう》、着ておきましょうか。屋敷の中に入ったら絶対に汚《よご》れるし」

「かなり長期間、空き家だったみたいだしなぁ」

ここ一〇年ほどは掃除《そうじ》も行われていないようで、どのような状況《じょうきょう》になっているかは、冒険者《ぼうけんしゃ》ギルドの方でも把握《はあく》していないらしい。

俺たちは防寒も兼《か》ねて外套を着込《きこ》み、森の中へと足を踏《ふ》み入れる。

ディオラさんから聞いた話では、この森も以前は綺麗《きれい》な庭だったそうだが、今となってはその面影《おもかげ》すら窺《うかが》えず、屋敷の姿を完全に覆《おお》い隠《かく》してしまっている。

「庭ってここまで荒《あ》れるのか……」

「樹木の生長は、遅《おそ》いようで早いですから。剪定《せんてい》を怠《おこた》れば一年間で何メートルも伸《の》びたりします。元が草地ならまだしも、庭木があったのなら、この状態も必然かと」

トーヤを先頭に、木々を掻《か》き分けながら僅《わず》かに残る道を進めば、やがて屋敷が見えてきた。

その屋敷を端的《たんてき》に表現するなら、『とても貴族っぽいお屋敷』だった。

大半は石造りで、バルコニーやベランダも存在し、所々に施《ほどこ》された精緻《せいち》な彫刻《ちょうこく》も見事。

見るからに建築には金が掛《か》かっていて、卑下《ひげ》するわけではないが、単純な長方形、且《か》つ木と漆喰《しっくい》をメインに作られた俺たちの家とはかなり異なる。

全体が薄汚れてしまっているのは残念だが、放置されていた割に痛みが少ないように見えるのは、やはり元の作りが良いからだろうか。

「廃墟《はいきょ》じゃねぇのは、ありがたいな。床《ゆか》が抜《ぬ》けて大怪我《おおけが》、とか考えたくねぇし」

「あぁ。……それでも幽霊屋敷に恥《は》じない気味悪さは漂っているが」

草木に阻《はば》まれつつも、なんとか玄関《げんかん》まで辿《たど》り着いた俺たちは、鍵を開けて扉《とびら》を押《お》し開く。

ギィィーと耳障《みみざわ》りな音を響《ひび》かせながら扉が開き、建物の内部が顕《あら》わになるが、そこは白く埃《ほこり》が積もり、あちこちに蜘蛛《くも》の巣が張り巡《めぐ》らされた、なかなかに酷《ひど》い状態だった。

「これは……『浄化《ピュリフィケイト》』を連発したくなるわね」

「同意するが、ダメだろ。仕事なんだから」

依頼《いらい》の内容は、エディスの幽霊を祓《はら》うこと。

『浄化《ピュリフィケイト》』を使いまくって、『たぶん祓えたと思います』では通用しない。

「本人――いえ、本霊？　を確認《かくにん》するのが最善でしょうが……見えるのでしょうか？」

「シャドウ・ゴーストは見えたんだし、なんとかなるんじゃね？　取りあえず入ろうぜ」

「そうだな。躊躇《ためら》っていても仕方ないし。トーヤ、アミュレットはきちんと持ったか？」

「もちろんだ。オレの命綱《いのちづな》だからな！」

トーヤは力強く答え、外套の内ポケットの辺りをポンと叩《たた》く。

魔力《まりょく》のある俺たちと強力なアミュレットを持つトーヤ、どちらが安全かは判《わか》らないが、ディオラさんお墨《すみ》付きの頼《たよ》れる物がある点は、少しだけ羨《うらや》ましくも思える。

「それじゃ……『光《ライト》』」

ハルカの魔法で照らし出された玄関ホールは、よく見ると思ったよりも傷《いた》んでいなかった。

埃と蜘蛛の巣こそ酷いものの、窓などに壊《こわ》れた箇所《かしょ》は一つもなく、雨漏《あまも》りの跡《あと》もない。

鼠《ねずみ》などの小動物が侵入《しんにゅう》していると、糞《ふん》や臭《にお》いなどが残っているものだが、それもない。

きちんと掃除さえすれば、住むのに支障がない、その程度の状態は保っているようだ。

そのことに少しホッとし、中に足を踏み入れようとした、その時――。

「あ、ちょっと止まってください！」

ナツキが声を上げ、俺たちはビクッと動きを止める。

そんな俺たちを尻目《しりめ》に、屈《かが》み込んだナツキは床をじっと見つめると、何かを指さした。

「ここ、埃が積もっていて判りにくいですが、うっすらと足跡が残っています」

「……昔、掃除に来た人のものかしら？　足跡が残るようじゃ、掃除したとは言えないわよね」

「それは判りませんが……出て行った足跡はありません」

「「「……」」」

ナツキの言葉の意味することに、俺たちは無言になる。

「か、鍵は掛かってたよね？　ホ、ホラーじみてきましたよ？　よ？」

「じみて、というか、正真正銘《しょうめい》のホラーよね。本物の幽霊屋敷だもの」

幽霊が出る噂《うわさ》がある、とかそんなちんけなものじゃない。

アンデッドが実在する世界で、幽霊がいると言われているマジモンである。

「けど……病気になるとか、そんなレベルだったよな？　行方《ゆくえ》不明者は聞いてないよな？」

「……き、きっと、裏口から出て行ったんだよ！　うん、そうに違《ちが》いない！」

ユキが自分でも信じていそうにないことを強く主張するが、誰《だれ》も同調せず、それどころかトーヤは平然とした顔で、屋敷の中を指さした。

「ま、そのへんも調べてみりゃ良いだろ。それより、先に進もうぜ？」

「トーヤくんは怖《こわ》くないいんですか？」

「いや、元の世界で霊が実在して目の前に出てきたら怖いが、こっちだと普通《ふつう》なんだよな？　斃《たお》す手段もあるし、他の魔物と大して変わらないだろ。シャドウ・ゴーストも斃してるし」

「正論、だとは思いますが……気持ち的には……」

「ナツキは苦手か？　幽霊とかそういうのは」

普段よりも俺の近くに寄っているように見えるナツキに問えば、ナツキはうっすらと微笑《ほほえ》む。

「実は私、そういうのを感じ取れる質《たち》だったんですよね」

その言葉に驚《おどろ》いて声を上げたのは、俺ではなくユキだった。

「えっ、そうだったの？　聞いたことないよ？　あたしたち、付き合い長いよね？」

「だってユキは怖がるじゃないですか。私自身、嫌《いや》な感じがするだけで何ができるわけでもありませんし、確信を持って『霊感がある』なんて言えるものじゃなかったですから」

証明できるようなものでもないので、さりげなくそういう場所を避《さ》けたり、他の理由をつけてユキを別の場所に誘導《ゆうどう》したりしていたようだ。

「あ～～、今にして思えば？　そっか、そうだったんだ？」

「意味があったのかは判りませんけどね。そんなわけで、あまり得意では……」

「そんな理由が……ダメそうなら俺の後ろにいても良いぞ？　守ってやる、とは言えないが」

気持ちはあっても、今の俺に攻撃《こうげき》手段はないからなぁ。

それでも多少はマシかと思って提案したが、ナツキは気丈《きじょう》に微笑む。

「ありがとうございます。でも、大丈夫《だいじょうぶ》ですよ。今なら『浄　化《ピュリフィケイト》』がありますから」

「そうか。あまり無理しないようにな」

そんな俺たちを見て、ユキとハルカが小声で会話する。

「……ハルカさん、判定は？」

「……微妙《びみょう》にアウト寄りのギリセーフ？　私も初耳だけど、否定はできないし」

「でも、シャドウ・ゴーストの時、最初に『浄　化《ピュリフィケイト》』を使ってたよね？　ナツキ」

「雰囲気に弱いとか？　確かにこのお屋敷は不気味だし……」

ハルカの魔法で明るくなっても陰気な雰囲気は払《はら》えておらず、ユキとハルカも平常通りとは言えない中、一人マイペースなのはトーヤである。

「おーい、先に行くぞ？　この屋敷、広いみたいだし、あんまりのんびりしてると夜になるぞ？」

「それは問題ね。行きましょうか」

大半の窓は雨戸が閉じられ、ほとんど光が入ってきていないため、単純な明るさだけを言えば昼も夜も大差なさそうだが、夜という状況自体が嫌だったのだろう。

ハルカを筆頭に全員がそれに頷《うなず》き、俺たちはディオラさんから預かった見取り図を頼りに、屋敷の一階を調べていく。

いずれの部屋にも埃が積もっていたが、広い部屋ばかりで数も多い。

そこに残されたままになっている家具も、以前展示場で見た物と似た高級品ばかり。

それらを下手に傷付けてしまったりしないよう注意しつつ、時間をかけて一階すべての部屋を回った俺たちだったが――。

「うーん、何もねぇなぁ」

などとトーヤは惚《ほう》けたことを言っているが、実際にはそんなことはない。

「……いえ、普通に家鳴りとは言い難《がた》い破裂音《はれつおん》とか、物が動く現象とかはあったんですが」

「子供の泣き声とか、怪《あや》しい人影みたいなものとかもあったよね」

そんな感じに、結構な怪奇《かいき》現象は存在した。

それに対して『浄化《ピュリフィケイト》』を使おうという主張も——主にナツキからあったのだが、まずはしっかり調べるべきとの意見が強く、今はまだ見て回っただけに止《とど》まっている。

「というか、トーヤ、心臓強すぎない？　むしろ、慎重《しんちょう》さが足りなくない？」

仕掛けとしては遊園地の幽霊屋敷の方が多彩《たさい》だろうが、その差を埋《う》めてあまりある雰囲気というか、怪しげな霊気というか、そんな物が漂っているように感じられ、俺に半ばくっついているナツキはもちろん、ハルカたちだってビクッと震えることがあったのに、トーヤはさして気にした様子もなく扉を開けていくのだ。

アミュレットを持っているが故《ゆえ》の安心感か、それとも魔力の有無《うむ》による感じ方の差か。

ナツキたちの手前、虚勢《きょせい》は張っているが、内心はそれなりにびびっている俺としては、何だか釈《しゃく》然《ぜん》としないものを感じざるを得ない。

「ってもなぁ……。正直、シャドウ・ゴーストの方が怖いぞ？　実害あったし」

「それにしても……。まぁ、トーヤがガンガン行ってくれて助かっている面もあるが……はぁ」

漏れるため息を抑《おさ》えることもせず、俺は見取り図を広げた。

「次はどこに行く？　二階か……それとも地階か」

そう、このお屋敷、地階があるのだ。地下室ではない。地階である。

つまり、雰囲気ある地下室が何部屋も……。

幸いなのは地下一階までということだろうか。

これで二階、三階と続いていたらダンジョン認定してやるところだ。

「……死体を隠すなら、地下室が定番だよなぁ」

「嫌なこと言わないで。まだ誰も死んでない――かもしれないんだから」

トーヤの漏らした言葉に、ハルカが顔を顰《しか》める。

ちなみに、不鮮明《ふせんめい》な足跡を辿ることはできなかったが、少なくとも掃《は》き出し窓はすべて雨戸が閉まっていたし、裏口の辺りに外へ出る足跡は残っていなかった。推理物なら後ろ歩きで出て行ったとかが定番だが、残念ながらこれはホラー物である――いや、違うか。

「やや方向性を見失いがちだが、俺たちの目的はエディスの幽霊を見つけて祓うこと、もしくはいないと確認することだよな？　となると、怪しい方から行くしかないだろうなぁ」

幽霊なんかには会いたくないが、会うのが目的という二律背反。

それは依頼を請《う》けた時点で解《わか》っていたことではあるが……想像以上に雰囲気あるよなぁ、ここ。

みんなで来れば怖くないとか思っていたが、空気が違うんだよ、空気が。

瘴気《しょうき》とかあるなら、きっとこんな感じである。

「……そうね、行きましょうか」

気が進まなくてもお仕事である。

ハルカが憂鬱《ゆううつ》そうに言葉を吐《は》き出し、俺たちは少し重い足取りで階段へと向かった。

二階へと続く階段の立派さに比べ、地階への階段は狭《せま》かった。

幅《はば》としては一メートル足らずで、左右の壁《かべ》も装飾《そうしょく》のない石積み。普通といえば普通だが、他の場所と比べるとかなり質素であり、明らかに奥《おく》向きのエリアと言えるだろう。

やや長めのその階段を下りていくと、周囲の気温が下がり始め、吐く息も白くなった。

隣《となり》を歩くナツキが外套の合わせを引き寄せ、寒そうに少し震える。

「この気温、冷蔵庫になるね。あたしたちの家にも、作るべきだったかな？　地下室」

「これって平常運転なの？　霊の影響《えいきょう》とか、そういうことはない？」

微妙にずれた会話をしているのは、ユキとハルカ。

状況を考えろってなもんだが、それによって恐怖《きょうふ》感を紛《まぎ》らわせているようにも見える。

当然ながら俺も、この屋敷に入った時から【索敵《さくてき》】で警戒《けいかい》を続けているのだが、その反応もなんだか曖昧《あいまい》。中途半端《ちゅうとはんぱ》な敵意に包まれているようにも感じられ、気が休まらない。

やがて階段を下りきり到達《とうたつ》した地下一階は、地上とは異なり、単純な構造になっていた。

真《ま》っ直《す》ぐに続く狭い通路と、その左右に並ぶ部屋。見取り図からして大きさもさほどではなく、用途としては倉庫か、せいぜい使用人の部屋といったところか。

もっとも、冬場とはいえこんなに寒いようでは、居住性は最悪だろうが。

「部屋数は多くないし、すぐに終わりそうだな。さて、鬼《おに》が出るか蛇《じゃ》が出るか……スンスン」

手をすりあわせて扉に手を伸ばしたトーヤが鼻をひくつかせ、少し首を捻《ひね》る。

「なんか臭《にお》うが……まぁ、良いか。一部屋目、開けるぞ？」

「いや、良くないよ⁉　心の準備が――」

状況的に滅茶苦茶《めちゃくちゃ》気になることを口にしたトーヤ。

そんなトーヤをユキが慌《あわ》てて止めようとしたが、鈍感《どんかん》切り込み隊長の行動に遅滞《ちたい》はなかった。

ガチャリと扉を開けるなり、部屋の中に足を踏み入れ――。

「うぺっ！　何だこれ‼　く、蜘蛛の巣と埃が！」

どこに積もっていた物なのか、トーヤが部屋に入るなり大量の埃が降り注ぎ、これまた大量に張り巡らされていた蜘蛛の巣が彼《かれ》の顔にべったりとまとわりついた。

「きったねぇ！　ぺっ！　ぺぺっ！」

すぐに部屋から出てきたトーヤが、顔を拭《ぬぐ》いつつ外套を脱《ぬ》いでバタバタと叩《はた》けば、周囲にもうもうと埃が舞《ま》い、俺たちの方へも流れてくる。

「ゴホッ！　おい、こんな所で……ん？　ていうか、トーヤ、脱いで大丈夫なのか？」

「え、何が――」

不思議そうにこちらを見たトーヤの動きが急に止まり、その顔から表情が抜け落ちた。

直後、トーヤは持っていた外套を、まるで汚《きたな》い物であるかのようにポイと投げ捨てると、腰《こし》に手を当てて哄笑《こうしよう》を放った。

「くっくっく、はっはっは、あーはっは！　やった、やったわ！　ついに肉体を手に入れた！　これで領主に復讐《ふくしゆう》できるわ‼」

声こそトーヤのものだが、明らかに彼とは異なる口調に、俺たちは一気に警戒態勢をとる。

「お前は誰だ？　エディス・シーニアーか？」

「あら？　私のことを知っているの？　いいえ、ここに来るんだもの、知っていて当然かしら？　ええ、そうよ。私がエディス・シーニアー。領主を憎《にく》む悪霊《あくりょう》を吸収し、恨《うら》み辛《つら》みを蓄《たくわ》え続けること苦節……苦節……何年だったかしら？　……ムニャムニャ年！」

「誤魔化したよ？」

「誤魔化したわね」

「良いじゃない！　大した問題じゃないのよ、年数なんて！」

苦節何年というなら、年数は重要な気もするが、本人が良いというのなら良いだろう。

――問題じゃないと言いつつも、地団駄《じだんだ》を踏んでいるが。

「とにかく！　私は時間をかけ、頑張《がんば》って強くなったの！　努力したの！　で！　ちょうど良いところにカモが来たと思ったら、強力なアミュレットを持ってるとか、何よ！」

「いや、『何よ！』と言われても……幽霊屋敷に入るなら、対策は必要だろ？」

「ええ、そうね。私でも対策するわ。でも良い迷惑《めいわく》よ！」

ビシリッと断言するが、意味不明――いや、自分勝手すぎである。

「けど、やっと厄介《やっかい》なアミュレットを手放してくれた！　いえ、手放させてやったわ！　あれだけ汚してやったら脱ぐわよね！　さすが私！　頭良い！」

あれはトーヤが迂闊《うかつ》すぎだっただけだと思うが……アミュレットが強力すぎて、危機感が鈍麻《どんま》してしまったのだろうか？

それともシャドウ・ゴーストぐらいのものであれば、問題ないと思っていたのだろうか？

というか、状況的には結構ヤバげなのに、あまり危機感を覚えないのはエディスの口調故か。

むしろ先ほどよりも、雰囲気的な怖さが薄らいでいるようにも感じる。

「ねぇ、エディス、さっき領主に復讐って言ってたけど、何をするつもり？」

「婚約者《こんやくしゃ》を殺された復讐よ。当然でしょ？　タマァ取ってやるわ！」

眉《まゆ》を吊《つ》り上げ、何やらグサグサとやる仕草をするエディス。

「なるほどね、そういう噂はあったようだものね。でも、どうやって？」

「噂じゃなくて事実よ！　この際、色仕掛けをしてでも、近付いて一刺《ひとさ》し！」

「色仕掛けって……その身体《からだ》、男だぞ？」

俺の指摘《してき》にエディスは動きを止め、はたと気付いたように自分——トーヤの身体を見下ろす。

「…………領主って、男色家だったりしないかしら？」

「知らねぇよ！」

「なら、女の身体に乗り換《か》えれば——くぅっ、あんたたちには取り憑《つ》けないんだった！　エルフの二人はともかく、人間二人も強力な魔法使いとか、理不尽《りふじん》だわ‼」

それは勝手に取り憑かれて、性別に文句を言われているトーヤこそが言いたい言葉だろう。

頭を抱《かか》えて地団駄を踏むエディスに、ため息をついたハルカが更《さら》に指摘する。

「そもそも今の領主は、あなたの知っている領主じゃないはずよ？　二回変わってるから」

「え？　そうなの？　じゃあ、あの時の領主は？　確か、フィリップとかいう名前の」

「おそらくは死んでいますね。一応は、行方不明となっていますが」

「えぇ……私の頑張りが、今、かなり無意味に……」

「納得《なっとく》したなら、トーヤの身体から出て欲《ほ》しいんだが。もう良いだろう？」

肩《かた》を落とすエディスを興奮させないよう、俺は努めて穏《おだ》やかに声を掛けたのだが、残念なことにと言うべきか、エディスはすぐに復活した。

「待って、待って。私の未練は、この程度じゃ終わらんよ？　実行犯もぶっ殺してやるまでは！」

「盗賊《とうぞく》ですよね？　そちらも生きている可能性は低そうですが……」

正確な年数は知らないが、クリストファーが殺されて二〇年ぐらいは経過しているはず。

冒険者ですら長生きできるのは極《ご》一部なのに、それ以下である盗賊は言うまでもないだろう。

足を洗っていれば別かもしれないが、盗賊が簡単に足を洗えるほど、世の中甘《あま》くない。

だが、それを聞かされたエディスは不思議そうに首を捻った。

「そうなの？　でも、私がクリスに贈《おく》った短剣《たんけん》が、ラファンとケルグの間ぐらいにあるのを感じるんだけど……。捨てられてるってわけでもなさそうだし」

「そんなことが判るのですか？」

「まぁね、私が愛情込めて作った短剣だから！　といっても、判るようになったのは霊になってからだけど。やっぱり、心残りがクリスとのことだからかな？　あ、私、錬金術師《れんきんじゅつし》だったんだよ？」

この屋敷を贈られたお返しに、錬金術師だったエディスが時間とお金を掛け、クリストファーを守ってくれるようにとの願いを込めて贈ったらしい。

「うーん、せめてあの短剣がどうなったのか、それだけは確認したいわ。ねぇ、協力してくれない？　じゃないと私、穏やかに逝《い》けないし」

「けど、俺たちの仕事はこの屋敷の除霊だし、冒険者として無報酬《むほうしゅう》で働くのはなぁ」

以前ほど切羽詰《せっぱつ》まっていないし、多少の人助けならやっても良いかと思うが、エディスの手助けは多少では終わりそうにない上に、それで誰が助かるのかと考えれば、この領地に関する問題は既《すで》に解決しているため、エディスの気持ちが少し慰《なぐさ》められるだけだろう。

「ふっふっふ、そんなこと言って良いの？　今、この身体を操《あやつ》っているのは私なのよ？　仲間には攻撃できないでしょ？　この男の命が惜《お》しければ、協力しなさい！」

俺たちに指を突《つ》き付け、そう力強く言い放ったエディスだったが、俺たちの方には逆にしらーっとした空気が流れ、エディスが『あれ？』と首を傾《かし》げる。

そんなエディスに、ナツキが遠慮《えんりょ》がちに現実を教える。

「えっと、私達《たち》って光魔法が使えるんですが……」

「……え？」

「状況確認のために控《ひか》えてたけど……トーヤごと『浄化《ピュリフィケイト》』すれば、祓えるかしら？」

「ま、待って！　話し合い、そう、お話し合いをしましょう。私たちには言葉という、素晴《すば》らしい相互《そうご》理解の道具があるのだから‼」

両手を前に突き出して、そんなことを言い始めたエディスだったが――。

「いきなりトーヤに取り憑いた人に言われても？」

「そ、それは……。え、えっと、私、婚約者を殺された可哀想《かわいそう》な被害者《ひがいしゃ》！　そんな女の子を問答無用で祓ったら、あなたたちも気分が良くないわよね？　ね？」

両手を合わせ、上目遣《うわめづか》いで同情を引く作戦に出た。

だが、仕草は女でも、身体はトーヤなのだ。同情心よりも先に不気味さが湧《わ》き出てくる。

そして、そんな俺たちの気持ちはエディスにも伝わったようで、すぐに方向性を変えてきた。

「えっと、えっと……そう！　手伝ってくれたら、この土地と建物をあげるわ！　今ご契約《けいやく》の先着一組様だけ！　今だけ！　今だけの特典よ！」

「そんなこと言われても……。第一ここの所有権って、この人――幽霊？　にあるのか？」

仮にあったとしても、幽霊から譲《ゆず》られたと言って、誰が納得するのか。

「そもそも、あたしたちって先日マイホームを買ったとこなんだよね。今更貰《いまさらもら》っても……」

「家はいくつあっても便利だから！　別荘《べっそう》って素敵《すてき》でしょ？　お金持ちの象徴《しょうちょう》！」

「使わない別荘を持っていても、面倒《めんどう》なだけですよ？　自分で管理できなければ、人を雇《やと》う必要もありますし」

リアルお金持ちがここにいた。

だが実際問題、長期休暇《きゅうか》が取れる人じゃなければ、別荘を持っていても年間何日使えるか。

維持《いじ》管理費を考えれば、そのお金を使って高級旅館にでも泊《と》まる方が良いだろう。

ついでに今の俺たちは、外泊《がいはく》の多い現役《げんえき》冒険者であり、自宅ですらどれだけ使うか不明である。

「でもさ、あなたたちって全員が家族ってわけじゃないんでしょ？　男二人に女三人だし。冒険者には変人も多いけど、さすがにそんな変な結婚の仕方は――」

「してねぇ！　結婚自体、してないから！」

一夫多妻、多夫一妻ならまだしも、二夫三妻とか、いろんな意味でフリーダムで未来すぎる。

いや、いくらジェンダーの何やかんやが、どうのこうのしても、そんな未来はないと思いたい！

「そうよね？　なら家はあっても良いと思うわよ？　新婚ラブラブの家に同居するのって、きっと辛いわよ？　この身体の持ち主も『オレと嫁《よめ》さんのスイートホーム！』とか言ってるし——あれ？　結婚してたの？　この男は」

「いえ。その可能性がある人すら未《いま》だ……」

「そ、そっか、ゴメン……」

気まずげな表情で、自分の身体に謝《あやま》るエディス。

というか、トーヤの意識はあるんだ？　そして、会話もできるんだ？

「う～ん、さすがに現金は残ってないし……あ、そうだ。この地下には私が昔使ってた錬金術の道具とかが残ってるわ。売れば結構な額になると思うから、あれも付ける。それでどう？」

家の魅力《みりょく》がやや薄いと判断したのか、オマケまで付け始めたエディス。

そんな彼女《かのじょ》を哀《あわ》れに思ったのか、それとも家や錬金術の道具に魅力を覚えたのか、ハルカがため息をついて「そこまで言うなら」と口を開いた。

「検討はしてみるけど……所有権がなければ何の意味もないわよね」

「そこよねー。クリスの親族……はないわよね。婚約者だったけどクリスとはまだ結婚してなかったから……もしかして、相続者なしで没収《ぼっしゅう》された？　私って親族がいなかったし」

「確か除霊の依頼者は……ウェルズ・ベックマンになっていましたね」

「あのクソ野郎《やろう》――‼」

ナツキがそう口にした瞬間《しゅんかん》、トーヤの身体からブワッと何か黒いものが噴《ふ》き上がるのが感じられ、周囲の気温が急に下がる。

エディスがトーヤに取り憑いた後は薄くなっていた嫌な感じが、更に濃《こ》くなって――。

「落ち着きなさい！『浄 化《ピュリフィケイト》』するわよ？」

「落ち着きました‼」

元《もど》に戻った。

さすが『浄 化《ピュリフィケイト》』。アンデッドには効果抜群《ばつぐん》である。使わなくても。

「あー、そのへんのこと、よく判ってないんだが、何があったんだ？ 知られているのは、お前がケヴィンを殺して、自刃《じじん》したってことぐらいなんだが。愛人や心中って噂も――」

「ちょっと止めて！ 考えたくもない‼ ……結果だけなら、そう見えるのも理解できるけど」

強く否定して嫌悪《けんお》感を顕わにしつつも、先ほどのハルカの脅《おど》しが効いているのか、エディスは比《ひ》較的《かくてき》冷静に言葉を続ける。

「まずウェルズ。コイツはケヴィンの弟だけど、直接は関係ないわ。問題はケヴィンの方。クリスと友人だったから、領主の告発についても相談してたみたいなんだけど……奴《やつ》は裏切ったのよ」

協力する振《ふ》りをしつつ、最後の最後で領主に密告。クリストファーが殺害される直接の原因となっているため、エディスとしては、領主以上に許せない存在であるらしい。

「でも何故《なぜ》？ 友人を売ることに、それほどの利があったのでしょうか？」

「あぁ、それは簡単よ。私はクリスしか見てなかったから気付かなかったけど、ケヴィンの奴、私に横恋慕《よこれんぼ》してたみたいなんだよねー、迷惑なことに。ほら、私って美少女だったから」

再度言うが、発言者の外見はトーヤである。

「更には好きだと言いつつ、婚約者がいた相手とは結婚できないから、愛人になれとか言うのよ？　ふざけてるわよね！　しかも、クリスが盗賊に殺されたと知らせに来たその場でよ？」

「さすがにそれは……」

どう考えてもアウト。弱っている女性に取り入るのも男としてダメだと思うが、それ以上。

一発退場案件である。

「当然、私は拒否《きょひ》して口論になったんだけど、その場でポロリと漏らしたのよね、バカだから」

明確にではなかったようだが、領主への密告に加え、実行犯の盗賊への渡《わた》りまでつけたと推測できることを、口論の中で口にしてしまうケヴィン。

それに気付いたエディスは激高し、自棄《やけ》になったケヴィンはエディスを襲《おそ》おうとしたらしい。

――それは殺されても仕方ない。

はっきりとは口にしないが、俺たちの心情はほぼ一致《いっち》したと言って良いだろう。

「もちろん逆にぶっ殺してやったわけだけどね！　けどまぁ、その時の私はか弱い女の子だったし？　なんとか殺《や》ったけど、自分も大怪我してたから、そのまま、ね」

こちらの一般《いっぱん》的な結婚年齢《ねんれい》からして、その時のエディスは俺たちと同じか少し下ぐらいか。

戦闘《せんとう》訓練も受けていない女の子が正面から成人男性を殺すなんて、普通は無理である。

それでもケヴィンを討《う》ち果たしているのは、覚悟《かくご》の違いだろうか。

命を惜しんだであろうケヴィンと、自分が死んでも相手を殺すという捨て身のエディス。

いっそ明るくも見える今のエディスからは想像もつかないが、結果として彼女も死んでいるのだから、それはどれほど壮絶《そうぜつ》なものだったか……。

「ま、敵《かたき》の一人はなんとか殺《や》れたわけだけど、もう一人の方は生きてるわけでしょ？　クリスのためにもなんとかしてやらないと、って思ってたら、悪霊になってたってわけ」

「そこまで思われるとは……立派な人だったんでしょうね。正義感も強かったようですし」

ナツキが少し感動したような声を漏らしたが、エディスの返答は違っていた。

「え？　いや、クリスは聖人君子って感じじゃないわよ？　正義感と打算を比べれば、若干《じやつかん》前者に傾《かたむ》くかってぐらいで。婚約のきっかけだって、私が天才錬金術師だったからだし。私の方も良い金蔓《かねづる》かな、ぐらいで……まぁ、最終的には愛し合うようになったんだけど」

告発を決めたのも、ネーナス子爵家《ししやくけ》が取り潰《つぶ》しになれば、功績ある自分が成り代われるかもしれないと考えたから。決して正義感だけからではない。

「一応男爵位持ちで、可能性はあったからね。貴族としては優秀《ゆうしゆう》なのよ。お金は稼《かせ》げるし、顔も良い。足りないのは腕っ節だけって感じの人かな？　だからこそ、ちょっと良い短剣を贈ったんだけど……ダメだったみたいなんだよねぇ」

エディスはどこか遠い目でため息をつきつつ、「あぁ、人を見る目もなかったか。友人選びに失敗してるし」などと寂《さび》しげに呟く。

「……どうする？　全部無視して、除霊してしまうって方法もあるとは思うが」

俺がそう提案すれば、アンニュイな雰囲気を出していたエディスの肩がピクリと震える。

同情を誘《さそ》う空気を醸《かも》し出しつつも、こちらの話はしっかりと聞いているらしい。

「おそらく目的の短剣は盗賊が持っている可能性が高い。つまり、悪人とはいえ人を殺すことになりそうな上に、不確定な報酬。俺としては、引き請けるほどの価値があるとは――」

「待って、待って、待って！　ここまで話したんだよ⁉　可哀想な少女のために、一肌脱《ひとはだ》いでも良いかな～、とか思わなかった？　人として！」

縋《すが》り付くように詰《つ》め寄ってくるエディスを、俺は押し返す。

「少女なら心揺《ゆ》れたかもしれないが、今のエディス、トーヤだし？」

「くっそうっ！　取り憑けたのが男だったことが、ここでも効いてくるとは‼　そっちの三人の姿なら、絶対もっと同情したよね！　同じ話をしたとしても！」

「そりゃ、まぁ……」

ハルカたちに縋り付かれれば、中身が別人と判っていても揺れることは否定できない。

自分、男ッスから！

「こらこら、判断は冷静に。それにトーヤとも相談しないと。ねぇ、トーヤから出て行けとは言わないから、あなたが引っ込んでトーヤを前に出すことはできる？　それから、ここって凄《すご》く埃っぽいから『浄化《ピュリフィケイト》』で綺麗にしたいんだけど」

ハルカの言う通り、埃を被《かぶ》ったトーヤが外套を叩いたものだから、周囲の床はもちろん、俺たちまで埃塗《まみ》れになってしまっている。

ここに来るまでに被った埃もあって正直かなり不快なのだが、普段ならすぐに『浄化《ピユリフィケイト》』で綺麗にしているところ、霊に与《あた》える影響を考えて我慢《がまん》していたのだ。

「あ、掃除してくれるの？　助かるー。侵入者は掃除したけど、普通の掃除は肉体がないから難しかったんだよねぇ。コイツにぶっかける埃とか蜘蛛の巣とか、集めるのにも苦労したんだから。それと、引っ込むことはできるから安心して～」

「へぇ……ん？　侵入者を掃除？」

ハルカの『浄化《ピユリフィケイト》』から逃《に》げるように、俺たちの背後へ移動したエディスが口にしたことを聞き咎《とが》め、俺は体中についた汚れが消えていくのを感じながら、後ろの方で「なんか、ピリピリする～」とか言っているエディスを振り返った。

「おい、侵入者を掃除って何だ？　借りた人が病気になるとは聞いたが、誰か殺したのか？」

もしそうなら、報酬以前の問題。協力なんて言っていられなくなる。

「普通に借りた人は、穏便《おんびん》に出て行ってもらったわよ？　その頃《ころ》はまだそんな力もなかったし。でもここ一〇年ぐらい？　いや、数年？　ちょっと曖昧だけど、泥棒《どろぼう》が入ってくることがあってねぇ。私とクリスの愛の巣から、家具とか盗《ぬす》もうとしやがるのよ！」

「穏便が病気というのはどうかと思うが……泥棒か」

「ちなみに、死体は一番奥の部屋に放《ほう》り込んであるから」

さらりと付け加えられた情報に、俺たちは図《はか》らずも揃《そろ》って通路の奥に顔を向けた。

妙に明るい霊だとは思ったが、悪霊は悪霊。その本領はしっかりと発揮していたようだ。

それに、倫理観《りんりかん》が微妙におかしくなっているようにも感じるのは、気のせいか。

「それじゃ、そろそろ代わるね～。是非《ぜひ》とも、是非とも私に、あなたの救済の手を！」

エディスのその言葉が終わると同時、その表情が見慣れたものに戻った。

「……トーヤ、戻ったか？」

「お、おぉ、動く、動くぞ！　っと、あぁ、ただいま」

「おかえり――だけど！　トーヤちょっと油断しすぎ！　エディスがあんなだったから問題なかったけど、命綱のアミュレットを身体から離《はな》してどーすんの！」

嬉《うれ》しげに両手をわきわきしているトーヤをユキがバシバシと叩き、埃が舞う。

こいつにも『浄化《ピュリフィケイト》』を使いたいところだが、中にエディスがいる以上、それもできないか。

「いやー、それはすまんとしか。けど、なーんか、警戒感が発動しなかったんだよなぁ、ここ」

不思議そうに首を捻るトーヤの野生の勘《かん》には、こちらの世界に来た当初から助けられているが、今回はそれが利《き》かなかったのか、それともさほど危険はないと判断したのか。

結果的に危険はなかったのだから、今回も勘は正しかったのかもしれないが……。

「まぁ、無事で良かったわ。それで、この会話はエディスも聞いているの？」

ハルカに訊《き》かれ、トーヤはちょっと考えるような仕草をしてから首を振った。

「ん、あー、聞かないらしい。もし協力できないと決まったら、一思いに浄化してくれって」

「そう。潔《いさぎよ》いのね。それとも彼女自身、思うところがあるのかしら？　元々の性格は知らないけど、少し違和感《いわ》もあったし……悪霊を取り込んだとも言っていたから、その影響かしら？」

「どうだろうなぁ……オレとしては、悪い感じはしなかったんだが。——自分の言動、っていうか、自分の身体の言動が気持ち悪かったこと以外は」

「うん、違和感、ハンパなかったね！　トーヤの後ろに、女の子の姿を幻視《げんし》したよ」

同意である。まぁ、仕草に違和感はあったが、変な裏声で喋《しゃべ》るわけじゃなく、言葉遣いが違うだけだったので、気持ち悪いってほどではなかったが。

「取りあえず、オレとしては協力してやりてぇんだよなぁ。ナオはやっぱ反対なのか？」

「合理的に判断するなら、さっき言った通りだな」

「……感情で判断するなら？」

「……どうした、ハルカ。『命大事に』じゃないのか？」

ハルカの問いに直接は答えず問い返せば、ハルカは迷うように目を伏《ふ》せた。

「そうだけどね。でも、気持ちは解るのよ。私だって、ナオが殺されたら敵は取りたいし」

「縁起《えんぎ》でもないな⁉　——だが、心情としては理解できる」

婚約者は殺され、その友人は裏切った上に最悪な人格。

敵討ちを果たすも自分も死亡。

結婚を目前としてそんなことになってしまえば、悪霊になるのも宜《むべ》なるかな。

むしろ、エディスはかなり理性的なんじゃないだろうか？

「あたしは協力しても良いかな……？　ナツキは？」

「難しいところです。殊更《ことさら》人権を謳《うた》うつもりはありませんが、エディスから被害を受けた人もいますし……。でも、エディスも可哀想な気はします」

「病気になっちゃった人と、殺されちゃった泥棒かぁ。でも、病気で追い出しただけみたいだし、泥棒の方はあんまり気にしなくて良いかも？　ある意味、正当防衛だし」

「私たちだって家に泥棒が侵入してきたら、状況次第《しだい》でそうなるかもしれないものね、ここだと」

治安機関がそこまで信頼《しんらい》できないここでは、正当防衛の成立要件が案外緩《ゆる》い。

住居侵入であればほぼ確実に認められるし、それ以外でも状況次第で許される。

そのときに重要となるのは証拠《しょうこ》——ではなく、被疑者の信用度だったりする。

信用度ほぼゼロの悪霊と、住居侵入した泥棒という組み合わせ。なんとも言い難いが、残念ながら泥棒には人権がないのがこの世界。泥棒に同情する人はいないだろう。

ちなみに、冒険者の信用度は低いので、一般住民である領民と争えばかなり不利なのだが、相手が明確な犯罪者だったり、冒険者のランクが高かったりすれば、話は別。

こんなところにも、地味に冒険者ランクを上げる利点があったりする。

「……ひとまず、損得抜きに考えてみるか。エディスが求めているのは、婚約者に贈った短剣の行方を確認することだよな？」

「あと盗賊が生き残っていれば、そいつらを討伐《とうばつ》することだな。『殲滅《せんめつ》だ！』って言ってたぞ」

「さりげなく過激だよな、エディス。本当に貴族の婚約者か？　——まぁいいか。つまりエディスは決して今の領主を殺せとか、そんな犯罪行為《こうい》は求めていないわけだ」

「逆に良いことですよね、盗賊の討伐は」

「そうだな、俺たちの感情を抜きに考えれば」

「「「……」」」

以前、岩中《いわなか》たちを殺すつもりで攻撃はしたが、おそらくは死んではない。

だが盗賊の討伐となれば、直接的に人の命を奪《うば》うことになる。

それを忌避《きひ》する感情はあるが、冒険者を続けていれば、いつかは人と殺し合いになることもあるだろう。そのときに躊躇ってしまえば、死ぬのは俺たち。

であれば、遠慮なく戦える相手として、盗賊で慣れておくことは良い機会なのかな、とも思える。

「ま、頃合いじゃね？　人を襲って殺すようなヤツら、もう人じゃなくて魔物扱《あつか》いで良いだろ」

あえてなのだろう。トーヤはやや極端《きょくたん》なことを口にし、ハルカもそれに頷いた。

「そうね、人のためになると思えば……。ナツキたちは反対？」

「反対ってほどではないです。あえて人殺しをしたいとは思いませんが、この世界、襲われる危険性は常にあるようですし、対処できないのはリスクですから」

「あたしもそんな感じ、かなぁ。極論、一番大事なのは自分たちの命だし」

概《おおむ》ね反対はなしか――損得を抜きにすれば。

家を手に入れる前なら経済的理由で反対するところだが、心情的には俺も同じなわけで。

「であれば、協力する方向でいきたいが、盗賊が俺たちの手に負えるのかとか、エディスの話がどこまで正しいのかとか、そういった問題もある。決めるのはギルドに相談してからのほうが良いだろうな。――少なくとも、ここに死体があることは報告する必要があるんだから」

そう言いながら、俺が通路の先に視線を向ければ、ハルカたちもまた同じように視線を向け、なんとも言えない表情になる。

本来ならきちんと確認してから報告すべきなのだろうが……俺たちは顔を見合わせて頷き合うと、そのまま踵《きびす》を返して幽霊屋敷を後にしたのだった。

◇　◇　◇

冒険者ギルドに戻り、エディスから聞いた話を報告したところ、ディオラさんは『すぐに調査します』と請け負ってくれた。

こうなると俺たちにできるのは、ただ待つことだけである。

関《かか》わっているのが貴族、それも領主だけに、なかなかにセンシティブ。

下手に素人《しろうと》が手を出したりしたら大火傷――を通り越《こ》して、焼け死ぬかもしれない。

専門家にお任せするのが正しい選択《せんたく》、ということで、ひとまず俺たちは自宅に戻ってきていた。

――トーヤに入ったままの、エディスも連れて。

そのエディスが今どうしているかといえば……。

「美味《うま》っ！　美味っ！　世の中にこんなに美味《おい》しい物があったなんて！」

トーヤの身体を使って、ハルカたちの料理に舌鼓《したつづみ》を打っていた。

お仕事が終わって家に帰れば、食事の時間ということで、いつも通りに準備していた俺たちだったが、そこでエディスが主張したのだ――久しぶりにご飯が食べたい、と。

今日のご飯はトンカツだったので、それが好物のトーヤは少々渋《しぶ》ったが、『何も食べていない！十年以上も‼』と強調されてしまえば拒否はできなかったらしく、仕方なしに交代。

エディスは初めて見る料理に最初こそ戸惑《とまど》っていたものの、一口食べるなりこの状況である。

まぁ、美味いよな、ハルカたちの作るトンカツ。

ラードで揚《あ》げたサクッとした衣《ころも》に、分厚くジューシーなオーク肉、甘辛《あまから》くて濃い味のソース。

これぞカロリーの塊《かたまり》って感じだが、それだけに食べたときの満足感も大きい。

更にエディスは十数年（？）ぶりの食事なのだ。衝撃《しょうげき》も強いだろう。

「はぁ～、こんな料理が存在することを知ってたら、私、ラファンにいなかったかもねぇ……」

エディスは頬《ほほ》に手を当て、トンカツをモグモグやりながらため息を漏らすが、その言葉に含《ふく》まれた意味に、ナツキが首を傾げた。

「どういうことですか？」

「ほら、私って美少女天才錬金術師だったから。実は王都の研究者から、『王都で一緒《いっしょ》に研究しないか』って誘われてたんだよねぇ。この町が結構好きだったから断ったけど……この料理を知ってたら、揺れてたかも？」

天才錬金術師を自称《じしょう》するエディスであるが、それは決して大言壮語《たいげんそうご》などではなく、そういった誘いも一再ではなかったようだ。エディス曰《いわ》く、『いろんな所から、何度も』らしいから、相当なものである――彼女が嘘《うそ》を言っていなければ。

もっとも、この状況で嘘をついていても大して意味はないので、多少の誇張《こちょう》はあったとしても、事実なのだろう――美少女はともかく。

「この町、ねぇ。理由はクリストファーさんだったんじゃないの～？」

「んー、でもその時って、まだ婚約してなかったからなぁ。まったくないとは言わないけど……」

ユキがにんまりと笑って揶揄《からか》うようなことを言うが、エディスは平然と答えてから、ニヤリとして言葉を続けた。

「そういえば、その話をクリスにしたら、出資《貢ぎ物》の額が増えたんだよねぇ」

……同じ男として、クリストファーには同情の涙《なみだ》を禁じ得ない。

ついでに言うと、今のエディスはトーヤの外見。元の姿なら小悪魔の微笑みだったのかもしれないが、今の俺が受けた印象は、悪いことを考えている小悪党の片笑みである。

「一応言っておくと、この料理が王都にあるかは判らないわよ？　ソースはエルフ由来の物だし、トンカツ――肉料理の方は私たちが作った物だから」

「そうなの？　じゃ、ここに残って正解だったかな？　こうして食べられてるわけだし」

ハルカの言葉に、エディスはそう言って笑ったが、王都に行っていればクリストファーと婚約することもなく、死んでいなかった可能性も高いわけで。

素直《すなお》に同意して良いのか、悩《なや》むところである。

そしてそれはハルカも同じだったのか、そこには触れず話を変えた。

「エディス、天才って言うぐらいなんだから、知識も豊富なのよね？　良かったら、色々とアドバイスをもらえない？　多少だけど、私も錬金術を齧《かじ》ってるから」

「良いよ〜。生きている時は大事な商売道具、秘匿《ひとく》すべき知識だったけど、この状態じゃあ、ねぇ？でも、タダというわけには、いかないなぁ。代わりに……」

「美味しい物をたくさん作れば良いのね？」

エディスの視線からすぐに察したハルカの言葉に、エディスは笑顔で頷いた。

「そーゆーこと！　いやー、この身体って凄いねぇ。いくらでも食べられちゃう。私って小食で、あんまり食べられなかったんだよねぇ。華奢《きやしや》で可憐《かれん》な美少女だったから」

意地でも美少女であると主張したいらしい。

本当であるなら見てみたいところだが、残念ながらエディスの肖像画《しようぞうが》などは、あの屋敷にも残っていないらしい。

——逆に言えば、如何様《いかよう》にも主張できるということで。

「うん、うん。エディスは美少女だよねー」

優《やさ》しい微笑みを浮《う》かべたユキの言葉に、エディスは苦笑する。

「あー、信じてないな？　ま、トーヤの外見じゃ——というか、あんまり食べすぎたらトーヤに悪いかな？　太っちゃうかも？」

「大丈夫でしょ、食べた分、身体を動かせば」

「私、頭は良いけど、運動は得意じゃないんだよねぇ。得意だったら、ケヴィンをぶっ殺した後、自分も死んじゃう、なんて無様なことにならず、もっとたくさん殺せたんだけどぉ～」

「黒い、黒い！　お前、腐《くさ》っても悪霊だな⁉」

「え？　やだなぁ、ナオ。私は腐ってないよ？　きっと腐る前に火葬《かそう》されちゃったからね。もしそっちで復活してたら、太る心配もなかったかな？　味を感じる舌も、食べ物が入る場所もなかったかもしれないけど！　アハハハッ、アンデッドジョーク！」

「……笑えねぇし。というか、そんな状態だったら、さっさと討伐してるわ！」

まずゾンビやスケルトンが話せるのか、という問題もあるが、仮に会話ができたとしてもまともに話を聞くかどうか。

「おそらく、出合い頭《がしら》に『浄化《ピユリフイケイト》』していましたよね。インパクトも大きいですし」

「だよねぇ。だから、トーヤには感謝してるんだよ？　まさか死んでからこんなに美味しい物が食べられるなんて、思ってもなかったもん。――え？　動くのは任せろ？　いくらでも食べて良いの？　トーヤ、男前～！　クリスには負けるけど！」

トーヤのお墨付きを得て、ますます旺盛《おうせい》になるエディスの食欲だったが、さすがに普段トーヤが食べる量の一・五倍ほどで限界になったらしく、手を止めて温かいお茶に手を伸ばす。

そして、それを美味しそうに一口飲んでから、ふぅとため息をついた。

「いやー、トーヤにはちょっと格好いいこと言っちゃったけど、実は内心ビクビクしてたんだよねぇ。このまま消えちゃうのかも～、って。でもこうして――」

「――別に引き請けると決めたわけじゃないけどな」

俺がポツリと呟くと、エディスの動きがピタリと止まった。

「……えっ？　実はこれ、最期《さいご》の晩餐《ばんさん》？　死ぬ前に良い夢を見せてくれようと？」

「もう死んでるけどな、お前は。――そうじゃなく、ディオラさんの調査結果次第だ。俺としては請ける方に傾いているが、どうなるか、断言はできない」

そう付け加えると、エディスは安堵《あんど》したように、大きく息を吐く。

「なんだ～、もちろん、それで良いよ。検討してくれるだけでも嬉しい！」

その言葉通り、彼女は嬉しそうな表情で、とても朗《ほが》らかに笑ったのだった……トーヤの顔で。


それから俺たちは、エディスと共に色々なことをした。

ラファンの町を案内して平和になったその風景に安堵させたり、アエラさんのお店でその料理に感動させたり、屋台の料理を食べてその味に絶望させたり……。

錬金術の天才というのも嘘ではなかったようで、ハルカとユキにリーヴァも加え、錬金術の研究？　実習？　指導？　俺は直接関わっていないので、詳《くわ》しいことは知らないのだが、そんな感じのものにも多くの時間を充《あ》てた。

ただトーヤの身体に入っている関係で、エディス自身が錬金術を使えなかったことは誤算だったようで、『私の素晴らしい技術が見せられない！』と、やや荒れていた。

それでもハルカたちにとっては、得難い時間であったことは間違いないようである。

一方で、独り割を食ったのはトーヤである。

まずは幽霊屋敷から帰還《きかん》した直後。

いつもなら、埃と蜘蛛の巣で汚れた身体も『浄化《ピュリフィケイト》』一発で綺麗にできるのだが、エディスが取り憑いていてはそれも不可能。

半ば趣味《しゅみ》で使われていた風呂《ふろ》が、身体の洗浄《せんじょう》という本来の役割を果たすことになり、『マジ助かった！　風呂がなければ寒さで死んでた！』とはトーヤの言である。

まぁ、この時季に水浴びとかしたら、ちょっとシャレにならないよなぁ。

普通の冒険者なら、桶一杯《おけいっぱい》のお湯で身体を拭《ふ》くのだろうが……やっぱスッキリはしないだろう。

汚れだって、完全には落としきれないだろうし。

ちなみに、暑くて汗《あせ》をかくが水浴びができる夏場と、汗はかきにくいが水浴びは厳しい冬場。

冒険者が不潔になるのはどちらかといえば……大抵《たいてい》の冒険者はどっちも不潔、が正解である。

水浴びができる夏場でも、半日も仕事をすれば汗と汚れでドロドロ。

身体の方はまだしも、装備の方は簡単には綺麗にならない。

仕事を終えれば、装備を脱いで、身体を洗って、服を着替《きが》えて——とすればまだマシなのだろうが、そんな勤勉さを冒険者に求めるのは、なかなかに難しいのだ。

対して冬場に清潔さを保つには、お湯を買える余裕《よゆう》か、冷水を被る根性《こんじょう》が必要となる。

身綺麗にしたくても難しい、それが低ランク冒険者の悲哀《ひあい》である。

そんな『浄化《ピュリフィケイト》』制限に加え、多くの時間でエディスに身体を貸しているものだから、確実にトーヤが表に出ているのは、訓練と風呂の時間のみという始末。

俺なんかは『それで良いのか？』と思ったが、案外上手くやっているらしい。
そんな風に日々を過ごして、十日《とおか》ほどが経《た》ち。
俺たちがエディスの存在に慣れてきたころ――ディオラさんから連絡《れんらく》があった。

第四話　盗賊討伐

「大変、お待たせ致《いた》しました。特にトーヤさんには……」

「いいえ、逆に思ったより早かったかと」

トーヤの方も『いつも他人《ひと》が傍《そば》にいる気がする』ぐらいで、それ以外の問題は特になかった。

ちなみにエディスは『普段《ふだん》は見ないようにするから、ナニをしてても大丈夫《だいじょうぶ》』と言っていたが、さすがのトーヤも、その言葉で気にならなくなるほど図太くはなかったようだ。

むしろ十日《とおか》間という期間は、この世界の移動速度や情報伝達速度を考えれば、かなり迅速《じんそく》に動いてくれたと考えて間違《まちが》いはないだろう。

「そりゃあ、もう。関係者のお尻《しり》をビシバシ叩《はた》きましたから」

なるほど。でもディオラさん、その手の動き、平手じゃないんですが。

まさか、鞭《むち》で物理的に叩いたりしてませんよね？

「まず幽霊屋敷《ゆうれいやしき》の方ですが、エディスさんが離《はな》れたためか、既《すで》に除霊《じょれい》の必要がなくなっていることが確認《かくにん》できました。そのため、皆《みな》さんには依頼料《いらいりょう》が満額支払《しはら》われます。また、アミュレットもお約束通りお譲《ゆず》りします。――あ、死体もありましたが、泥棒《どろぼう》で間違いないみたいです」

さすがディオラさん、慣れているのか、死体の扱《あつか》いが超《ちょう》軽い。

だが犯罪者の扱いなんて、ここではこの程度なのだろう。

「除霊は達成と認めてもらえるんですね。俺《おれ》たちとしては無理かと思ってたんですが……」

「事実としてそうなっていますから。経緯《けいい》は問題ではありません」

あまり期待していなかったのだが、これで俺たちは最低限の利益は確保したことになる。

あとはエディスの扱いをどうするかだが、それはディオラさんの話次第となるだろう。

「それから、あの屋敷はケヴィン・ベックマンが生前に所有権を得て、それを弟のウェルズが相続した形になっていましたが、その経緯には明らかに不審《ふしん》なところがありますので、相続自体も無効となりました」

「え？　今回の依頼料って、そのウェルズが出しているんですよね？　大丈夫なんですか？」

「すべては依頼完了《かんりよう》後に発生したことです。ギルドとしては何の関係もありません」

ニコリと微笑《ほほえ》み、「依頼料は先払いですし」と付け加えるディオラさん。

「うっわ……悲惨《ひさん》～。依頼料だけ支払わされて、屋敷は没収《ぼっしゅう》されるとか……」

除霊して売るために依頼を出したのに、依頼が完了した途端《とたん》に没収。

そんな依頼主《ぬし》に同情するようにユキが首を振《ふ》るが、ディオラさんは平然としたものだった。

「気にする必要はないですよ？　ケヴィンの企《たくら》みにウェルズが関《かか》わった可能性は低そうですが、まったく知らなかったと主張するのも厳しい状況《じょうきょう》です。没収される代わりに追及《ついきゅう》もされないのなら、そう悪くないかと。エディスさんとしては、気に入らないかもしれませんが」

ディオラさんが窺《うかが》うようにトーヤを見れば、トーヤは少し沈黙《ちんもく》してから首を振った。

「あ～、『ウェルズはどうでも良いから、気にしない』そうだ」

「そうですか。助かります。そのような経緯から、家の所有権はエディスさんに戻《もど》ることになりますが、エディスさんは既に死亡、相続人もいませんので、法的には領主預かりとなります」

「あぁ、やっぱそうなるのか。となると、エディスの依頼の報酬《ほうしゅう》は――」

「ですが、ナオさんたちが依頼を受けるなら、その報酬として渡《わた》しても構わないそうです」

ディオラさんが続けた言葉の意味を理解し、俺たちは目を丸くした。

「本当に？　幽霊から依頼を請《う》けて報酬を約束された、なんて普通は通らないでしょ？」

絶対に一笑《いっしょう》に付される。その上、合法的に領主の財産となった物を譲るというのだ。

そこに裏があると思わないのは、かなりの能天気だろう。

「ええ、経緯が経緯ですからね。了解を取り付けました。その代わり……」

ディオラさんはそう言いながら、唇《くちびる》の前で人差し指を立てた。

なるほど。余計なことは喋《しゃべ》るな、そういうことですね？　解《わか》ります。

「盗賊団《とうぞくだん》についても調査しましたが、それらしき存在が確認できています」

「まだ残っていたんですか？　盗賊団ですよね？」

普通なら討伐《とうばつ》されているのでは、とナツキが首を傾《かし》げたが、ディオラさんは困ったように深いため息をついた。

「残念ながら。領主交代の経緯もあり、そこまで手が回っていなかったようで。世代交代はしているようですが、存続しているようです。――息を潜《ひそ》めていたことも原因のようですが」

「なるほどね。その盗賊の情報はもらえるの？」

「はい。なお、この盗賊討伐はギルドからの依頼として処理しますので、無事達成して頂ければ、エディスさんからの報酬に加え、こちらの報酬も出ますよ」

これまた予想外の話に、俺たちの間に沈黙が落ちる。

俺たちは視線で会話。代表してハルカとユキが口を開いた。

「……随分《ずいぶん》と大盤振《おおばんぶ》る舞《ま》いね？　何だか、怪《あや》しさすら感じるんだけど」

「だよね～？　ディオラさんじゃなかったら、席を立ってるところだよね」

「信用を得られていて良かった、と言うべきでしょうか」

ディオラさんは探《さぐ》るように言った二人に笑いかけ、事情を説明する。

「これは領主からの依頼でもあるんですよ。棚《たな》ぼたで手に入った屋敷だけじゃなく、自腹も切ることで誠意を見せる、そんな感じでしょうか。なので、ギルドの持ち出しはあまりありません」

「領主が依頼を出したのは、過去の不祥事《ふしょうじ》の痕跡《こんせき》を抹消《まっしょう》するためですか？」

「そこまで大袈裟《おおげさ》ではありませんが、雑な仕事とはいえ、暗殺を請け負うような犯罪者集団が領内に存在するのは、領主としても困りますからね。それに最近、活動を活発化させているようで。手口も残虐《ざんぎゃく》で、ちょっと看過できない事態になっているんですよね」

確実に勝てそうな相手だけを狙《ねら》い、皆殺《みなごろ》しにする。

そんな手口で犯行を繰《く》り返しているようで、生存者がいないため把握《はあく》が遅《おく》れたが、今回俺たちが盗賊の情報を求めたことで、既に何件もの被害《ひがい》が出ていることが確認されたらしい。

「それは……ちょっとシャレにならねぇな。しかし、なんで急に？」

「おそらくは、ですが、人材の流入があったのかと」

「人材の流入……新しい盗賊団が流れてきたとか、そんな感じ？」

「もっと深刻ですね。はっきりとは言えませんが、最近ケルグで増えている破産者が原因かと」

……何だか、嫌《いや》な話の流れである。

ケルグと聞いて、サトミー聖女教団の名前が頭に浮《う》かぶのは、それ以外の知識がないからか。

「ナツキさんにはお話ししたと思いますが、あの町で新興宗教が販売《はんばい》している聖水、何故《なぜ》かそれに全財産を注《つ》ぎ込《こ》む人が続出していまして。身代を潰《つぶ》すだけではなく、中には借金を重ねて町にいられなくなった人もいるようで」

やっぱりかっ‼　なんかフラグが立ったような気はしたんだよなぁ……。

「そして、その破産者の中には冒険者《ぼうけんしゃ》もいる、と？」

「……よく判《わか》りましたね？　可能性の段階ですが」

ハルカの問いかけに、ディオラさんが一瞬《いっしゅん》詰《つ》まり、ため息と共に言葉を吐《は》き出した。

「じゃないと、ギルドが報酬を出す理由がないじゃない。その冒険者を始末して欲《ほ》しいのね？」

冒険者ギルドも一応は信用商売。

商人の護衛の仕事などもあるのに、冒険者が襲《おそ》う側に堕《お》ちているというのは如何《いか》にもマズい。

「本当に冒険者がいるなら、野放しにはできない、か」

「その通りです。捕《と》らえる必要はありません。――いえ、正直に言えば、殺してくれた方が後腐《あとくさ》れがなくて助かります。ギルドカードも回収してくれれば、ボーナスもありますよ？」

冒険者ギルドは冒険者のギルドであり、治安機関ではない。

盗賊を戦いの中で殺すのは問題ないが、捕らえてしまえば引き渡し先は衛兵となる。

隠蔽《いんぺい》するつもりなどないが、ケジメをつけたことを内外に示すには、組織内の人間で処分する方が望ましい。

何だかヤバい組織のような感じだが、つまりはそういうことらしい。

なかなかにエグいことをさらりと言うあたり、ディオラさんが俺たちよりもずっと経験豊富で、年上であることを改めて認識するが、冒険者というある種、社会のはみ出し者を管理する立場にある以上、そういう面も必要なのだろう。

「けど根本的問題として、俺たちが勝てるのかってのがあるんだよなぁ……。請けたいとは思いますが、大怪我《おおけが》する危険性が高いようなら、やるつもりはないですよ？」

すべては自分たちの安全が最優先。

そのことに変わりはないため、一応予防線を張ったのだが、ディオラさんは朗《ほが》らかに笑った。

「あぁ、その心配はないと思いますよ？　ナオさんたちなら」

「何故？　それなりに凶悪《きようあく》な盗賊なんですよね？」

「弱い者に対しては、ですね。こんな辺境で商人を襲っても、得られる金銭なんて僅《わず》かなものです。もしもナオさんたちに勝てるだけの実力があるなら、普通に働いても稼《かせ》げますし、盗賊をするにしても、もっと実入りの良い場所に移動するでしょうね」

それにも拘《かか》わらず今の場所に留《とど》まり続けている。

そのことが盗賊団の実力を示している、ということらしい。

そうなると、不安なのは俺たちが人と戦うことに不慣れ――いや、はっきり言ってしまえば殺し合いの経験が皆無《かいむ》に等しいことだが、これをディオラさんに言うのは違うだろう。

頼《たよ》りにしているのは確かだが、それでは完全に甘《あま》えである。

やると決めた以上、覚悟《かくご》を決めて折り合いをつけるしかない。

「と、なると……エディスの能力で、婚約者《こんやくしゃ》の短剣《たんけん》の場所が判るんだよな？　それで盗賊を見つけることはできるか？」

トーヤの方へ視線を向ければ、トーヤは視線を少し上に向け、頭をがりがりと掻《か》いた。

「……『場所は感じるけど――』、あ～、要約すると、盗賊団の殲滅《せんめつ》を考えるなら、短剣のある場所に直接向かわない方が良いんじゃないか、だと」

短剣がどこにあるのかは不明だが、仮に盗賊のアジトだとするなら、そこに俺たちが少人数で襲《しゅう》撃《げき》をかけることになってしまう。

見つからずに近付ければ良いが、見つかれば警戒《けいかい》されるか、逃《に》げ出されるか。

「んーと、つまり、誘《おび》き出して戦う方が良い？」

「そうなるのか？　う～ん……」

残念ながら、俺たちにこのあたりのノウハウはゼロ。

これについてはディオラさんを頼っても良いだろう。

そう思って視線を向ければ、ディオラさんは自信ありげに頷《うなず》く。

「そのあたりはお任せください。私に良い案がありますから！」

ディオラさんは大きく胸を張り、その豊かな胸部をポンと叩いた。

◇　◇　◇

ディオラさんの『良い案』とは、俺たちを商人に擬装《ぎそう》することだった。

平凡《へいぼん》といえば平凡。だが、奇抜《きばつ》なほうが良いというものでもなく、信頼《しんらい》と実績のディオラさんの案を、俺たちは全面的に取り入れた。

適当な幌《ほろ》馬車を用意して、その中にトーヤを隠《かく》してしまえば、あとは簡単。

残りは全員、一見すると強くは見えないし、フードでも被《かぶ》ってしまえばエルフとは判らない。

俺とユキあたりが馭者台《ぎょしゃだい》に座《すわ》っていれば、良いカモに見えるだろう。

難点は俺たちが馬車の扱いを知らないことだが、幸いなことに俺たちには便利な、、ユキがいる。

馬車を扱える人に教えてもらえれば、【スキルコピー】であっさりと覚えられた。

ちなみに、『案を出したのは自分だから』と、それらの手配をしてくれたのはディオラさんで、幌馬車やそれを牽《ひ》く馬はギルドからの貸与《たいよ》。

盗賊の襲撃で失われるおそれがあるため、安い物を用意してくれたようだが、返せなかった場合は報酬が大幅《おおはば》に減額されることになるので、要注意である。

そうして俺たちは、盗賊の討伐へと旅立ったのだった。

ラファンからケルグの町までは、馬車でゆっくり移動して三日ほど。

初めての馬車の旅！　と、ちょっとテンションが上がっていたのは半日足らず。

乗り心地《ごこち》イマイチな馬車に、何とも牧歌的な風景、俺たちの精神もダレ気味である。

高価な馬車なら多少は違うようだが、壊《こわ》されるかもしれないってのに、そんな物、借りられるわけがない。報酬減額どころか、マイナスに突入《とつにゅう》しかねないので。

「あと丸二日近く、こんな感じかぁ」

盗賊の出没《しゅつぼつ》ポイントは、ラファンよりもケルグ寄り。

これまでの傾向《けいこう》からして、三日目に遭遇《そうぐう》する確率が一番高い。

ふぅと息を吐いて、青い空を見上げる俺に、馬車の荷台からハルカの声が掛《か》かる。

「あまり気を抜《ぬ》かないようにね？　盗賊もだけど、魔物《まもの》だって出るかもしれないんだから」

「ナオ～、頼《たの》むぞ～。オレ、全然見えないからな」

「了解――っても、見通しは良いから、魔物についてはそんな心配ないと思うぞ？」

この辺りに盗賊はいないと思うが、用心のためトーヤは幌馬車の中に収納済み。

毛布を被って寝《ね》っ転がっているので、索敵《さくてき》は俺に任されている。

最近、【索敵】さんの信頼度が落ちているが、アンデッドでなければたぶん大丈夫だろう……大丈夫だよな？　盗賊って、【隠形《おんぎょう》】とか【忍《しの》び足】とかのスキルが高かったりしないよな？

……一応、普段以上に警戒しておこう。

「でも、携帯《けいたい》トイレの完成が間に合ったのは、ラッキーだったよね！　ハルカ、ありがとう！」

「あ、そういえばそんな話があったな。完成してたのか？」

いつぞやユキを泣かせた、野外でのトイレ事情。

その解消のために魔道具が欲しいという話はしていたが……。

「してたのよ。リーヴァとエディスの協力もあってね。天才錬金術師《れんきんじゅつし》を自称《じしょう》するだけのことはあるわね。エディス、さすがだわ」

「オレも協力したぞ～。エディスに身体《からだ》を貸して」

自分の功績も主張するトーヤを、ハルカは「はいはい、感謝してる」といなし、言葉を続ける。

「ほら、うちのトイレにも成果がフィードバックされてるでしょ？　温水洗浄《せんじょう》機能」

「そういえば追加されたな、しばらく前に」

ついでに言えば、同時期に便座も温かくなった。

元々ほぼ不満のなかったトイレだったが、それらが付いて以降は更《さら》に快適になった。

ナツキお手製の便座カバーこそあったが、冬場の今は、座っているとじんわり寒かったので。

「そうか、初期から活躍《かつやく》してくれた鍬《簡易トイレ》の出番はもうないのか」

「彼《鍬》は本来の役目に戻してあげましょ。簡易トイレ作りには共通費をちょっと多く使っちゃったけど……良いわよね？　ナオたちだって、そこまで開放的じゃないでしょ？」

「そうだな。いくら俺たちでも、あまり見通しの良い場所で踏《ふ》ん張るのは、なぁ」

「だな。立ちションぐらいなら気にしないが」

安全のため、街道《かいどう》の周囲は比較的《ひかくてき》見通しが良い。

日帰りならともかく、数日以上になれば大きい方も出てくるわけで、さすがにそれをこんな場所でするのは男でも厳しいし、女性陣《じん》なら言うまでもないだろう。

森の中に移動して用を足す方法もあるが、そちらの護衛と馬車の護衛。その両方が必要になるのだから、それを解消できる携帯トイレの存在は地味に重要である。

「それで、どれぐらい実現したんだ？　希望の機能は」

「まず排泄物《はいせつぶつ》の消去や消臭《しょうしゅう》、温水洗浄の機能は、自宅に設置してある物と一緒《いっしょ》ね。そのせいでちょっと大きくなったけど、マジックバッグがあるから問題はあまりないわね」

大きいと言いつつ、ハルカが示したのは五〇センチ四方ぐらい。

洋式の水洗便器が丸々入るぐらいだろうか。

決して手軽に携帯できるサイズではないが、その機能を考えれば、十分に小型だろう。

「遮音《しゃおん》は音量半減ぐらいで妥協《だきょう》した。外からの音を完全に遮断すると危険だし、中から外のみに限定すると、凄《すご》くコストが掛かるから」

見張りが発した警告が聞こえないのは困るので、機能としては妥当なところだろう。

「だからトーヤ、ナオ、耳を澄《す》ましたりしないように！」

「「しねぇよ！」」

ハルカの付け加えた余計な一言に、俺たちは揃《そろ》って反論する。

俺たちは女の子のトイレの音を聞いて喜ぶような変態ではないのだ。

「目隠《めかく》しは、普通の板を使った組み立て式の衝立《ついたて》。場所は取るけど、そこはマジックバッグがあるし、何より安価だから」

中から周囲を窺える方が安全かも、という意見もあったが、周辺の警戒は仲間に任せることができるし、近くに立つ仲間の姿が見えたら落ち着かないという意見の方が強かったようだ。

そしてそれは俺も同感である。向こうから見えないと解っていても、そんな状態で気持ちを落ち着け、ゆっくり踏ん張るなんてできるはずがない。

「最後は、万が一、魔物が突《つ》っ込んできたときの対策ね」

「所謂《いわゆる》バリアか。難しそうだが、できたのか？」

「自称天才の助けもあったから、なんとかね。ただ、一回攻撃《こうげき》される度《たび》に魔石一つを消費するから、すっごく燃費は悪い。攻撃の威力《いりょく》関係なく、ね」

その上、ゴブリンの魔石ではダメで、最低でもホブゴブリンの魔石が必要なため、攻撃を受け止める度に六〇〇レアが消えることになる。

ホブゴブリンの魔石が大量にあればまだ良いのだが、最近はあまり遭遇しないので、その次となるとこの前初めて遭遇したスケルトンか、オークか……。

「これ、トイレの防衛に失敗したら、財布《さいふ》に大ダメージだな」

「ええ。ちなみに、セットできる魔石は一〇個までだから、消費される前にきちんと処理して出てこないと、恥《は》ずかしい姿を曝《さら》して精神にも大ダメージね」

「トイレのライフゲージは一〇目盛りってか。腹でも壊してなけりゃ、大丈夫だろ」

「普通はそんな状態なら仕事を休むし、俺たち、【頑強《がんきょう》】持ちだもんな」

そのおかげか水が合わないということもなく、これまで体調や腹の調子に問題は出ていない。

食事や衣服など、気に掛けてくれるハルカたちの助けもあってだと思うが、この世界で病気になるリスクを考えると、本当にありがたいスキル。正にアドヴァストリス様々である。

「しかし、よく作れたなぁ。できるにしても、もっと先かと思ったが……」

「そこはやっぱりエディスの存在が大きいわね。彼女《かのじょ》が色々と知識を披瀝《ひれき》してくれることもあって、リーヴァも喜んで協力してくれたし」

「エディスが表に出ているときの方が、リーヴァが怖《こわ》がらないのは悲しかったぜ……」

「そ、そうか……元気だせ？」

リーヴァからすると、トーヤの扱いは幽霊以下なのか……。

背後の馬車から悲しげな声が響《ひび》くが、隣《となり》に座っているユキはそれを聞いて苦笑《くしょう》する。

「知識欲の方が勝っていただけだと思うよ？　最初に『トーヤに幽霊が憑《つ》いている』って言った時は怯《おび》えてたもん。錬金術談義に移ると、すぐに気にならなくなったようだけど」

「勉強にはなったわよね。――私のお小遣《こづか》いは激減したけど」

「あたしもだよ～。懐《ふところ》に寒風吹《ふ》き荒《あ》れる！　って感じだよ。冬だけに！」

なんでもハルカとユキ、トイレに直接関わる部分は共通費から出したが、それに伴《ともな》う研究に使った素材などは、自腹を切ったんだとか。

それも共通費で良い気もするが、現状の残額だと、そっちから出すとちょっとヤバいらしい。

そういえば、これまでの稼ぎは家を買った後で分配してしまったんだよなぁ。

その後の収入は、オークの巣の殲滅と幽霊屋敷の除霊ぐらいだが、後者の方はアミュレットの価値が大部分を占《し》めている。

今回の仕事は往復で一週間はかかることもあり、準備にもそれなりにお金が掛かっているし、その間に食べる食事も、事前に作ってマジックバッグにストックしているわけで。

共通費が乏《とぼ》しくなるのも当然だろう。

「このトイレが売れたら回収できるかもだけど、まず売れないよねぇ。高すぎて」

一番欲しがりそうなのは女性冒険者だが、値段に加え、持ち運びの問題もある。

馬車で移動するような裕福《ゆうふく》な商人や貴族なら……いや、いらないか？

俺の感覚からすれば、清潔で快適なトイレは必須《ひっす》だが、昔は貴族でもおまるとか使って、香水《こうすい》で匂《にお》いを誤魔化していたとか聞くし。この世界の貴族も、案外そんな感じかもしれない。

「ま、自分への投資と思えば許容できるわ。それに、野営しやすくなったのは間違いないしね」

「そうですね。街道沿いは安全面で、野営場所として適していますが……」

「トイレ事情は最悪だよね。見通し良すぎ！　携帯トイレが完成してなかったら、あたしはまた鍬を担《かつ》いで森まで走るね！」

「同感だな。さすがにオレもここで穴を掘《ほ》って用を足すのは落ち着かない」

羞恥心《しゅうちしん》さえ捨てれば、周囲が三六〇度見回せて、安全なんだがな。

その開放感も、好きな人には堪《たま》らないかもしれない。

――当然、俺はゴメンだが。

「さて！　野営の心配がなくなったところで、改めて気合いを入れ直しましょうか。今回対峙《たいじ》するのは、初めての知恵《ちえ》のある敵、なんだから」

「そう、だな」

盗賊に堕ちるほどの人でなしであっても、さすがにオークよりは頭が回るだろう。

人と戦うという戸惑《とまど》いも当然あるが、知恵を使った狡猾《こうかつ》な攻撃をしてくるかもしれないと意識していなければ、思わぬ不覚を取りかねない。

作戦を考える頭があるなら、前日から獲物《えもの》を監視《かんし》するぐらいのことはするだろう。

そのことを改めて思い出した俺たちは、表情を引き締《し》め、警戒の念を新たにしたのだった。

◇　◇　◇

状況に変化があったのは、当初の想定通り三日目のことだった。

「――ん？　これは……」

俺の【索敵】に魔物とは違う、気になる反応が見えた。

確かこれは……あぁ、なるほど、これが敵意ある人間の反応か。

以前、森の中で徳岡《とくおか》たちに狙われた時に感じた反応に似ているが……強そうではないな。

「待ち人が来たようだぞ」

「嫌な待ち人だなぁ……待ってたことは確かだが。数と距離《きょり》は？」

「ここから約二〇〇メートル、街道の左右で待ち伏《ぶ》せている。人数は一二人だな……たぶん」

最近、びみょーに【索敵】スキルに自信がないので、断言はしない。

相手は飛び道具も使う盗賊。万が一見逃《みのが》していたらマズいので、そのへんは気を付けたい。

「一二人ね……私とナオ、ユキの三人でやれば半分は斃《たお》せる可能性が高い……かしら？」

「不意打ちできれば、おそらくは。トーヤ、お前なら俺たちの『火　矢《ファイア・アロー》』を避《よ》けられるか？」

「う～ん……警戒していれば、何とか？」

俺たちが最初に使えた『火　矢《ファイア・アロー》』を『ノーマルバージョン』とするならば、今の俺たちが使うのはアレンジを加えた『高速・高威力バージョン』なのだが、トーヤなら避けられるのか。

「けど、マジで警戒してたら、だぞ？　いきなりだと、かなり距離がないと厳しいからな？」

「今回は、その距離があるのよね。『火　球《ファイア・ボール》』を打ち込む方法もあると思うけど……」

「纏《まと》まっていてくれたら、戦闘《せんとう》力は奪《うば》えそうだよね」

直撃すれば人の上半身ぐらいは吹き飛ばす威力のある『火　球《ファイア・ボール》』だが、『火　矢《ファイア・アロー》』との大きな違いは、着弾《ちゃくだん》したときに炎《ほのお》がある程度の範囲《はんい》に広がるところだろう。

魔物の素材を狙う場合には使いにくいが、火傷《やけど》という状態異常は、人相手であればかなり有効な行動阻害《そがい》要因である――『人道的にどうなの？』という心理的な部分から目を背《そむ》ければ。

そしてそれはナツキも気になったようで――。

「私としては、『火　矢《ファイア・アロー》』でお願いしたいです。襲ってくる相手ならともかく、火傷で苦しむ人にとどめを刺《さ》せるかと言われると、まだ少し自信がありません」

「そうね……それじゃ、『火 矢《ファイア・アロー》』でいきましょ。逃がさないこと優先で」

最初に六人斃せれば、残りは六人。

こちらを脅 威《きょうい》と見てすぐに逃げ出したとしても、魔法の射程内から出る前に追撃は可能、か。

「もしキツいなら、ナツキとトーヤは不参加でも良いと思うぞ？ 遠距離攻撃と比べて、直接手を下すのは、抵抗感《ていこう》も大きいだろ？ 人数的には対応できそうだし」

「いや、殺《や》るぞ？ ハルカやユキに任せて、オレが見学とかダメだろ」

「……私もやります」

無理をする必要はないと言った俺に、トーヤはすぐに首を振り、ナツキも一瞬の沈黙を挟《はさ》んだ後、言葉少なに応《こた》えて、やや強張《こわば》った表情で槍《やり》を握《にぎ》りしめた。

「そうか。ならユキは前方、ハルカは後方の敵を遠い方から狙ってくれ。隠れている敵がいたら俺がやる。その後も魔法は遠い敵からで、トーヤとナツキは近い敵を頼む」

決めたのであれば、それ以上言う必要はないだろう。

相談している間にも盗賊が隠れている場所は近づきつつあり、俺は早口で割り当てを指示する。

それに全員が頷いたのとほぼ同時、馬車の前後を挟むように男たちが飛び出してきた。

覆面《ふくめん》をして、手に武器を持ったその格好はとても判りやすく、これで『単なる猟師《りょうし》です』とか、『木を伐《き》りにきた木こりです』なんてことはないだろう。

そんな盗賊ルックの一人が、こちらに向かって大声で叫《さけ》んだ。

「止まれぇ！　おい！　命が惜《お》しけりゃ、荷を置いて行きな！」

出てきたのはちょうど一二人。【索敵】の反応を信じるなら、隠れている盗賊はいない。

なんとも無防備で愚《おろ》かなことに、全員で出てきたようだ。

しかも『命が惜しけりゃ』とか言って、コイツら、襲った相手を皆殺しにしてるんだよなぁ。

全員の死体こそ見つかっていないが、生きている可能性はたぶん、ない。

「お前たち、盗賊か⁉」

馬車を止めて誰何《すいか》すれば、一瞬沈黙した盗賊たちからバカにしたような笑い声が上がった。

「盗賊か、だと？　ガハハハ」

「この状況で、盗賊以外何がある？　大丈夫か？　ゲハハハァ」

「に、荷物を渡せば見逃してくれるんだな？」

「当然じゃないか。なぁ？」

「もちろんだぜ？　ぐははは」

……いや、騙《だま》すつもりならもうちょっと頑張《がんば》れよ。

隣のユキを見る視線が、全然見逃す気なんかないと言ってるぞ？

フードは被っているが、その下から少し覗《のぞ》く顔や体型から女ってことは判るもんなぁ。

けどまぁ、盗賊としっかり確認できたし、馬鹿面曝《ばかづらさら》して近付いてきているのは好都合である。

間違いはないと思っていたが、誤射とかするとかなりマズいもんな。

『火矢《ファイア・アロー》』は正に『必殺』なので、『一発だけなら誤射』とか言って、てへぺろしたところで許されないし、そのときに謝《あやま》るべき相手は生きていないのだから。

俺は再度【索敵】で隠れている盗賊がいないことを確認すると、荷台のハルカに合図を送る。

「「『火《ファイア・》　矢《アロー》』！」」

三人ほぼ同時に魔法が発動。

突如《とつじょ》出現した六本の『火《ファイア・》　矢《アロー》』に対する盗賊の反応は鈍《にぶ》かった。

警戒していれば躱《かわ》せる、と言ったトーヤの影響《えいきょう》もあったのだろう。

相手まで距離のあるユキとハルカは躱しやすい頭を避けたようだが、盗賊はそれにまったく反応もできず、胴体《どうたい》を穿《うが》たれて地面に倒《たお》れた。

対して、ハルカたちより敵が近い俺はいつも通り。頭を失った二つの身体が地面に転がる。

「なっ！」

「魔法使い⁉」

盗賊たちが驚《おどろ》き戸惑っている間にも、状況は動いていく。

魔法と同時に馬車から飛び出したトーヤとナツキが、後方左右から近付いていた盗賊二人を斃すに至り、彼らも僅かに立ち直ったが、それはあまりにも遅《おそ》かった。

ようやくまともに武器を構えた盗賊三人を、俺たちが追加で放った『火《ファイア・》　矢《アロー》』が撃《う》ち斃す。

そして最後の一人にトーヤが肉薄《にくはく》、剣を振り上げた。

「待ってくれ！　なが――」

「ぁん？」

最後の盗賊が何か言いかけたが、トーヤは少し眉《まゆ》を動かしただけでそのまま剣を振り抜いた。

ごぎゅっという鈍い音と共に盗賊の首がちぎれ、血が噴《ふ》き出す。

トーヤはその血を避けるようにすぐに後退すると、周囲を見回して、立っている盗賊がいないのを確認し、ホッと息を吐きながら剣を下ろした。

「なんとかなったか……生きているのは……」

俺も安堵《あんど》の息を吐いて馬車から降り、周囲を見回す。

頭がないのは考えるまでもなく、即死《そくし》できたかは不明だが、お腹《なか》や胸に穴があいている盗賊も今は動いていない。可能性があるのはトーヤとナツキが最初に斃したヤツらだが……。

「一人、生きているな……？」

ナツキの攻撃は急所からズレていたのか、血を流しながらしばらく地面を転がったような形跡が残っているが、既に事切れているように見える。

それに対しトーヤが攻撃した方は、肩《かた》から肋骨《あばらぼね》にかけて骨が砕《くだ》かれ、動くことはできないようだが、まだ息はあるようだ。

「一応、アジトの場所を訊《き》き出すのに必要かと思ってな。若干《じゃっかん》手加減した。まぁ、コイツら、『短剣』を持っていないみたいだから、いらねぇかもしれねぇが」

「……あぁ、そういえば、確認を忘れていたな。だが、場所だけじゃなく、アジトに関する情報も聞き出せるなら価値があるだろ。良くやった」

「なら、咄嗟《とっさ》に手加減した甲斐《かい》はあるな。それじゃ……集めるか」

嫌そうな顔で死体を示すトーヤに、俺も頷く。

森の中ならまだしも、街道の傍に死体を放置していたら迷惑《めいわく》この上ないだろう。

取りあえず生きているだけの盗賊は放置して、俺とトーヤは率先《そっせん》して死体を集めていく。

そんな俺たちを見てハルカたちも動き出すが、やはりその顔色は悪く、動きも鈍い。

しかし、頭を吹き飛ばしたものはまだしも、胴体に穴があいているのは……キツいな。

俺は込み上げてくるものを堪《こら》えながら、ズリズリと引き摺《ず》って一箇所《かしょ》に纏める。

「……そういえばトーヤ、最後の奴《やつ》、何か言ってたが？」

「聞こえたのか？　大したことじゃねぇよ。知り合いだったってだけだな。ほら、この首だな」

トーヤが不機嫌《ふきげん》そうにゴロリと転がした首は、目を見開いた状態で死んでいた。

覆面から漏《も》れ出たその人相を見てユキは顔を逸《そ》らし、ハルカとナツキも少し顔を青くする。

「コイツ、岩中《いわなか》か？」

「みたいだな。あの後、どこに行ったかと思ったが、盗賊団に参加したようだな」

リーヴァの証言によって、冒険者資格を剥奪《はくだつ》された岩中たち。

別の町に逃げたんだろうと思っていたが、盗賊にまで堕ちてしまっていたようだ。

――いや、ハルカたちを襲った時点で既に堕ちていたか。

成功はしていないが、やろうとしていたことは盗賊以下、凶賊である。

「ってことは、他の二人もこの中に？　……ギルドカードの回収も必要だし、確かめてみるか」

あまり気は進まないが、トーヤと共に覆面を剥《は》がし、男たちの懐を弄《まさぐ》る。

結果、見つかったのは六枚のギルドカード。

身体の一部と共に失われた可能性もあるので、冒険者比率はもう少し高いかもしれないが、幸いと言うべきか、残されたギルドカードの中には徳岡《とくおか》と前田《まえだ》の物とおぼしき物も含《ふく》まれていた。

はっきりしないのはギルドカードに本名が記されていない上に、前田の方は死体に頭がなかったからだが、岩中と徳岡がいて、前田だけいないってこともないだろう。

ただ少し問題だったのは、ナツキの槍で刺され、地面をのたうち回ったあげく、苦悶《くもん》の表情で事切れていた男が徳岡だったことで……。

「ナツキ、大丈夫か？」

「大丈夫ですよ。少し動揺《どうよう》しただけです。元々仲の良い人ではありませんでしたし。躊躇《ためら》いを消すのに十分なことをしていますからね、彼らは」

「殺されそうになっているもんな、俺たち」

「それだけではなく、襲われて殺された人もいますから」

そう見せているのか、それとも本当に問題ないのか。

あまり本心を見せないナツキだが、その言葉が自分に言い聞かせているように聞こえるのは、俺の気のせいだろうか？

「……そうか。俺にできることがあれば、なんでも言ってくれ」

槍を握りしめたその手が僅かに震《ふる》えているようにも見えたが、そこはあえて追及せず、俺がそう言えば、ナツキは少し口角を上げた。

「あら？　ナオくんが慰《なぐさ》めてくれるんですか？」

「できることならするぞ？」

やけ食いするなり、心の中をぶちまけるなり、それこそ慣れないお酒を潰れるまで飲むなり、やりたいことがあれば付き合うぐらいはするつもりだ。

気を張っているからか、今は死体を見た嫌悪《けんお》感ぐらいしか感じていない俺だが、今回のことが終わって落ち着いたら、どうなるか。

まったく動揺しないなんてことはないだろう。

「……ふふっ、そのときはお願いします。まずは手早く片付けてしまいましょう。色々と」

「そうだな。ま、死体の回収は終わったから、あとは尋問《じんもん》ぐらいだが……」

俺は他の仲間たちの顔を一通り見回し、ユキを指さした。

「ユキも顔色が良くないな。ナツキ、悪いがユキについていてくれないか？　馬車の中か、少し離れた場所ででも休ませてやってくれ」

「それは……解りました。——ありがとうございます」

小さくお礼を口にして離れていくナツキに替《か》わり、近付いてきたのはハルカ。

その顔色も決して良くないが、それでもユキたちよりはマシなので、申し訳ないが付き合ってもらうとしよう。

そして、その後ろからやって来たのは、息も絶え絶えな男を引き摺ったトーヤである。

「悪いわね、二人とも」

「まぁ、このへんは男の仕事かな、と」

「料理とか、普段の生活では世話になってるしな」

俺たちは男女平等原理主義者ではないので、『できる人ができることをする』というのが暗黙《あんもく》の了解なのだが、スキル的な問題もあって、日常生活では女性陣が担当する仕事が多い。

だからこそ、それ以外で俺とトーヤが頑張るのは、当然のことだろう。

「さて。トーヤ、そいつ、生きてるんだよな？」

「今のところな。おい、これから質問するが、素直《すなお》に答えた方が身のためだぞ？」

油断なく剣を構え、トーヤが凄むが——。

「た、助けてくれ……」

目の焦点《しょうてん》が合っていない盗賊の口から漏れたのは、か細い声だった。

その口元からは血が流れ、トーヤの攻撃で折れた肋骨が肺に刺さっているのか、ひゅーひゅーという音に混じり、何かゴボゴボと水音のようなものまで聞こえる。

控《ひか》えめに見ても致命傷《ちめいしょう》だが、ハルカはそれを見ても表情を変えず、小さな薬瓶《びん》を取り出した。

「それはあなた次第《しだい》ね。正直に話せば助けてあげるわ。この中に盗賊団のボスはいる？」

あれは……ナツキが【薬学】の練習で作った薬か。

多少の切り傷、擦《す》り傷にならら十分に使える薬だが、魔法のような劇的な効果があるわけではなく、当然今のこの男を癒《い》やせる物ではない。

だが男はその薬瓶に目が釘付《くぎづ》けとなり、必死で言葉を紡《つむ》ぐ。

「ボ、ボスはこの中にはいない。ア、アジトだ。アジトに残っている……場所を話すから……」

言葉を掠《かす》れさせながら、男は必死でアジトの場所を話すが、その場所は果たして正しいのか。

確認するようにトーヤに視線を向ければ、トーヤは何度か瞬《まばた》きした後、ハッとしたように数秒ほど沈黙し、俺に対して頷いた。

ふむ。少なくとも、方向的にはあっているのか。

「それじゃ、次の質問ね。アジトには何人残ってるの？」

「に、二〇……ご、五人ぐらい、の、はず、だ……」

元々人数を把握していないのか、それとも頭が回っていないのか、男の答えは曖昧《あいまい》だったが、嘘《うそ》を言っているような感じでもない。

つまり四〇人前後の盗賊団か。かなり規模が大きい、よな？　たぶん。

しかも、今回斃した人数の倍、盗賊が残っているわけで……結構厄介《やっかい》かもしれない。

ハルカも「少し多いわね……」と呟《つぶや》き、俺たちの方へ『他に質問は？』と視線を向ける。

それに俺とトーヤが首を振って応えれば、ハルカは小さく息を吐いた。

「最後の質問。これまでに発見された被害者の遺体、女性が少ないみたいなんだけど、知っているかしら？」

「………お、俺は、か、関係ねぇ……」

「私は知っているか尋《たず》ねたんだけど。そう、関係ないのね」

ハルカはどこか冷たい声で相づちを打つ。

冒険者ギルドの集めた情報が間違っていなければ、予測される被害者たちに対して、これまでに見つかった女性の遺体は明らかに数が少なかった。

それについて何も知らないのなら、知らないと答えれば良いだろう。

だが、盗賊が口にしたのは『関係ない』という言葉。

どれほど頭が回っているのかは判らないが、つまりはそう答えざるを得ないようなことをしていると思われるわけで。

ハルカやトーヤ、そして俺も含め、自然と盗賊に向ける視線が厳しくなる。

それを盗賊も感じたのか、震える右手をハルカへと伸《の》ばした。

「た、たの、たのむ、たすけ……し、死にたくない……」

「ええ、助けてあげる。私、相手が誰《だれ》であっても、約束したことは守るようにしているから」

ハルカはそう言いながら、手に持っていた小瓶を仕舞った。

「な、なん…で……」

「殺すのを止めてあげるわ。後は好きにしなさい。邪魔《じゃま》はしないから」

「そん、な……ゴフッ……」

血の塊《かたまり》を吐き出した男の目から、希望と共に光が失われていくが、踵《きびす》を返したハルカはもうそれを見ていなかった。

そして俺とトーヤも、男の手から力が抜けるのを確認してハルカの後を追えば、微《かす》かに聞こえていたゼイゼイという音も、やがて聞こえなくなっていた。

馬車は現場に近すぎるからだろう。

少し離れた場所に生えている木の下に、ユキとナツキは腰《こし》を下ろして待っていた。

その手にはコップを持ち、近付いてくる俺たちにも新たに水を入れて差し出してくれる。

「終わりましたか？」

「ええ、終わるでしょうね、もう少しで」

ハルカは受け取ったコップを呷《あお》りつつ、そう答えた。

俺たちの背後にチラリと視線を向けたナツキは、その意味を理解したのだろうが、それについては何も言わず、「お疲《つか》れ様です」とだけ短く口にする。

「問題ない。ユキは大丈夫か？」

「ごめんねぇ……。グロにはだいぶ慣れたと思ってたけど、それが人間のモノだと思うと……」

「気にするな。それが正常だ。俺だって、強がっているだけだしな」

人間の土手っ腹に大穴をあけて平然としている方が、逆に怖い。

顔色はだいぶ回復しているが、もう少し休ませるか。

「なぁ、ハルカ。死体って放置するとアンデッドになったりするのか？」

「特に魔力が濃《こ》いエリアだと、そうなることもあるみたいね。普通の場所なら大丈夫だけど、絶対にないわけじゃないから、火葬《かそう》が推奨《すいしょう》されてるわ」

「ちなみに、土葬だと？」

「同じね。熟成具合でゾンビかスケルトンになる。稀《まれ》にそれ以上のアンデッドにも」

「ゾンビは戦いたくねぇ！　ぜってぇ臭《くせ》ぇ。オレからしたら、常時状態異常攻撃だぜ」

「獣人《じゅうじん》だとそうかもね。あと、しっかりと深く埋《う》めないと、野生動物に掘り起こされることもあるみたいだから……。ちなみに餌《えさ》になると、アンデッドにはならないそうよ？」

「なるほど、鳥葬とかはありなのか……？」

だが、当然といえば当然か。食べた物までアンデッドになるのだとしたら、魔力の濃い場所に住む人は、生き物は何も食べられなくなってしまう。

腹の中でアンデッド誕生とか、ちょっと考えたくもない。

「……ま、燃やしてやるか。岩中たちも盗賊には堕ちたが、同郷の誼《よしみ》だ」

凶悪な盗賊の死体なんて、畜生《ちくしょう》にでも食わしてやりたいところだが、森の動物たちが残さず処理してくれるとも限らないわけで。

万が一、アンデッドになってしまったときのことを考えれば、実質選択肢《せんたくし》などない。

「そうなると思ったから、燃えにくい物は回収しておいたぞ」

そう言ってトーヤが指さしたのは、地面に積み上げられた盗賊たちの武器と財布《さいふ》。

いや、積み上げるは言いすぎか。

特に財布など、ペラペラでチャリンって感じである。

「世の中には盗賊を襲ってお金を稼ぐ猛者《もさ》もいると聞くが、全然、金持ってねぇよな、コイツら」

「いや、どんな世の中だよ、怖いわ！　それで稼げるほど盗賊がいる世界も、その猛者も！」

「う～ん、アジトに行けばきっと貯《た》め込んでいるんじゃないかな？」

「貯め込むか？　盗賊が」

冒険者ですら、その多くは貯蓄《ちょちく》もせずに、稼いだら稼いだ分だけ飲んでしまうのだ。

そこから堕ちた盗賊が、貯蓄しながら働くだろうか。

たまたまお仕事をした直後に討伐できれば別かもしれないが、今日出勤してきたことを考えると、アジトの蓄《たくわ》えもあまり期待できそうにない。

「武器の質も悪いなぁ。ほぼクズ鉄だぞ、これ」

集めたすべての武器を検分したトーヤは、ため息をついて首を振る。

一応は実用に適《かな》う剣のようだが、黄鉄《おうてつ》などのような特殊《とくしゅ》な鉄を使った物はなく、鉄自体の品質もどちらかといえば悪い。手入れもされずに錆《さび》が浮いた物も多く、たとえガンツさんの所に持ち込んだとしても、二束三文にしかならないだろう。

「溶《と》かせば鍋釜《なべがま》ぐらいは作れるが――」

「止《や》めて。そんなので作った鍋で料理したくない」

「同感です。持ち帰るのであれば、売り払ってください」

「ありえないよね」

「お、おう。了解です」

実際にやると言ったわけではなかったが、予想以上に強く反発したハルカたちに、トーヤは戸惑いつつも頷く。

溶かしてしまえば鉄は鉄、という考え方もあるだろうが、確かに人殺しに使っていた武器で作った調理器具、というのは気分が良くないだろう。

武器と調理器具、そこには越《こ》えてはいけない壁《かべ》がある。

そして逆もまた真なり。フライパンを武器にするとか、料理人としてはもってのほかである。

「……ま、燃えにくい物がないなら、燃やしてみるか」

俺は少し離れた場所に積まれた死体に、『火球《ファイア・ボール》』を放《ほう》り込んでみる。

だが、直撃した辺りこそかなり激しく燃えて炭化するが、その範囲は狭《せま》い。

「もっと巨大《きょだい》なのは使えねぇの？　それとも、薪《まき》でも拾ってこようか？」

そんなことを言いながら、やってきたトーヤが火の中に投げ込んだのは、一、二人目、だった。

……判りきっていた結果である。

俺は何も言わず、少し威力を増した『火球《ファイア・ボール》』を放つ。

「……五、六回でいけそうじゃね？」

「そうだな、この後に、アジトの攻略がなければな」

盗賊たちを斃してしまった以上、できるだけ速《すみ》やかにアジトを攻《せ》めるべきだろう。

仕事に出た盗賊たちが戻ってこなければ、アジトに残るヤツらも警戒するだろうし、場合によっては逃げられるかもしれない。

そんな状況なのに、あまり魔力を消費してしまうのは……。

「だが、のんびり火葬するのも、それはそれで問題か。トーヤ、ちょっと離れてくれ」

今回は馬車もあるのだ。ちまちまやるより一気に消費して休んだ方が、結果的に早いだろう。

魔法のアレンジも『火矢《ファイア・アロー》』でかなり上達している。

「速度は不要、爆発《ばくはつ》力も不要、燃焼時間も不要。火力……燃焼温度、範囲を調整して……」

しっかりと魔力を練り込んだ『火球《ファイア・ボール》』は一抱《ひとかか》えほど。

それがゆっくりと亀《かめ》のような速度で飛んで行き、死体の山に着弾。その直後――。

ゴゥッ――‼

巨大な火柱が立ち上がった。

少し離れて立っていた俺の前髪《まえがみ》も、熱風でふわりと舞い上がる。

数秒ほどで火は消えたが、あとに残っていたのは黒く焼け焦《こ》げた大地のみ。

死体の痕跡すら、見事に残っていなかった。

「……うわぉ」

「……ナオ、やりすぎじゃね？」

「うむ……想像以上に威力があったな？　俺も成長しているということか」

「そーゆー問題か？」

火柱の大きさは、離れた所にいたハルカたちも驚くほどだったらしい。

慌《あわ》てて三人が近付いてきているので、俺は土魔法を使って焼け跡《あと》を土で覆《おお》い証拠隠滅《しょうこいんめつ》――は、できてないな。まぁ、生々しさが消えればそれで良いか。

「ナオ、大丈夫？　問題は？」

「何も。それよりも早めにアジトに向かおう。馬車は……あの馬、大物だな」

ハルカに応え、周囲を見回した俺の目に飛び込んできたのは、俺たちが降りた場所から動くこともなく、のんびりと地面の草を食《は》んでいる馬。

冒険者ギルドから借りた馬だけに、多少のことでは動じないように訓練されているのか、それとも俺たちの戦闘が戦闘と呼べるほどには激しくなかったからか。

逃げたり、暴れられたりすると面倒《めんどう》なので、助かることは確かである。

「街道を進んでいても魔物に襲われることがありますからね。馴致《じゅんち》されているそうです。もう老馬なので価値は低いそうですが、その分経験はあるようで」

「もう引退間近なんだって。だからこそ、あたしでも簡単に扱えるんだけど……」

馬を連れてきたユキがその首元を撫《な》でるが、それに対する反応も超然《ちょうぜん》としたものである。

「……まぁ、変に興奮していないのはありがたいな。アジトへ続く道は――」

「たぶん、あっちだな。ちょっと探してくる」

そう言ったトーヤが走って行くのを見送り、俺は魔力の回復を早めるため、馬車の荷台に乗り込んで横になったのだった。


盗賊から訊き出したアジトへと続く道は、隠されるように存在していた。

奪った馬車を運ぶこともあるのだろう。整備されているとは言い難《がた》いが、地面には轍《わだち》が残り、俺たちの馬車もなんとか進めそうである。

そこに馬車を乗り入れ、言葉少なにゆっくりと進んでいた俺たちだったが、やがて俺の索敵範囲にアジトらしき場所が入ったのが確認できた。

「そろそろ馬車を止めよう。だいぶ近付いてきた」

こっそり近付くのであれば、馬車の大きさとそれが立てる音は、あまりに目立ちすぎる。

荷台から顔を出して言った俺の言葉を受け、ユキが手綱《たづな》を引く。

静かに止まった馬車から全員が降りるが、そこで問題となったのは馬車の扱いである。

「この辺りに止めておくしかないだろうが……」

この道を使っている者たちを処理しに行くので、通行の邪魔になったり、盗《ぬす》まれたりすることはなさそうだが、それ以外にも問題はある。

「心配なのは、野生動物や魔物よね。ナオ、時空魔法でなんとかならない？」

「無茶言うな。『聖域《サンクチユアリ》』は使えるようになったが、今の俺だと、せいぜい虫除《よ》けレベルだぞ？」

魔道書にも書いてあったことだが、『使えるようになった』レベルではその程度。

練達すれば魔法や矢も撥《は》ね返せるそうだから希望はあるが、今役に立つわけではない。

大して強くもない盗賊がアジトを置くだけあって、周囲に魔物の反応はないが、狼《おおかみ》などの肉食獣が遠くからやってこないとは言いきれないだろう。

「狼かぁ……。そういえばさ。野生動物って、自分より強い動物の縄張《なわば》りには近付かなかったりするよね？　ほら、線路内に動物が入らないよう、肉食獣のおしっこを撒《ま》いた話とか」

「そんなニュース、見たことあるな。効果があったのかは知らないが。それで？」

何故今、その話題を？　と俺が目線で問えば、ユキは少しだけ恥ずかしそうに口を開いた。

「うん……。トーヤ、さっき水を飲んでたよね？　……催《もよお》さない？」

「………………。オレにマーキングしろってことか⁉」

結構な時間沈黙したトーヤが、その言葉の意味を理解し、目を剥《む》いて声を上げる。

「ううん、ううん。あたしはそんなこと言ってないよ？　誤解だよ？　心外だよ？　ただ……ここは森の中だし、携帯トイレ、組み立てるまでないよね？」

形だけ否定しているが、それは言っているも同じである。

だが、他に適当な案があるわけでもなく……。

「あ、あ～、最近寒いから、トイレが近くて困るなぁ。トーヤ、すまんが付き合ってくれ」

「雑すぎんぞ、お前⁉　……まぁ、付き合うけどよ」

ため息をつきつつも頷いたトーヤと男の友情を確かめた後、申し訳程度の『聖域《サンクチュアリ》』を馬を繋《つな》いだ周囲に張り、俺たちは森の奥《おく》へと進んだ。

道らしい道は存在しないが、轍を辿《たど》れば迷うこともない。

そうして、アジトまであと少しの距離まで近付いたころ、トーヤが顔を顰《しか》めて足を止めた。

「……ちょっと寄り道しても良いか？」

「どうしたの？」

「気になる臭《にお》いが、な」

ハルカの問いに、曖昧な答え。

本来であれば、急いで先に進むべき状況。寄り道をする余裕《よゆう》なんてないのだが、トーヤの表情に何かを感じたのか、反対意見は出なかった。

轍から逸れ、歩くこと一分ほど。トーヤの注意を引いた臭いが俺の鼻でも感じられた。

何かの腐敗臭《ふはいしゅう》。

それ自体は森の中を歩いていれば時折感じるものだが、今回感じたそれはかなり強かった。

歩くにつれてその臭いは段々と強くなり、やがて見えてきたのは大きな穴。

俺たちは嫌な予感を覚えつつ、そこを覗き込んだ。

「……うっ！」

そう声を漏らしたのは誰だったか。

穴の中に広がっていた光景は想像を絶していた。

折り重なるように横たわる人の身体。

多くは腐乱し、下の方にあるものは既に人の形すら保っていないが、上にあるものはその限りではなく、まだしっかりと形を残していた。

まともな衣服すら身に着けていないが、おそらく大半は女性だろう。

打ち捨てられて宙を見上げるその眼窩《がんか》からは、恨《うら》みの念が溢《こぼ》れているようにも見える。

「……うぐっ。――関係ない、か」

込み上げてる物を呑《の》み込んで俺は言葉を漏らし、ハルカとユキを回れ右させてその背中を押《お》す。

トーヤも同様にナツキの背中を押し、その穴から離れた。

「……ふぅぅ。なるほど、残虐な盗賊団ね。ディオラさんが看過できないというのも納得《なっとく》だわ」

ハルカが深呼吸をするように息を吐き、重い言葉を漏らす。

冒険者ギルドや領主がどこまで把握していたのかは判らないが、あんなことをするような犯罪者集団を放置することは、当然できないだろう。

「あれ、岩中《いい》たちも関わってたのかな？」

「判りませんが、あり得ないとは言えませんね。私たちへの態度を考えると」

まさか新参者のアイツらが主導したとは思わないが、そんな集団に所属していたことは事実。

アドヴァストリス様も悪事を奨励《しょうれい》するような神じゃなさそうだったし、言い方は悪いが殺《や》って良かったのだろう。

「余裕があったら捕《つか》まえようとか思ってたんだが……皆殺しで良い気がしてきたぜ」

「同感。少なくとも、躊躇いは消えたな」

「そうね。ただし、捕まっている人とか、盗賊以外が残っていないかは気を付けないとね」

俺たちは顔を見合わせて頷き合い、再び森の奥へと足を進める。

そして辿り着いたアジト。そこはちょっとした集落のようになっていた。

森を切り拓《ひら》いて作った広場には一〇軒《けん》ほどの小屋が建ち並び、周囲には簡易的な柵《さく》。

見張り台こそ存在しないが、警戒はしているようで、入り口には三人の見張りが立っている。

だが、その警戒レベルはかなり低そうで、暇《ひま》そうに欠伸《あくび》などして、こちらに気付く様子もない。

もちろん、俺たちも息を潜めているのだが、ハルカとトーヤは【忍び足】や【隠形】のスキルを持たないわけで。俺たちとしては好都合な状況である。

「さて、どうやって攻略するか」

アジトから感じられる反応は二六。

盗賊から訊き出した数と概《おおむ》ね一致《いっち》しているが、やはり問題はその多さか。

数は力。個々の強さは大したことなくても、囲まれてしまうと少人数の俺たちには不利である。

そんな悩《なや》みに対して、身も蓋《ふた》もない答えを出したのはユキだった。

「オークの巣と同じ方法で良いんじゃないかな？　あそこにいるの、魔物《オーク》みたいなモノだよ？」

その表情、マジである。

先ほど見たあれが、余程《よほど》腹に据《す》えかねたのだろう。

そしてそれは、俺を含めた全員の気持ちと同じであり、反対意見も出なかった。

だが、作戦については少しアレンジが加えられた。

オークの巣を潰した時は、最初の攻撃の時点で相手に気付かれることを前提としていたが、今回は極力見つからないように数を減らすことを目的とする。

そのためには、見えない位置から一撃で斃すことが重要だが、俺たちにとって息を合わせることは、既に慣れたものである。

（（『火　矢《ファイア・アロー》』））

囁《ささや》くような声で放たれた魔法だが、その威力と速度は何ら変わらず。

同時に着弾して、確実に見張りの命を刈《か》り取った。

そこにトーヤが素早《すばや》く駆《か》け寄り、入り口に転がる三つの死体を回収、森の中に放り込んで隠す。

ちなみにナツキの役割は俺たちの護衛。

まずないとは思うが、万が一俺たちに攻撃が加えられたときの予備戦力である。

「……よし、気付かれてはいないようだな。それじゃハルカは左から、ユキは右から狙ってくれ」

「うん」

「解ったわ。ナオも気を付けて」

ハルカはトーヤと共にアジトの左方向へ回り込み、ユキはナツキと共に右へ。

外から狙撃《そげき》できる範囲で盗賊を斃す予定だが、最も気を付けるべきは気付かれないこと。

数を頼りに各個撃破など狙われては、俺たちにとって不利である。

そして俺の担当は入り口付近。

近くにある高い木に登って、そこから攻撃する。

「できれば一桁《けた》まで持っていきたいが……難しいか？」

盗賊のアジトはやや大きめの建物を中心として、小屋が円周上に並んでいた。

一種の防衛線のようなものだろうか？

出歩いている盗賊たちの多くはその内側を歩き、森の中からは射線が通りづらくなっている。

俺は高い場所まで登っているので見えているが、この位置から弓で攻撃するには風の影響を受けすぎるし、そもそもエルフではない普通の人間では、ここまで登ってくるのも大変だろう。

「斃せたとしても……あそこで倒れたらすぐ気付かれるだろうなぁ」

無秩序《むちつじょ》に近かったオークの巣と比べると、死角が少なく防衛を考えた形といえる。

やっていることはオーク以下でも、知恵の方はオークよりも回るのが少々忌々《いまいま》しい。

ハルカたちも攻めあぐねているようで、ここから確認できる限り、戦果はハルカの方が一人、ユキの方が二人だけである。

「っと、こっちにも来たか。――――っ！」

交代の時間なのか、入り口に二人の男が歩いてきて、見張りの姿がないことに不思議そうな様子を見せるが、次の瞬間に俺の放った『火矢《ファイア・アロー》』が着弾。その頭を吹き飛ばした。

「こっちは、あと一人ぐらいいか」

二つの死体が血を噴き出して倒れたことで、現場はかなり派手な状態になっている。

今更《いまさら》死体を隠しに降りていったところで、大した意味もないだろう。

と、そんなことを考えている間にも、一人の盗賊が入り口の方へと近付いていた。

その盗賊が入り口を目視できる位置に到達《とうたつ》、惨状《さんじょう》を目にして動きを止めた一瞬に射《い》貫《ぬ》く。

「入り口の見張りは三人一組だったのか……？　なら、一緒に行動しろよ」

そうすれば、もう一人ぐらいは稼げたのに。

「愚痴《ぐち》っても仕方ないか……。第二段階だな」

あれから追加で斃せたのはハルカの方だけで、ユキの方は動きがない。

このあたりが限界だろうと、俺は次の策に移行する。

目を付けたのは、人の気配がない一つの小屋。魔法を使い、そこにこっそりと火を放つ。

攻撃と認識されてはマズいので、それはかなり小さな火種だったが、ここしばらく雨が降らず乾《かん》燥《そう》していた粗末《そまつ》な小屋には、それで十分だったようだ。

瞬《またた》く間に炎が広がり、パチパチと音を立てて燃え始めた。

その激しさは警戒心に乏しい盗賊たちでもすぐに気付くほどで、慌ただしくいくつもの小屋の扉《とびら》が開き、中から盗賊たちが飛び出してきた。

「……二五、二六……残っていたのは全員盗賊か」

もう一度、【索敵】スキルで注意深く調べ、他に人がいないことを確認する。

──遠慮《えんりよ》は一切《いつさい》必要なさそうだな。

「火事だ！　早く消せ！」

「水を持って来い！」

火事に気を取られ、注目が集まれば、必然的にそれ以外への注意が疎《おろそ》かになる。

俺たちが狙うのは、そんなふうに他人の視線から外れた盗賊。

水を用意するために単独で動いている盗賊や、火事の現場から離れた場所に立っている盗賊をハルカとユキで狙うが、さすがにそれが通用するのは僅かな時間だけだった。
三、四人ほど斃れたところで気付く者が出て、声が上がった。
「──っ！　攻撃を受けている──」

その言葉が終わる前に、俺はしっかりと練った『火球《ファイア・ボール》』をそこに投げ込み、木を滑《すべ》り降りた。

ドガンッという大きな音が合図。

俺が入り口付近で待っていると、すぐにハルカたちが走って戻ってきた。

「結果はどうだ⁉」

「残りは一〇前後。十分いけるはずだ！」

最後の『火球《ファイア・ボール》』の結果は確認できていないが、最低でも数人は減らせたはず。

だが、油断は禁物である。尋ねたトーヤに控えめな戦果を伝えた俺は、槍を構えてトーヤたちと合流、アジトの中へと侵入《しんにゅう》した。

火を付けた小屋はあえて入り口から遠い場所にしておいたのだが、そこまで駆けていくと、現場はなかなかに酷《ひど》い有様だった。

黒く焼け焦げた地面と、そこに転がるいくつかの死体。

『火球《ファイア・ボール》』が直接の死因となった死体は二、三体といったところだろうが、激しく広がった炎によって火傷を負った盗賊も数名。

爆発の衝撃《しょうげき》も強かったのか、燃えていた小屋も崩《くず》れ落ちてしまっている。

「テメェら、なにもんだ！　これをやったのは、テメェらか⁉」

「答えるまでもねぇよな？」

「同じく。罪を自覚して死になさい」

トーヤとナツキが飛び出し、盗賊が二人、追加で倒れる。

更に俺、ユキ、ハルカも参戦したことで、盗賊は瞬く間に数を減らし、残り一人となる。

図《はか》らずもと言うべきか、一番背後に控えていて残ったそいつが盗賊団のボスだったようだが、大して強いようにも見えず、トーヤは気にした様子もなく更に踏み込む。

だが、盗賊が慌てたように引き抜いた剣を見て、目を見開いた。

「――っ！　ちっ！」

トーヤはかなり強引《ごういん》に足を止めると、舌打ちと共にこちらの方へと大きく跳《と》び退《すさ》った。

それを見て驚いたのは盗賊の方だったようで、一瞬呆《ほう》けたような表情になったかと思うと、すぐに引き攣《つ》ったような笑い声を漏らした。

「へ、はへへ、ち、ちったぁ見る目があるようだな？　コイツはそのへんの安物とは違うぜ？　攻撃してみろ。打ち合って壊れるのは、テメェの武器かもしれねぇぞ？」

「ふざけんじゃねぇぞ、テメェ。それはテメェらみてぇなクズが使って良い武器じゃねぇ」

これまで聞いたこともないような、低く怒《いか》りの籠《こ》もった声をトーヤが漏らす。

それに対峙する盗賊の構えは、まったくの素人《しろうと》とは言わないがトーヤとは比べるべくもなく、普通に打ち合えば確実にトーヤが勝つであろう。

にも拘わらず、トーヤが退いたということは……。

「トーヤ、あれが？　実際のところ、どうなんだ？」

「あぁ、目的の物だ。――『単なる鉄なら、切っちゃうよ』だと」

「一体どんな強化をしてんだよ……」

本気で天才錬金術師だな、エディスのやつ。

トーヤの使っている剣は青鉄《せいてつ》で作られているし、盗賊の持っている短剣よりもかなり肉厚だから折られたりすることはないかもしれないが、問題は短剣の方である。

俺たちの武器も大事だが、所詮《しょせん》は実用品。

破損しても修理するなり、買い直すなりすれば良く、それで痛いのは俺たちの懐だけ。

しかしあの短剣は、まったく替《か》えのきかない物だ。

万が一にも壊してしまえば本末転倒《ほんまつてんとう》。

何のためにここまで来たのか、である。

それに、あんなのでもエディスは一応悪霊《あくりょう》なのだ。

心残りである短剣が破損してしまえばエディスが、そして延《ひ》いては、それに取り憑かれているトーヤがどうなるか。

消滅させるだけならハルカとナツキの『浄化《ピュリフィケイト》』でなんとかなるかもしれないが、できればエディスには、心残りなく昇天《しょうてん》して欲しい。

「オラ、オラ！　どうした‼　今更怖《お》じ気づいたのか⁉　あぁっ！」

口だけは威勢の良い盗賊だが、その額には脂汗《あぶらあせ》が浮かび、剣を持つ手もやや震えている。

定まらない視線からも余裕はまったく窺えないが、それも当然だろう。

二〇人以上の仲間を短時間で殲滅した相手と、たった一人で対峙しているのだから。

——さて、どうしたものか。

俺の槍なら隙間《すきま》を縫《ぬ》って斃せるかもしれないが、もし短剣に当たれば壊れるのは穂先《ほさき》か短剣か。

柄《つか》で攻撃すれば短剣は無事だろうが、鉄が切れる短剣なら擬《ぎ》鉄木の柄も切れてしまうだろう。

武器の破損は許容するにしても、斃せなければ意味はない。

そんな風に俺が迷っている間に、事態は動いた。

「……仕方ないわね」

ハルカがため息をついた次の瞬間。

盗賊の胸に、背後から穴があいた。

「かっ――？」

僅かに言葉を漏らし、目を見開いて自分の胸を見下ろす盗賊。

その手から短剣がこぼれ落ちる。

そして盗賊は、まるで胸の穴を塞《ふさ》ぐかのように手を動かすが――そこまでだった。

動きを止めた彼の身体はバランスを崩し、ゆっくり前方に傾《かたむ》くと、顔面から地面に倒れる。

「馬鹿正直に、剣で戦う必要もないわよね？」

それを成したのはハルカだった。

状況を見て、接近戦で戦うより魔法で斃すべきと考えて実行したのだろう。

しかし――。

「大丈夫か？　ハルカ……」

「何が？　あぁ、魔力については問題ないわよ。死角から瞬間的に攻撃するのは少し難しかったし、消費魔力も多かったけど、今回私はナオより魔法を使ってないし、【魔力強化】があるから元々ナオより魔力量も多いし、それに【高速詠唱《えいしょう》】も持ってるから、あの場面では私が――」

普段より饒舌《じょうぜつ》なハルカの言葉を遮《さえぎ》るように、俺はその身体を抱《だ》きしめた。

――今回の戦いで、俺たちは何人もの人間を殺している。

だが、そのほとんどは遠距離からの魔法攻撃で行われているし、近距離から斃した少数の相手も、武器を向け合った戦闘時の興奮状態でのことである。

それに対しハルカは、直接会話を交《か》わしている相手の目を見て、冷静に実行している。

その精神的負荷《ふか》は、他とは比較にならないものだろう。

微かな震えを感じながら、俺はハルカの背中を撫でる。

「助かった」

「わ、私は……」

何か言いかけたハルカを俺は強く抱きしめる。

そして、ハルカの震えが収まってきたころ――。

「ねぇ、ナオくん？　私の時と対応が違いませんか？」

不満そうな声の主はナツキ。

ハルカが落ち着くまで見守ってくれていたのだろうが、俺に不満を言われても困る。

「――できることがあればするって言っただろ？」

「何も言わずとも、ハルカはそっと抱きしめているじゃないですか！　不公平です‼　女の子が自分から言えると思っているんですか⁉」

ナツキも同じように慰めろと？

いや、難易度高いから！　俺にそんなスキルないから‼

ハルカなら身体的接触《せっしょく》も許されるけど、ナツキにそれをやるのは……。

いきなり『セクハラです！』と言われる心配はないにしても、愛想《あいそ》笑いでそっと距離を置かれでもしたら、俺のガラスのハートが砕け散る。

俺のガラスは、カバーガラスの如《ごと》くに繊細《せんさい》。

ちょっと弾《はじ》いただけで、粉々ですよ？

「え～、ナツキなんてまだ良いよ？　あたしなんて、放置だったよね？　乙女汁《おとめじる》を口から溢れさせないよう、頑張ってた時にも！」

確かにユキは顔色を悪くしていたし、キツそうだったが……。

「ちゃんとナツキを派遣《はけん》しただろ？　それなりに気遣いの言葉も掛けたつもりだが……」

「違うの！　全然違うの！　そういうとこ、そういうとこだよ！　ナオ！　差別反対‼」

「そうです！　同じように優《やさ》しくすべきです！」

「そこは仕方がないんじゃないかしら？　付き合いの長さの違い？　親密さ？　扱いにある程度の差が出るのは、ねぇ。――ふふっ、今の主役は私」

ハルカが復活した。

でも、俺の胸から顔を上げつつ、いらんことを言った。

「ひどっ！　あたしとナツキは脇役《わきやく》？　前座なの⁉」

「こういうところから、パーティーの崩壊《ほうかい》は始まったりするんじゃないかと思うんですが、ナオくん、そこのところ、どう思いますか？」

そんなこと言われても。

この場面で『誰もが人生の主役。自分の、な！』とか言ったら、刺されるだろうか？

それに、どうせならトーヤにも文句を言って欲しい。

「こらこらこら！」

俺の心の声に応えるように、トーヤが会話に割り込んできた。

さすが、心の友。欲しいときに、欲しいフォローをくれる。

「おぉ、トーヤ――」

「この場面での主役はエディスちゃんでしょ⁉」

「――じゃない⁉　エディスか！」

「そうよ！　この場面で出なくて、いつ出るの？　今でしょ！　ってトーヤが言ってたわ。なんか解《わか》らないけど！」

トーヤ、面倒くさそうだから、わざと代わったな？

――くっ、その要領の良さ。さすがは俺の友だ。

「そもそもここに来た目的は、クリスの形見の短剣！　短剣を捜《さが》しに来たの！　そういうのは家に帰ってやって！　寂《さび》しい独り身の私には目に毒だから！」

エディスの境遇《きょうぐう》でそれを言われると、俺たちは口を噤《つぐ》むしかない。

そして、この流れにも乗るしかない。

俺はそそくさと地面に落ちていた短剣を拾い上げると、それをエディスに差し出す。

「これで、間違いないんだよな？」

「ええ、これ。これをクリスに贈《おく》ったの。私の想《おも》いを込めて……クリス……」

受け取った短剣を胸に抱き、エディスが囁くような声を漏らした次の瞬間、白い光が溢れた。

そうして、トーヤの隣にうっすらと浮かび上がったのは、少女の姿。

腰まである、やや青みがかった銀色の髪に、細く華奢《きやしゃ》な身体。

身に纏うのは空色のドレスで、怜悧《れいり》さを感じさせるほどに整った容貌《ようぼう》ながらも、どこか柔《やわ》らかで愛嬌《あいきょう》もある表情。

はっきり言って、これまでの言動からは想像もつかないほど、その姿は可憐《かれん》で儚《はかな》げだった。

――やっべ。この姿で懇願《こんがん》されてたら、一も二もなく依頼を引き請けてたかもしれない。

トーヤに憑依《ひょうい》してくれて、本当に助かったと言うべきだな、これは。

じゃなかったら、冷静な判断など不可能だっただろう。

その驚きは俺だけではなかったようで、不思議な現象と併《あわ》せて全員が言葉を失っていたが、ハルカが気を取り直したように、ポツリと言葉を漏らす。

「……ねぇ、エディス、その姿……盛ってない？」

「バカなっ⁉　ここは、想像以上に美少女だったエディスちゃんの姿に驚くところでしょっ⁉」

頭を抱《かか》え仰《の》け反《ぞ》ったエディスから、神秘的ですらあった雰囲気《ふんいき》が剥がれ落ちた。

色々、台無しである。

黙《だま》っていれば美少女。

その体現を見た気がする。

「嘘、嘘。確かに美少女ね。貴族に見初《みそ》められる以上、それなり以上に美人だとは思ってたけど、さすがにこれは想像以上だったわ」

「でっしょ〜？　ハルカ、見所あるわね！　ついでに、錬金術師としての見所もあるわよ？　技術的にはまだまだだけど、発想力は天才の私以上かも？」

「そ、そう……」

機嫌良さそうに胸を張ったエディスは、顎《あご》に指を当ててウンウンと頷くが、そう言われたハルカの方は少し複雑そうな表情である。

さすがは天才錬金術師、ハルカの持つ【錬金術の素質】を見抜いているのかもしれない。

対してハルカが複雑そうなのは、きっと褒《ほ》められた発想力が元の世界由来のものだからだろう。

「ユキも飲み込みは早いと思う。頑張れば、まぁまぁの錬金術師になれると思うよ。ま、二人とも、天才の私には全然叶《かな》わないけどね！」

エディスが凄いドヤ顔で胸を張った。

そうすると儚さよりも可愛《かわい》さが強調され、ちっとも天才っぽくないが、これでこの人、本当に天才である——いや、残念なことに『だった』と言うべきか。

そしてその天才さんは、ハッと気付いたように、ポンと手を打った。

「あ。それから、あの屋敷の地下には私の研究ノートも残ってるから、リーヴァと一緒に活用してくれると嬉《うれ》しいかな？　私の生きた証《あかし》でもあるからね」

忘れちゃいけない、大事なことだからね、と念を押し、トーヤにも顔を向けた。

「トーヤには色々迷惑掛けたわね。あんたには無駄《むだ》話《ばなし》にも付き合ってもらっちゃったし」

「あの程度なら問題ねぇよ。……消えるのか？」

エディスが抜けた時点で元に戻っていたトーヤは、俺たちの中では一番納得がいかないような表情でエディスの姿を見ていたが、改めてそう言われ、少し寂しそうに尋ねた。

「まーねー。未練はなくなった感じだし？　短剣のこと、怒《おこ》ってくれたのは嬉しかったよ？」

「お前の惚気《のろけ》のせいだよ。つい、感情移入しちまっただけだ」

外見は美少女のエディスに笑顔を向けられ、トーヤは目を逸らし、やや素っ気なく言葉を返す。

エディスはそんなトーヤを微笑ましげに見ていたが、すぐにこちらにも目を向けた。

「ナオとナツキも、面倒な依頼を引き請けてくれてありがと。正直なところ、断られても仕方ないかな、とは思ってたんだよね。――いざとなれば、色仕掛けぐらいは考えてたけど」

「トーヤの身体でか？　止めて正解だ。やってたら確実に引き請けなかった」

「だよね。この姿だったとしても……それはそれで『浄化《ピュリフィケイト》』が飛んできそうだものね」

「当然です。どちらであっても、認められませんからね？」

「やっぱり？　ま、色仕掛けなんて、やったことないんだけどね。大抵は普通にお願いするだけで良かったからね、美少女の私なら！」

戯《おど》けるように言ったエディスは、もう一度確認するかのように、俺たちの顔を見回した。

「ま、短い間だったけど、それなりに楽しかったわ。私の蹟《あと》を継《つ》いでくれそうな人が、三人もできたのも嬉しかったし……あー、そう、かぁ……、それも心残りだったんだ……」

エディスはため息を零《こぼ》すように言葉を紡ぎ、次第に彼女の姿がぼんやりと光り始める。

「あぁ……死んだら、クリスに会えるのかな……」

「どうだろうな。案外、なんとかなるかもしれねぇぜ？　死が終わりとは限らねぇし」

「そうだな。取りあえず、アドヴァストリス様に祈《いの》っておいてやる。知り合いだからな」

「ぷっ！　あはは、気休めでも嬉しいわ。最期《さいご》に笑わせてくれてありがと！　あははは！」

どちらも本当なのだが、さすがに真実とは受け取らなかったようだ。

エディスが噴き出し、ハルカたちも困ったように苦笑する。

そして、その声を境に彼女の姿が急速に薄《うす》れていく。

柔らかな風が吹き、空気が揺《ゆ》らぐ。

「……クリス？　あぁ……そこにいたの……」

微かに聞こえたのは、そんな言葉だったか。

エディスの姿はその声と共に風に溶け、俺たちの前から失われたのだった。

◇　◇　◇

「――そうですか。ひとまず、皆さん、お疲れ様でした」

ラファンに戻り、一通り経緯を説明した俺たちに、ディオラさんはそう言って頭を下げた。

エディスを見送った後、俺たちは鬱憤《うっぷん》を晴らすかのように、盗賊たちの小屋の破壊に勤《いそ》しんだ。

確かにエディスは無事に昇天したし、盗賊の討伐にも成功した。

誰か被害者を救出できたわけではないが、今後は盗賊による被害も出なくなるだろう。

そのこと自体は良いのだが、エディスたちに起きた不幸な出来事は何ら変わらず、その原因となった前々領主を断罪したわけでもなく、なんとなくモヤモヤとした結末。

特にトーヤは荒れ気味で、小屋の半分ぐらいは彼一人の力で破壊されたと言っても、決して過言ではないだろう。

そうして破壊した小屋は、オークの巣を殲滅した時と同様、アジトの中央に積み上げ、盗賊たちの死体と共に焼却《しょうきゃく》処分。森の養分にしてやった。

それらの過程で手に入れた追加のギルドカードは二枚に止《とど》まり、盗賊たちが貯めていた金銭も大した額ではなかった。それに引き換《か》え大きな収入となったのが馬と馬車。

この世界での馬の価値はかなり高く、乗用車みたいなものである。

それが四頭に馬車が一台、アジトには残っていた。それらはラファンに持ち帰った後で売却したのだが、それなりに良い馬だったらしく、かなり大きな臨時収入となった。

また、トーヤのおかげかは不明だが、森の中に繋いでおいた馬も無事に返すことができているので、今回の盗賊討伐で得られた報酬は、トータルでかなりの額になっている。

「ご報告頂いた遺体は、こちらで対処させて頂きますので、ご安心ください」

「お手数をお掛けしますが、よろしくお願いします」

森の中で見つけた遺体に関しては、その扱いに頭を悩ませた。

あのまま放置するのはなしにしても、俺たちだけで回収することなんて現実的ではないし、あそこで完全に火葬してしまえば、全部混ざって身元など完全に判らなくなってしまう。

この国の場合、庶民《しょみん》が死亡した後は火葬にして、残った灰は纏めて神殿《しんでん》の共同墓地に葬《ほうむ》られるそうだが、だからといって俺たちが勝手にやっても良いのか、判断がつかなかったのだ。

ハルカたちの【異世界の常識】からすれば、火葬して灰を持ち帰るだけでも十分以上の対応らしいが、そこは元の世界の常識が邪魔をし、決断をギルドに任せたような形である。

「お約束していた報酬やエディスさんのお屋敷の所有権、ギルドカードを回収して頂いたことによる追加報酬も含め、近日中にお支払いさせて頂きます。——こちらとしては以上ですが、何かお聞きになりたいことはありますか？」

一通りの説明を終え、ディオラさんが俺たちに尋ねる。

信頼と実績のディオラさんだけに、報酬などに関しては、不明な点も不満な点もなかったが、俺たちは事前に一つだけ、ディオラさんに尋ねようと考えていたことがあった。

あまり期待はできないが、もしかしたらの可能性に賭《か》けて。

そのぐらいのものであるが、尋ねないという選択肢はなく、俺が代表でそのことを口にする。

「ディオラさん、エディスとクリストファーの墓って判りますか？」

「お墓、ですか？　エディスさんは死亡時に平民でしたので、神殿に葬られているはずですが、クリストファーについては、遺体が回収されたかすら不明です」

通常であればシェリントン家の墓に埋葬《まいそう》されるはずだが、彼の死は領主に逆らった結果である。

当然その扱いは難しく、それも影響してか、前後して一族がネーナス子爵《ししやく》領を離れてしまったため、シェリントン家の墓自体が存在しているかもよく判らないらしい。

「ご希望であれば、お調べすることはできますが、成果は期待できない上に、別途依頼料を頂く形になりますが……」

ディオラさんは申し訳なさそうに言うが、お金が掛かるのは当然だろう。

幽霊屋敷に関連して調べてもらったこととは違い、これは完全な私事である。

必要であれば報酬を払うのも吝《やぶさ》かではないが、そこまでする意味がなさそうなのはほぼ確実。

ハルカたちの顔を見ても小さく首を振るだけで、誰も調べようとは言わなかった。

「――いいえ、結構です。ありがとうございます」

「そうですか、解りました。それでは改めて、この度はありがとうございました。おかげさまで多くの問題に片が付き、街道の安全も確保できました。これによって多くの人の命が救われることでしょう」

ディオラさんはそう言うと、一旦《いったん》言葉を切って俺たちの顔を見回し、言葉を続けた。

「ですが、皆さんは精神的にもお疲れのようですね。十分な生活費も得られたでしょうし、しばらくはゆっくりと休息されてはいかがですか？　お姉さんからのアドバイスです」

ディオラさんが人差し指をピンと立てて、ニコリと笑う。

そのいつもと変わらない笑顔に、少し心が軽くなる。

「その方が、良いかもしれませんね」

「ええ、良いお仕事には健康な身体と健康な心。美味《おい》しい物を食べるのも良いかもしれません。魚《さかな》釣《つ》りとかお勧《すす》めですよ？　そして、私にもご馳走《ちそう》してください」

「その際は、是非《ぜひ》。今回もお世話になりましたからね」

ディオラさんの露骨《ろこつ》なお強請《ねだ》り。

そこから窺える気遣いに、俺たちの表情も緩《ゆる》む。

――そういえば、ハルカたちの作った料理は、エディスにも評判が良かったな。

そのことを思い出し、俺は再度小さく笑った。


こうして、俺たちのアンデッド対策探しから始まった一連の出来事は、幕を下ろしたのだった。

◇　◇　◇

さて、ディオラさんの勧めもあって、仕事をしばらく休んだ俺たち。

そんな俺たちが今、何をしているかといえば――。

「まさか、自分たちの家の前に、こっちの庭を整備することになるとはねぇ……」

エディスから譲られた屋敷。その庭の手入れを行っていた。

自宅に大きな庭があったナツキ、ガーデニングが趣味《しゅみ》だったというユキ。

その二人のあまりあてにならない知識をあてにして、プチ樹海と化している木々を大胆《だいたん》に伐採《ばっさい》、多少なりとも見られる庭へと整えていく。

本来なら専門家を入れるべきなのかもしれないが、庭師という存在は金持ちや貴族が抱え込むものであり、『ちょっと近くの造園業者に』なんて簡単にはいかないし、維持《いじ》するためには雇用《こよう》し続けないといけないので、そこは素直に諦《あきら》めた。

建物の方は『浄化《ピュリフィケイト》』を使った力業《ちからわざ》で対処。

元々の造りが良いため、それだけで外観だけは見られるものになった。

少なくとも見た目だけは、幽霊屋敷からは程遠《ほどとお》い物となっただろう。

「ちょっと大変だったが……それなりにはなったか」

「知識不足な素人仕事ですからね。かなり大きな庭ですし、このぐらいが限界かと」

何故俺たちが、こんな面倒なことをやっているのか。

それはエディスが遺《のこ》した短剣に理由があった。

――いや、正確には、短剣の残骸《ざんがい》と言うべきだろうか。

実はトーヤが持っていたあの短剣、エディスが消えるのと前後して、その手の中でボロボロと崩れ落ちてしまったのだ。

エディスが自慢《じまん》するだけの代物《しろもの》、かなり高性能で高価と思われ、勿体《もったい》ないといえば勿体なかったが、どちらにしろ俺たちにあれが使《形見》えるはずもなく、それ自体はさほど問題ではなかった。

しかし困ったのは、その扱い。当然ながらゴミとして捨てるなんてできるはずもなく、エディスの墓かクリストファーの墓があれば、そこに納めることも考えたのだが、どちらも不発。

全員でどうしたものかと相談した結果、エディスの譲ってくれた屋敷の庭、その片隅《かたすみ》に祠《ほこら》を作り、そこに安置しようと決まったのだ。

だがさすがに樹海に埋《うず》もれた庭に祠を建立《こんりゅう》、なんてわけにもいかず、俺たちは多少なりともエディスが住んでいた頃《ころ》に近付けるべく、手入れに勤しむ。

かなり大変な作業にはなったが、気持ちが沈《しず》みがちだった俺たちとしては、身体を動かすことで庭が段々と綺麗《きれい》に整えられていく様は、良い気分転換《てんかん》になったとも言える。

「エディス、喜んでくれるかなぁ……？」

「さぁなぁ。あいつのことだから、『私が住んでた時とは、全然違う～！』とか言いそうだが、笑ってはくれるんじゃねぇか？」

祠は石造り。大きさは道端《みちばた》にあるお地蔵さんの祠ぐらい。

俺とユキが土魔法を使い、気合いを入れて作った物なので、簡単には壊れたりしないだろう。

そこに短剣の残骸を納め、石でしっかりと蓋をする。

そうして俺たちは全員で手を合わせる。

エディスにああ言った手前、神殿でアドヴァストリス様に祈ってはみたのだが、返ってきたのはいつも通りの経験値情報。俺の祈りが届いたのかどうかは、不明である。

俺たちがこちらの世界に来る時、アドヴァストリス様は『輪廻《りんね》』を口にしていたが、クリストファーはもう生まれ変わったのだろうか？

それとも……。

「……願わくば、彼女の次の人生が、幸せなものでありますように」

ハルカの小さな声が耳に届く。

風が吹き、木々が揺れる。

トーヤがあんなことを言ったからだろうか。

葉のささめきが、エディスの晴れやかな笑い声に重なった。

サイドストーリー「俺の冒険はここからだ‼」

この世界での旅というものは、想像していたよりも過酷《かこく》なものだった。

――いや、過酷とは少し違《ちが》うか。

大半を徒歩で移動するため大変なのは間違いないのだが、経験豊富なアドニクスさんたちが計画を立て、フォローもしてくれるので、俺《おれ》はただ自分のできることをすれば良い。

具体的には、魔法《まほう》による水の供給。

もちろん戦闘《せんとう》にも参加するが、アドニクスさんたちベテランの戦い方は安定したもの。

俺が戦えなかったとしても問題はなく、実戦訓練をさせてもらっているようなものだった。

つまり体力的な無理はなく、精神的にもかなり楽。

これも偏《ひとえ》に、良いパーティーメンバーを得ることができたからこそである。

もしも自分一人で旅をすることになっていれば、本当に過酷な旅になったことは間違いない。

ただ、堅実《けんじつ》で安全重視であるが故《ゆえ》に、その移動速度は想像以上に遅々《ちち》としたものだった。

幹線道ならまだしも、小さな街道《かいどう》や森の中などでは常に魔物の襲撃《しゅうげき》を警戒《けいかい》して足取りは遅《おそ》く、雨が降れば集落で天候の回復を待ち、天気が崩《くず》れそうであれば、出発を遅《おく》らせる。

野営が必要になった場合には、日のあるうちから比較的《ひかくてき》安全な野営場所の選定、食事の準備などに追われ、思った以上に移動時間が取れない。

仕方ないと解っていても、もう少し早く進めないものか、と思ってしまう。

だが訊《き》いてみれば、これでもまだマシな方らしい。

俺の水魔法がなければ、飲み水を大量に持ち運ぶか、水場の場所を考慮《こうりよ》して野営場所を選定する必要があり、もっと時間がかかるんだとか。

冒険者《ぼうけんしゃ》の多くは、拠点《きよてん》とする町からほとんど移動しないそうだが、こうやって実際に体験してみると、その理由が凄《すご》く理解できる。

なんといっても、基本的に移動中は無収入なのだ。

運良く目的地へ向かう護衛依頼《いらい》でも見つけられれば良いが、そんな幸運はあまりなく。

かなり計画的に資金を貯《た》めておかなければ、移動中に資金が尽《つ》きて詰《つ》むぞ、これ。

アドニクスさんたちが行動を起こす前に、迷宮《めいきゅう》都市までの旅費をしっかりと貯めていた理由がよく解《わか》る。

——そういえば、それも移動速度が遅くなった原因の一つなんだよなぁ。

【大金持ち】スキルを取ったおかげで武器や防具を買い、冒険者としての格好だけはついた俺だったが、それは冒険者として活動できるようになったというだけのこと。

残った資金では宿代にも事欠くほどで、そんな俺がいるがために、道中の町で何度も依頼を請《う》け、お金を稼《かせ》ぐ必要があったのだ。

だが、そんな依頼を通してパーティーメンバーとしての絆《きずな》も深まったし、冒険者の技術を学ぶこともできたので、決して無駄《むだ》な時間ではなかったのだが。

そんなこんなで旅を続け、俺たちがパーティーを組んで半年以上。

冬が過ぎ、春になり、そろそろ暑くなり始めたころ、俺たちは目的地に到着《とうちゃく》する。

◇　◇　◇

「ここが迷宮都市なんですね！　ダンジョンに入れるんですね！」

迷宮都市の門を抜《ぬ》けた途端《とたん》、そんな声を上げた俺にパーティーメンバーから微笑《ほほえ》ましげな視線が向けられるが、今の俺はそんな視線も気にならないほどテンションが上がっていた。

「ご機嫌《きげん》だな、サイ」

「長かったですから！　ケルグを出発した時には、まさかこんなに時間がかかるとは思ってませんでしたよ……。俺が原因ですけど」

苦笑《くしょう》するアドニクスさんに、俺は力強く言葉を発し、それからため息をついて肩《かた》を落とした。

そんな俺の肩をポンと叩《たた》き、気にするなと無言で慰《なぐさ》めてくれるのはテザスさん。

雄弁《ゆうべん》ではないが、その気遣《きづか》いがとてもありがたい。

――さて。

ここで一度、俺のパーティーメンバーを紹介《しょうかい》しておこう。

まずはパーティーリーダーのアドニクス――通称《つうしょう》、アドさん。

年齢《ねんれい》は二六歳《さい》ぐらい、身長は二メートルほどで髪《かみ》は角刈《かくが》り、パーティー随一《ずいいち》の膂力《りょりょく》を誇《ほこ》り、巨大《きょだい》な両手剣《けん》を軽々と振《ふ》り回す迫力《はくりょく》あるマッチョである。

リーダーだけあって比較的冷静で理性的、面倒見《めんどうみ》も良くて頼《たよ》りになる人だ。

次にマルコスさん。

アドニクスさんには及《およ》ばないが、長身でハゲのマッチョである。

その巨体から受けるイメージとは異なり、片手剣と片手盾《たて》を操《あやつ》って素早《すばや》く動き回って戦う、速度重視の戦士タイプ。

良く言えば豪放磊落《ごうほうらいらく》、明るい性格でパーティーのムードメーカーである。

ちなみに髪の毛は、素早く動くために剃《そ》っているとか。

それが本当なのか、そして効果があるのかは不明である。

三番目はルーカスさん。

身長は一八〇センチぐらいで、少し長めの髪を後ろで縛《しば》った、気持ち細めのマッチョ。

喩《たと》えるならば、ボディビルダー的マッチョではなく、レスリング的マッチョ。

他《ほか》三人とは異なり、接近戦よりも遠距離《えんきょり》攻撃《こうげき》を重視したスカウト的な立ち位置だ。

お調子者なところはあるが、まあまあイケメン。

普通《ふつう》に考えれば結婚《けっこん》ぐらいはすぐにできそうだが、何故《なぜ》かこの結婚同盟に入っている。

つまり、冒険者という立場はそれだけ難しいのかもしれない。

四番目はテザスさん。

身長はマルコスさんよりも少し低いが、身体《からだ》の厚みはアドニクスさんをも超《こ》えそうなマッチョ。

片手剣と大型の盾を持ち、常にどっしりと構えて頼りがいのある人だ。

外見に反して——と言うと怒《おこ》られそうだが——子供好きなのに、朴訥《ぼくとつ》として口下手なところや、その巌《いわお》のような体格が禍《わざわい》して、子供たちには怖《こわ》がられてしまう可哀想《かわいそう》な人。

だが、この四人の中で最も気遣いができて心優しいのは、おそらくテザスさんだろう。

俺自身、戦闘中には何度も守ってもらっているし、旅慣れない俺のことを常に気に掛《か》けてくれていて、色々なアドバイスや手助けをしてくれている。

そして最後は俺。サイこと山井賢《やまいまさる》。

水魔法と槍《やり》を使う、チビでひょろい男である。

うん……このパーティー、マッチョ比率高すぎ！

自分をチビとか、ひょろいとか言いたくないが、この五人で並んだら言わざるを得ない‼

なんか、もう、並んで歩いていたら、俺なんか子供じゃね？

アドニクスさんと比べたら、四〇センチぐらい身長差があるんだぜ？

身長に関しては元の世界にいた時からコンプレックスがあったんだが、体格差もハンパない。

喩えるならば、ドバンッ、ドカンッ、ムッキッ、ドゴンッ、ぺたん。そんな感じ。

ぺたん、なんて女の子の胸以外で使うとは思わなかったぜ！

しかも自分に‼

だからパーティー内ではガキ扱《あつか》いされることも多いのだが、他全員が二五歳前後であること、冒険者としての経験がだんちなことを差し置いても、これだけの体格差、もう諦《あきら》めの境地である。

実際、経験も知識も足りないから、ガキ扱いされていた方が色々と訊きやすいしなぁ……。

そんなわけで、俺のパーティー内での立ち位置は弟分。

多少おかしなことを言っても許される、ちょっと気楽なポジションである。

転移してきて常識の足りない俺には、ベストとも言えるだろう。

「ま、俺たちもダンジョンは楽しみだけどな。だからこそ、まずは――」

「ダンジョンですか？」

「違うわ！　まずは冒険者ギルドで情報収集だ。多少は調べてきているが、俺たちもダンジョンに入るのは初めてだからな。ルールを訊く必要がある」

「あぁ、そうですよね、勝手に入るわけには……」

「そういうこった。そいじゃ、ちょっくらギルドの場所を訊いてくるか！」

さすがはダンジョンを中心とした都市と言うべきか、コミュ力抜群《ばつぐん》のルーカスさんが近くの人に話を訊けば、冒険者ギルドの情報はすぐに得られた。

建っている場所も一等地のようで、少し説明を受けただけですぐに場所を理解したルーカスさんの先導で、俺たちは町の大通りを歩く。

これまで訪《おとず》れた町よりも数倍も大きな都市。

初めて目にする物も多く、俺は興味深く辺りを見回していたのだが、そこで気付いたのは、町を歩く冒険者をよく見かけること。

冒険者ギルドに向かっているからというのもあるだろうが、その数はケルグなどの町と比較してもあまりにも多い。

他にも飲食店や宿屋、武器屋などの冒険者向けの店が多く、町全体がダンジョンを核《かく》として発展しているのがよく解る。

だが、このあたりはある意味で予想通り。

予想と違っていたのは……。

「何だか、思ったよりも治安が良さそうですね？」

「——いや、サイ、おめぇ、どんなとこを想像してたんだよ？」

マルコスさんにやや呆《あき》れたように言われ、俺は少し考えて答える。

「……道を歩けば喧嘩《けんか》のざわめきが聞こえ、路地裏には酔《よ》っ払《ぱら》いが座《すわ》り込《こ》み、ガラの悪い冒険者が肩で風を切って闊歩《かっぽ》しているような？」

冒険者が多いのは間違いないのだが、ケルグにいた冒険者と比べてもその身だしなみは整えられていて、ガラの悪さはあまり感じない。

仕事帰りなのか、時折薄汚《うすよご》れている冒険者もいるが、その割合はかなり低い。

むしろ、マッチョマッチョしている俺たちのパーティーの方が、ガラが悪く感じるほど。

付き合ってみるとそんなことはないんだが、迫力はあるからなぁ、アドニクスさんたちは。

そんなこともあって、町から感じる雰囲気《ふんいき》は決して悪くない。

「ちょっと警戒してたんですけど、俺が聞いた情報って、間違ってたんですかね？」

「間違いとも言えないが……ここは冒険者ギルドが管理しているダンジョンだからな。ダンジョンに入るための条件は知ってるよな？」

「冒険者ランク四以上、ですよね？」

「そうだ。逆に言えば、ランク四未満に落とされたら、ダンジョンに入る資格を失う。しかも一度落とされた冒険者のランクは上がりにくい。問題を起こす冒険者がいると思うか？」

いるわけがない。ダンジョンに入れなくなれば、この町にいる意味もないのだから。

普通に考えれば、この町に来るためにも旅費などの金は掛かっている。

余程《よほど》の考えなしでなければ、注意して生活するだろう。

「ダンジョン内での争いも御法度《ごはっと》だな。ギルドの目的はより多くの素材をダンジョンから回収することにあるが、そのために冒険者を消費することは望んでいない。有能な冒険者をより多く育てる方が、有益と考えているからでもあるようだが」

「逆に領主なんかが管理するダンジョンだと、治安が悪い場所も多いみたいだぜ？　ダンジョンに入るのに資格も不要、中でトラブルがあっても無視、冒険者が死んでも関係ない、とにかく成果を持ち帰ったヤツらがエライ、みたいな感じでな」

必然的に集まってくるのは、犯罪者一歩手前の冒険者や一歩踏《ふ》み込んだ犯罪者ばかり。

町の雰囲気も殺伐《さつばつ》としていて最悪らしい。

「うわー、そんなところには行きたくないですね」

「だろ？　だから俺たちはここを選んだんだ。ちゃんと考えてっからな！」

マルコスさんはそう言って『偉《えら》いだろ？』とでも言うように笑ったが、それを見たルーカスさんは苦笑して肩をすくめる。

「もっとも、ランクが四に満たなくても入れる抜け道もあるから、万全《ばんぜん》とも言えねぇんだがな」

「そうなんですか？」

「あぁ、一つはお前だ、サイ」

ルーカスさんに指をさされ、俺は首を捻《ひね》ったが、すぐに思い当たった。

「俺……？　あぁ、ランク四以上のメンバーとパーティーを組めば――」

「入れるってぇことだな。もっとも、こっちはパーティー登録の際にギルド職員が確認《かくにん》するから、目を付けられている冒険者は弾《はじ》かれる。だからもう一つ、荷物持ち《ポーター》として入る方が普通かもな」

ダンジョン内で多くの素材を得ても、冒険者が持ち運べる量は限られるし、下手に大量の荷物を持っていては、戦いに支障が出て、場合によっては命を落とすことにもなりかねない。

そこで必要とされるのが荷物運び専用のメンバーで、このメンバーのことを荷物持ち《ポーター》という。

パーティーによって異なるようだが、ダンジョンに入る度《たび》に別の荷物持ち《ポーター》を雇《やと》う人たちも多いようで、登録は義務づけられていないらしい。

「だから、案外警戒が必要なのは荷物持ち《ポーター》かもな。雇うときもそうだが、ダンジョン内で会った場合も、あんまり気を抜くんじゃねぇぞ？」

「は、はい。気を付けます」

けど、まぁ、そのへんはアドニクスさんたちがいるし……などと考えていたのだが、マルコスさんが突然《とつぜん》、意外なことを口にした。

「だが、サイ。お前はランク上げも考えた方が良いんじゃねぇ？」

「え、そうですか？　でも、一緒《いっしょ》なら問題ないんですよね？」

今の俺は、ランク二である。

経済的理由という、避《さ》けられぬ運命で頻繁《ひんぱん》に依頼を請けた結果、半年間で2まで上げることはできたのだが、これ以上になるには結構な困難が伴《ともな》うらしい。

冒険者のランクアップに必要なのは『ギルドからの信頼度《しんらいど》』なのだが、ぶっちゃけて言えば、これは『ギルド職員との仲の良さ』である。

もちろん、ただ単に仲が良ければ良いわけではないが、ふらりと町にやってきた冒険者が、一つの仕事を完璧《かんぺき》に熟《こな》したところで、その人物が信頼できるかなど判断できるはずもない。

つまり、ある程度の期間町に留《とど》まり、何度か依頼を熟してギルド職員に顔を覚えてもらい、職員から信頼できそうと思ってもらえなければ、ランクアップは難しいのだ。

ランク二までならまだしも、ランク三以上になってくると、ここ半年の俺みたいに移動しながら依頼を請けていてはまず無理である。

なら、この町のダンジョンで頑張《がんば》れば良いのかといえば、実はそれも難しかったりする。

ダンジョンからの素材の回収は、基本的に同じことの繰《く》り返し。

半ばルーチンワークとなっていて、ギルド職員の信頼を得るような機会はほとんどなく、なかなかランクアップに繋《つな》がらないらしい。

だからこそ、ランクアップに関しては、この町にいる間は半ば諦めていたのだが……。

「一緒なら問題ねぇよ？　けどよ、いつまでも一緒とは限らねぇだろ？　俺だって、嫁《よめ》さんから冒険者を辞《や》めてくれって言われたら、無下にはできねぇし」

「えっ⁉　そ、そんな予定があるんですか？」

「裏切ったのか、お前！」

俺が驚《おどろ》きに目を剥《む》き、アドニクスさんがやや強い口調で追及《ついきゅう》すれば、マルコスさんはあっさりと首を振りつつ、とても良い笑顔《えがお》で親指を立てた。

「いや、まだ予定はねぇ。ねぇけど、こういうものは、いつできるか判《わか》らねぇからな！」

「……なんだ。なら、当分大丈夫《だいじょうぶ》そうですね」

「どういう意味だ、コラ。お？」

ホッと胸を撫《な》で下ろした俺の頭を、巨大な手がガシリと掴《つか》み、ギリギリと圧をかけてきた。

それに結構マジな痛みを感じつつ、俺はマルコスさんに優《やさ》しい笑みを向ける。

「マルコスさん、新しい町に来たからって、新しい出会いがあるとは限らないんですよ？　現実を見ましょう？」

俺なんか、新しい世界に来ても無理だったんだからな！

運命の相手とは、いつか出会うのではない、自分で見つけるのだ！

その気概《きがい》が必要なのだ！

待っていて会えるほど、人生、甘《あま》くない！

……可愛《かわい》ければ、別に運命の相手じゃなくても良いんだけどな。

「それにマルコスさん、結構な回数、騙《だま》されたことがあるとか？」

「誰《だれ》だコラ、サイに余計な話をしたのは！」

「事実じゃねぇか。お前、何度女に貢《みつ》いで、逃《に》げられた？」

「マルコスには結構な額を貸してやったと思うが？　そろそろ地に足をつけたらどうだ？」

「サイの反面教師としては悪くないが、酷《ひど》すぎれば教育に悪い」

全員である。

マルコスさんに反論したのも、俺にマルコスさんの失敗談を話してくれたのも。

反論と共に向けられた呆れたような視線を受け、マルコスさんも言葉に詰まる。

「うぐっ！　わーってんだよ！　だから金を貯める方向にシフトしたんじゃねぇか！　ここで頑張れば、結構いけそうなんだよ！　――たぶん」

「でも、お金がなければ結婚できないのは間違いないと思いますけど、お金があったからって結婚できるとは限らないでしょう？　まず結婚相手を見つけないと」

お金を貯めるのは前提条件。当然、その後の努力が必要だろうと、俺はそう思っていたのだが、俺の言葉を聞いたアドニクスさんたちは、少し困ったように顔を見合わせる。

そして、言いづらいことを押《お》し付け合うようにした後、代表してルーカスさんが口を開いた。

「……いや、それがそうでもないんだよ、サイ。金さえ出せるなら、結婚相手はどうにかなるんだ。世の中、金に困っている人は結構いるもんでな」

「…………。それって奴隷《どれい》を買ってとか、そんな――」

「バカッ！　滅多《めった》なことを言うんじゃねぇ‼　この国では奴隷は禁止されてんだぞ？　ただ単に、お金に困っている相手に援助《えんじょ》したら、恋愛《れんあい》関係になって結婚する、それだけのことだ」

「えー、それは詭弁《きべん》というものじゃ？　俺、そういうのはちょっと……」

多少言葉を飾《かざ》っているが、借金の形に結婚するようなもの。

言い方を変えただけで、奴隷を買うのと変わらない気がする。

微妙《びみょう》な視線を向ける俺に、マルコスさんは『まぁ、待て』と手を突《つ》き出した。

「考え方を変えるんだ。困っているところに現れて、颯爽《さっそう》と助けてくれた相手。これだけで十分に好感度アップじゃね？　惚《ほ》れんだろ？　結婚ぐらいすんだろ？」

「……それって、『ただしイケメンに限る』ってやつだと思いますけど。ルーカスさんならまだしも、マルコスさんがそれをやると、どう見ても金を盾《たて》に、脅《おど》して結婚させてるようにしか」

確かに助けてくれた相手には好感度も上がるだろうが、下心がなぁ。

それならば、素直《すなお》に結婚相手として奴隷を買う方が潔《いさぎよ》い気がする。

この国では認められていないようだが、そう言う以上、他の国ではあることなんだろうし。

「ぐっ。サイ、おめぇ、俺に対して当たりがキツくねぇ？」

「諦めろ、マルコス。正当な評価だ」

アドニクスさんがニヤニヤと笑って、マルコスさんの肩をポンと叩くが、マルコスさんはその手を払いのけて、アドニクスさんの顔に指を突き付けた。

「アドだって似たようなもんだろうが！　俺とお前、どっちの面《つら》が凶悪《きょうあく》か、女の子に訊いてみやがれってんだ！」

「――実はアド、案外人気があるんだぞ？」

憤慨《ふんがい》するマルコスさんにボソリと反論したのは、アドニクスさんではなくテザスさんだった。

「……え、マジで？　初耳なんだけど？」

「あぁ、一見強面《こわもて》なのに、礼儀《れいぎ》正しいと。――マルコスと違って」

おぉ、ギャップ萌《も》えってやつか。

リーダーということもあってか、アドニクスさんは比較的言葉遣《づか》いが丁寧《ていねい》で、礼儀正しい。

もちろん、冒険者としては、なのだが、マルコスさんと比べると全然違うし、一見すると粗野《そや》にも見えるアドニクスさんが丁寧に話せば、逆に好印象ということなのだろう。

「マジか、マジなのか……くっ、やはり俺は金で歓心《かんしん》を買うしかないのか」

「そもそも、それを狙《ねら》っている時点で、恋愛関係もないと思いますけど。それに、そう都合良く困っている人、それも結婚適齢期《てきれいき》の娘《むすめ》がいる家庭になんて遭遇《そうぐう》しないでしょう？　あ、それともあれですか？　娼婦《しょうふ》の身請《みう》けとかそういうの」

それならば解らなくもない、と思って言ったのだが、それに対する反応は激しかった。

「バッカ、お前、バッカ！　そいつは素人《しろうと》が手を出しちゃいけねぇ！　言っとくが、サイ、娼婦の睦言《むつごと》なんか信じるんじゃねぇぞ？　相手はプロだぞ？　騙されるからな？」

真剣な表情で訴《うった》えるマルコスさんから視線を外し、アドニクスさんを見れば、アドニクスさんは苦笑して肩をすくめた。

「必ずしもそうとは言えないし、ある程度金を持った冒険者が気に入った娼婦を身請けして、嫁にするのはよくある話なんだが……マルコスは何度も騙されてるからな、娼婦に」

「あぁ、騙された相手って、娼婦だったんですか」

「そうだ。マルコスはまず騙される関係になれる相手ってのが、限られるからなぁ」

「悪かったな！　どうせ俺は、女の子と知り合う機会もねぇよ！」

「じゃあ、結局ダメなんじゃ？」

「それがそうでもない。蛇《じゃ》の道は蛇《へび》――ってほどじゃないが、冒険者ギルドに頼《たの》めば、紹介してくれたりする」

「……はい？　それって――」

女衒《ぜげん》的な――と言いかけた俺の言葉を、アドニクスさんが遮《さえぎ》る。

「結婚仲介業《ちゆうかいぎよう》な？　そこ、重要だからな？」

そんなことまでやってるのか、冒険者ギルド。

ちょっと、業務内容、広すぎじゃないか？

日雇《ひやと》い労働者の派遣《はけん》業務に加え、不動産仲介業、更《さら》には結婚仲介業まで。

ちょっとイメージが崩れるし、そんなグレーっぽいことをして大丈夫なのだろうか？

「言っとくが、これって多方面に評判は良いからな？　結婚する相手も含《ふく》めて」

「そうなんですか？　お金の関係なのに？」

なんとなく『お金のために娘を売る』みたいにイメージしていたのだが、詳《くわ》しく訊いてみると、どうやらそうでもないらしい。

まず、冒険者であれば誰でも紹介してもらえるわけではなく、ある程度のお金を持っていることは当然として、ランク――つまり、冒険者ギルドからの信頼度が高くなければいけない。

つまり、ギルドが紹介する冒険者は、それなりに素行が良く、お金を稼げる人となる。

結婚相手としてそう悪くないし、話が纏《まと》まれば、困っている家庭が一つ救われる。

ギルドとしても、冒険者が結婚することにはメリットがある。

アドニクスさんたちが『裏切り者』と言った人のように、結婚を機に冒険者を辞める人もいるが、大抵《たいてい》の人は冒険者としてしか稼ぐ術《すべ》を知らないわけで。

稼ぎの良い高ランク冒険者であっても、貯蓄《ちょちく》を吐《は》き出してしまえば頑張って働かざるを得ないし、家庭を持てば堅実な仕事をしてくれるようになる。

そして冒険者自身も、結婚できて幸せ。基本的には、誰も不幸にならない。

――そう言われると、何だか悪くない仕組みに思えてくるな。

元々、結婚相手なんて家長が決めるのが当然、みたいな世界だし、ここ。

「ま、自分で相手を見つけられれば一番なんだが、冒険者をしてると、出会いってのがなぁ……」

「ないですか？」

「ないな。女の冒険者を除けば、ギルドの受付嬢《じょう》、酒場の娘、そのぐらいだぜ？」

この町に来るまでの間、女の冒険者も何人か見かけていたが、以前マルコスさんが言っていた通り、何というか……『女の子』って感じじゃないんだよなぁ。

悲しいことに、俺より背が低い人も、俺よりゴツくない人も、見たことがない。

俺の趣味《しゅみ》に合うのは、ギルドの受付嬢か酒場のウェイトレスぐらいだろう――が、それらの女の子たちと仲良くなれるかどうかは別問題である。

実際にアプローチしたことはないのだが、どう考えても競争率が高そうだし、下手に手を出そうとしたら、他の冒険者からどんな仕打ちを受けるか。

冒険者初心者、そして恋愛初心者の俺では、とても参入できそうにない。

「ちなみに、可愛い女の子と出会うコツみたいなのは……？」

ダメ元で訊いてみるが、そんな俺に向けられたのは呆れたような三人の視線。

やはりダメだった……ん？　三人？

「そんなコツを知っていたら、俺がここにいるわけねぇだろ？」

「難しい。俺は話すのが得意じゃないからな」

「そういうのはルーカスに訊け。こいつ、なんか知らないが、たまに引っ掛けてくるから」

「おぉ、ルーカスさん、そのコツを是非《ぜひ》、私めに！」

救いの神はこんな所に！　と目を向けるが、ルーカスさんはひょいと肩をすくめて苦笑した。

「別にコツなんかねぇよ？　こいつらがダメなのは、外見がゴツすぎんだよ。男としての頼りがいは大事だろうが、初対面で引かれるからなぁ。時間をかけて仲良くなれれば別なんだろうが……」

そう言って言葉を濁《にご》したルーカスさんがこっそり教えてくれたところによると、テザスさんは口下手で仲良くなりづらく、マルコスさんは堪《こら》え性がなく失敗しやすいらしい。

その点アドニクスさんは、先ほどテザスさんが言ったように、それなりに人気はあるのだが、あまりにガチムチすぎて男女の関係にまでは進まない。

いずれも長期間腰《こし》を落ち着けて、ゆっくりと仲を深めれば解決するのかもしれないが、冒険者という仕事の関係上、町を長く離《はな》れることも多く、なかなか難しいようだ。

「サイは頼りがいの面で少し不安があるが……好かれると思うぞ？　あまりいないタイプだし」

「え、俺って格好いいですか？」

「違う。魔法が使えるからだ」

「ガクッ。なんか素直に喜べないんですけど」

対象外と言われるよりは余程良いのだが、俺の価値が魔法だけと言われているようで……。

いや、それで女の子と知り合う機会が増えるなら、魔法を取ったのは大正解と言うべき？

「まぁ、外見も悪くはねぇと思うが、お前は女の冒険者より、むしろ――いや、なんでもない」

「えぇ⁉　そこで切られるとめっちゃ気になるんですけど！」

「あぁー、そうだな……なんというか……」

言葉を濁すルーカスさんを更に追及しようと、俺が息を吸い込んだその時、俺の肩をアドニクスさんがポンと叩いた。

「おい、今はそのぐらいにしておけ。ギルドに着いたぞ」

「え？　うわ、デカい……」

顔を上げると、ケルグの町の冒険者ギルドよりずっと大きな建物が目に入る。

ケルグのギルドは、これまで通ってきた町の中でも大きい方だったのだが、ここはそれとはまったく比べものにならないほどに大きい。

横幅《はば》だけでも近くの建物の三倍ぐらい、更には五階建てで、入り口も左右二箇所《かしょ》存在する。

その右側の入り口から中に入れば、すぐに目に入るのは受付カウンター。

全体に目を向ければ、ギルドの一階は学校の特別教室四つ分ぐらいはありそうな大きな広間になっていて、右側三分の一ぐらいを受付が、残り三分の二ぐらいを食堂が占《し》めていた。

そちらの食堂部分にはテーブルがいくつも置かれ、まだ昼間にも拘《かか》わらず、少なくない冒険者が酒を飲みながら料理に舌鼓《したつづみ》を打ち、陽気に笑い合っている。

そして中央奥《おく》にあるのが二階へと上がる階段。その横には依頼の貼《は》られた掲示板《けいじばん》があったが、その大きさはギルドの規模に比べると随分《ずいぶん》小さかった。

「おい、行くぞ？」

「あ、はい」

つい興味深く観察してしまったが、今用事があるのは受付カウンターである。

アドニクスさんに促《うなが》されてそちらへ向かえば、対応してくれたのは微妙に間延びした話し方をする、俺よりも少し年上の受付嬢だった。

「いらっしゃいませ～。初めてですか～」

「あぁ。ダンジョンに入ろうと思って、ここに来たんだが……」

「ではぁ、パーティー登録が必要ですねぇ～。こちらの用紙にお名前とランクを書いて、ギルドカードと一緒に提出してくださいー」

アドニクスさんが代表して全員の名前を書き、ギルドカードと共に受付嬢に渡《わた》すと、受付嬢は慣れた様子で、ギルドカードを確認しながら用紙に印を付けていく。

アドニクスさんたちは全員ランク四なので普通に丸を、俺だけはランク二なので、一瞬《いっしゅん》手が止まったが、「降格の履歴《りれき》はぁ、ないですねぇ～」と呟《つぶや》いて、丸を付ける。

「はい、確認しましたぁ。ダンジョンに入る際は、入り口でそちらの札を見せてください～。それとギルドカードの両方がないとぉ、入れませんのでぇ、お気を付けくださいー」

そう言いながら受付嬢が渡してくれたのは、一枚の木札だった。

ギルドカードと同程度の大きさで、そこに俺たち五人の名前が記され、偽造《ぎぞう》防止なのか裏面には大きなスタンプが捺《お》されている。

「それではぁ、ここのダンジョンのルールについてご説明致《いた》しますねぇ。ルールを破るとぉ、ダンジョンに入れなくなってランクも降格となりますので～、全員、しっかり聞いてくださいね～。と、言ってもぉ、大まかには二つだけなんですけど～」

一つ目は、ダンジョン内での冒険者同士の争い禁止。

これはアドニクスさんたちからも聞いていたが、もし問題が起きた場合には力で解決しようとせず、間にギルドを入れて話し合うように厳命された。

二つ目は使用料について。

ダンジョン内で得た素材の買い取り価格、それの二割が使用料として徴収《ちょうしゅう》される。

万が一こっそり持ち出したりすると、ダンジョンに入れなくなる上に、ランク降格の処分が下されるため、絶対にやるなと念を押された。

「……でも、高ランク冒険者って、マジックバッグを持っていたりするんですよね？　やろうと思えばできるんじゃ？　それとも、出入りの度に全部調べるんですか？」

「普通は調べませんよ～。高ランクの冒険者はギルドから信用されてますからぁ。たまーに、抜き打ちで調べたりすることもありますけどぉ、不正をする人はほぼいないですねぇ。メリットより、デメリットの方が大きいですから～」

見つかったときのペナルティを考えれば、安い物は隠《かく》して持ち出すほどの意味はないし、高価な物を持ち出したとしても、今度はそれの処分方法に困るようだ。

当然ながらギルドで売ることはできず、他の店で売ったとしても、高価な物であれば情報はすぐに流れ、ギルドに目を付けられる。

闇市《やみいち》など、裏ルートへの伝《つて》があればこっそり処分することもできるが、正規ルートで売るのと比べれば買い叩かれたり、多大な手数料を取られたり、場合によっては犯罪に巻き込まれたり。

そのようなリスクを考えれば、普通にギルドへ使用料を払い、表のオークションなどに掛ける方が余程安全で利益も大きい。

それらを考慮して決められているのが、二割という使用料らしい。

「それからぁ、当ギルドでは現金の預かりサービスもしていますので～、よろしければご利用ください～。安全のためにも～」

これは本当に預かってくれるだけで、別の冒険者ギルドで引き出せたりはしないそうだが、このサービスが地味に町の治安にも影響《えいきよう》を与《あた》えているらしい。

というのも、基本的に冒険者は全財産を持ち歩いているから。

ここに来たばかりの俺たちなら大した額でもないが、何度もダンジョンに潜《もぐ》り稼いでいけば、段々とお金も貯まってくるだろう——それが目的だし。

だが、そうやって貯めたお金を、いつも持ち歩かないといけないとなれば、どうだろうか？

ダンジョン内という人の目がない場所に、確実に大金を持った冒険者がいる。

時には戦闘で怪我《けが》をして、弱っている冒険者と遭遇するかもしれない。

それなりに信用度が高い冒険者しか入れないとはいえ、魔が差さないと言い切れるだろうか？

そういったリスク要因を事前に潰《つぶ》すためにあるのが、この預かりサービスらしい。

襲《おそ》ったところで二束三文しか得られないと解っていれば、どう考えてもハイリスク、ローリターン。そんな愚《おろ》かな行為《こうい》に手を染める冒険者はいないだろう。

「はぁ……よく考えられているんですね？」

「変なトラブルは～、起きない方がギルドの利益になりますからぁ～」

なるほどなぁ。これ、マジで冒険者ギルドが管理していないダンジョンに行く理由がないな。

真っ当に生きている限り——うん、真っ当に生きよう。

「ギルド二階には鑑定所《かんていじよ》と資料室、三階には診療所《しんりようじよ》と簡易宿泊所《しゆくはくじよ》があります～。必要であればご利用くださ い～。他に何かぁ、お聞きになりたいことはありますかぁ～？」

「宿の紹介を頼みたい。高すぎるのは困るが、そこまで金に困ってもいない」

「こういう町なのでぇ、宿屋はたくさんありますが〜、ご希望はありますかぁ？」

「長期滞在《たいざい》に向いていて……できれば個室が良い。俺たちはこんな感じだろ？　全員集まるとむさ苦しいからな」

「ごもっともです〜。では、〝独立独歩〟って宿が良いですねぇ〜」

受付嬢はさらりとむさ苦しいに同意しつつ、ちょっと変わった名前の宿を教えてくれた。

アドニクスさんの要望通り、すべての部屋が個室になっていて、単独で活動している冒険者や個室を好む冒険者が使う、定番の宿となっているらしい。

長期割引は日数次第《しだい》のようだが、それの適用なしで一泊大銀貨八枚、食事は付かない。

やや高めだが、ダンジョンに入る冒険者のランクを考えればそんなものなのだろう。

俺たちは受付嬢にお礼を言ってギルドを出ると、教えられた宿がある方へと向かう。

そちらに近付くにつれて、周囲には宿の数が増え、道を歩く冒険者の姿もまた増えてきた。

「この辺り、宿屋が多いですね」

「そういうエリアなんだろう。元々ダンジョンに冒険者を集めるために作られた町だからな。おそらく近くには色街もあると思うが……サイ、お前は気を付けろよ？」

「そだな。サイは注意が必要だろーなぁ」

「え、何でですか？　行くなってことですか？」

アドニクスさんたちとは違い、俺はこれまでは機会が——というか、お金がなかったので行くことはなかったが、ダンジョンで稼げば少しぐらいは余裕《よゆう》ができるはず。

正直に言えば、少し楽しみにしてたんだが……。

「いや、行くなとは言わねぇ。本気になるとマズいが、遊びなら好きにしろ。けどなぁ……」

「あぁ。危ないな。俺としてはあまり奨《すす》めない」

アドニクスさん、ルーカスさんに続き、マルコスさんとテザスさんにまでそんな風に言われ、微妙に不安になる。

俺が娼館に行くと、何かマズいことがあるのだろうか？

冒険者なら男女問わず——もちろん、男の方が多いようだが——娼館に行くのなんて日常茶飯事《さはんじ》だと思ったんだけど。

そんな俺の不満が顔に出ていたのだろう、四人を代表してルーカスさんが口を開く。

「あー、なんだ。お前、男は好きか？　——性的な意味で」

「せっ⁉　そ、そんなわけないじゃないですか！」

とんでもないことを言い出したルーカスさんに、俺が慌《あわ》てて首を振れば、ルーカスさんだけではなく他の三人も当然だよな、と深く頷《うなず》く。

「だよなぁ。けど、なんつーか……お前、狙われやすそうな感じなんだよなぁ」

「………え、マジですか？」

冗談《じょうだん》じゃなく？

童貞《どうてい》の俺を揶揄《からか》って、とかじゃなく？

「マジ、マジ。成人してるっつーのに、そうは見えねぇし。尻《けつ》の穴、閉めてねぇとやべぇぞ？」

「しかも冒険者。連れ込むには都合が良い。危ないな」

マルコスがニヤリと笑って尻を撫でるような仕草をし、テザスさんも可哀想なものを見るような目で俺を見て、ため息をつく。

さすがに子供を強引《ごういん》に連れ込んだらヤバいが、冒険者、しかも成人した男が強引に連れ込まれてヤられたと言っても、はっきり言って被害者《ひがいしゃ》の方が馬鹿《ばか》にされる。

男女平等と言いたいところだが、そんなもの、ここには存在しない。

残念ながら、そういう面では男に優しくない世界なのだ。

「相手が女の冒険者ってことも考えられるが……お前、そういうの、いけるタイプ？」

「……い、いえ、さすがに誰でも良いとは」

自分、童貞故に僅《わず》かに心揺《ゆ》れたが、これまで出会った女冒険者を思い出すと、強引にヤられては立つものも立たない気がする。

「なら、一人では色街には近付かないことだ。行くときには誘《さそ》ってやる」

「はい、ありがとうございます……」

ヤりたい盛《さか》りの男だが、せめて初体験は綺麗《きれい》な思い出にしたい。

強引に連れ込まれた上に相手が男とか、絶対にノー‼

表通りや普通のエリアでは、あまり心配する必要もないようだが、できるだけアドニクスさんたちと一緒に行動することにしよう。

「……ちなみに、皆《みな》さんは大丈夫ですよね？」

「今までお前の穴が無事だったことが答えだろうが。――っと、ここだな、〝独立独歩〟。結構デカい宿だな」

一応とばかり尋《たず》ねた俺に、アドニクスさんは苦笑で応《こた》え、足を止めた。

個室だけということが影響しているのか、周囲にある宿と比べると二回りぐらいは大きな建物。三階建てで、一階は食堂になっているのか、この時間からやや騒《さわ》がしい声が聞こえている。

全体として、あまり古びた様子もなく、それなりに良さそうな宿に見える。

「サイ、いつまでそこに立っているんだ？　入るぞ」

「あ、はい！」

既《すで》にアドニクスさんたち三人の姿はなく、俺はテザスさんに促され、慌てて後を追った。

◇　◇　◇

「ふあぁぁ～。よく寝《ね》た……。けど、ねむ……」

翌朝、快適な睡眠《すいみん》を満喫《まんきつ》した俺は、宿のベッドの上で大欠伸《おおあくび》をしていた。

宿に泊《と》まるのが久しぶりということもあるが、一番大きいのはやはり一人部屋だからだろう。

アドニクスさんたちに気兼《きが》ねするということはないのだが、同じ部屋に泊まっていると、どうしても気になることもある。

例えば鼾《いびき》。誰とは言わないが、なかなかにキビシイ。

元々寝心地《ねごこち》が良いとも言えないベッド、夜中に目が覚めたりしたら最悪である。

もっとも俺も鼾をかいていない自信はないし、迷惑《めいわく》も掛けているだろうから何も言えないのだが、そのあたり、一人部屋だと一切《いっさい》気にする必要がない。

部屋はベッドを二つも並べればいっぱいになるぐらいの狭《せま》さだが、ここで何をするわけでもないので、必要十分な広さである。

俺はベッドから降りながら軽くストレッチをすると、服を着替《きが》える。

「ぐぅぅぅ〜……ふぅ。さて、腹も減ったし、下に下りてみるか。声は……掛けなくていいか」

夕食を終えると早々に部屋に引っ込んだ俺と違い、アドニクスさんたちは遅くまで飲んでいたようだから、きっとまだ寝ているだろう。

部屋を出た俺は、無理に起こすのも悪いだろうと、一人で一階の食堂へ向かう。

昨晩は遅くまで騒々《そうぞう》しかった宿の中も、まだ朝早いせいか、あまり音が存在しない。

「ダンジョンに入る冒険者は、少し朝が遅いのか？」

他の町の冒険者ギルドだと、良い依頼を取るために朝早くから賑《にぎ》わうのだが、この町の冒険者の大半は、ダンジョンに入るのが目的。

競って依頼を取る必要がないし、いつ入るかも自由。

ダンジョンは二四時間稼働《かどう》しているので、朝早く入ればより儲《もう》かるというものでもない。

そのこともあってか、食堂に人影《ひとかげ》はまばらだった。

俺は適当な席に着くと、朝食を注文する。

宿泊客の食事は朝夕共に大銀貨一枚。酒やつまみなどは別料金なので、他の町の食堂に比べると少し高く感じるが、昨日食べた料理は十分に満足のいく物だった。

さて、朝食はどうか――。


「……うげ」

図《はか》らずも声が漏《も》れる。

不味《まず》そうなのではない。見た感じ、十分に美味《おい》しそうなのだが……肉。肉々。肉が山盛り。

ちなみに昨日の夜もこんな感じだった。

ここのダンジョンでは肉が得られることもあり、他の町と比べて肉の価格が安いらしい。

ケルグを始め、これまでの町ではあまり肉を食べられなかっただけに、昨晩は久しぶりに心ゆくまで肉を堪能《たんのう》したのだが、二食続けて、しかも朝から食べたいかと言われれば――断じて否《いな》。

育ち盛りの男子高校生だって、焼き肉食べ放題に行った翌日には、肉食欲は減退する。

いや、他のやつがどうかは知らないが、少なくとも俺はそうである。

それが翌朝ならば言うまでもない。

「冒険者は、これが普通なのか……？」

アドニクスさんたちなら平然と食べそうだが、俺には厳しい。

しかし、この宿で提供される朝食の種類は一つだけ。

頼めば量の加減はしてくれるにしても、別の物は頼めない。

――外に食べに行けば良いのかもしれないが、もう頼んでしまったしなぁ。

今の俺に大銀貨一枚は結構大きい。

他の人はこれで良いのかと、人の少ない食堂内を見回してみれば、一人いた。

俺と同様、苦しそうな表情で肉を詰め込んでいる人が。

年の頃《ころ》は俺と同じぐらい、珍《めずら》しいことに女の子の冒険者である。

斜《なな》め後ろからなので顔はよく見えないのだが、後ろで結んだ薄紫《うすむらさき》のセミロングの髪が印象的。

育ちが良いのか、椅子《いす》に座った姿勢も、食事の仕方も綺麗で、ゆっくりと丁寧にフォークを進めている――いや、ゆっくりなのは肉が辛《つら》いからか。

――うんうん、朝からこれは厳しいよな？

などと、勝手に仲間意識を持って見ていたのだが、そんな俺の視線を感じたのか、こちらに振り向く様子を見せたので、俺は慌てて視線を戻《もど》し自分の食事に取り掛かる。

やがて、俺の料理が半分ほどになったころ、宿の扉《とびら》が閉じる音がした。

そっとそちらを窺《うかが》うと、彼女《かのじょ》の姿は既になく、空になった食器だけが残されていた。

「ふぅ。気付かれなかった――わけないか」

冒険者がそんなに鈍《にぶ》いはずがない。

俺を見て問題ないと無視しただけのことだろう。

「サイ。もう食ってんのか？　早いな」

「あ、ルーカスさん。おはようございます」

掛けられた声に顔を上げれば、そこにいたのはニヤニヤと笑っているルーカスさんだった。

「おう。オヤジ、俺にもメシ！　――で、サイ、さっきの女が気になるのか？」

なんで笑っているのかと思えば、それかぁ。

俺はため息をついて、ルーカスさんの椅子を引く。

「見ていたんですか？」

「階段を下りてきていたら、お前があの女に熱～い視線を向けているのをな」

「別にそんな視線じゃなかったと思いますが。単に朝から大量の肉はキツそうだな、と」

「本当かぁ？　けど、ま、ああいうのは、大抵訳ありだぜ？」

ルーカスさんは俺の引いた椅子に腰を下ろし、俺に顔を近付けて声を潜《ひそ》めた。

「そうなんですか？」

「ああ。この町にいる冒険者は大抵ダンジョンが目的だが、ダンジョンは一人で潜れるほど甘いところじゃねぇ。持てる荷物は限られるし、休憩《きゅうけい》時に交代で警戒するなんてこともできねぇ。なのにあいつは一人だった。どう考えても訳ありだろ？」

などと、ダンジョンに潜った経験もないルーカスさんは供述しており。

その理屈《りくつ》には頷ける部分もあるのだが、少々大事な視点が欠けている。

「でも、ルーカスさん」

「なんだ？」

「俺みたいに、先に食事を摂《と》っていただけ、という可能性もあるのでは？」

「…………早くメシを食え。食っちまえ！」

俺の疑問にルーカスさんは答えず、宿の主人が持ってきた料理をがっつき始めたのだった。

◇　◇　◇

「それじゃ、そろそろ行くか」

ルーカスさんからさほど間を置かず、起きてきたアドニクスさんたちも朝食を終え、俺たちは準備を整えて宿を出ていた。

「ついにダンジョンですか？」

「違う。焦《あせ》るな」

アドニクスさんは呆れたように言うが、俺にだって理由はあるのだ。

「でも知っての通り、俺って、あんま余裕がないんですよ」

俺の旅の費用は、道中で受けた依頼の報酬《ほうしゅう》で賄《まかな》っているわけだが、基本的には旅を続けられるだけの報酬が得られたらすぐに先に進んでいたので、はっきり言って貯蓄はほとんどない。

それに対してアドニクスさんたちは、元々旅ができるだけの貯蓄があった上に、道中で受けた依頼の報酬は等分しているので、元の貯蓄の方はほとんど減っていないだろう。

ここの宿代と食事代も決して安くないし、そろそろ稼《せ》がないと、本当にヤバいのだ。

「心配しなくても、宿代と飯代ぐらいなら貸してやる。急いては事をし損じるぞ？」

「それはそうですけど……なら今からは？」

「まずは神殿《しんでん》だな。ここにはアドヴァストリス様の神殿がある。参拝しないわけにはいくまい」

アドヴァストリス様は、この世界で信仰《しんこう》されている五大神の一柱だったか。

この世界では神の実在が信じられているため、ほぼすべての人が神を信仰しているが、その信仰度合いは人により様々である。

この国だと熱心な信者の割合はあまり多くなく、折に触《ふ》れて神殿に詣《もう》でるぐらいだったはず。

それを考慮したとしても、ダンジョン探索《たんさく》という新たなことを始めるのだから、神殿で無事を祈《き》願《がん》しようというのは理解できなくもない。

けど、なんでそれがアドヴァストリス様なのか。

冒険者の守護神とか、そんな話はなかったと思うが……。

「皆さんって、アドヴァストリス様の信者だったんですか？」

それぐらいしか理由が思い浮《う》かばず、尋ねてみたのだが、返ってきたのは意外な答えだった。

「俺はアドヴァストリス様の神殿の孤児院《こじいん》で育ったからな。信者といえば信者になるか」

「えっ、そうだったんですか⁉」

「あぁ。孤児院を出た後は遮二無二《しゃにむに》努力してここまで来たが、今生きていられるのはアドヴァストリス様のおかげだ。感謝を忘れることはできない」

信仰心の薄い俺からすれば、それはアドヴァストリス様というより、その孤児院のおかげだと思うのだが、そのあたりは神の存在がより身近だからこその、意識の違いか。

「アド以外なら、テザスもそれなりだが、俺とマルコスは、アドが行くからってぐらいだなぁ。別に神様にこだわりはねぇし？　――あぁ、けどマルコスも結構熱心に祈《いの》っているか」

「おう、結婚できるようにな！　その点、アドヴァストリス様は都合が良いんだ！」

「えっと……結婚を司っているとか、そんな？」

縁結びとか、神社だと定番だったし、と思ったのだが、マルコスさんは首を振る。

「いや、女神《めがみ》様に『結婚したい！』と祈るのは恥《は》ずかしくねぇ？　ベルフォーグ様も男神だが、堅《かた》物《ぶつ》って話だしなぁ……。その点、アドヴァストリス様は緩《ゆる》いっぽい」

「寛大《かんだい》と言え。寛大と。……まぁ、冒険者に一番支持されている神様ではあるな」

神社で手を合わせるときに、願い事が恥ずかしいなどと、考えたこともなかったが、実在するとなると気になる……のか？

……うん、気になるかもしれない。本当に聞かれているのなら。

まぁ、神様だって暇《ひま》じゃないだろうし、一信者の願い事など、一々聞いていないだろう。

もっとも、それなら願う意味があるのかってことにもなるのだが、俺だって神社でお守りぐらいは買う。祈ることに不満があるわけではない。

既に場所は調べていたのだろう。

迷いのない足取りで進むアドニクスさんに先導されて、俺たちは神殿へ到着。

なかなかに立派な建物に感心しつつ中に入れば、アドニクスさんたちは早速《さっそく》祈り始めた。

もちろん俺は、作法なんて判らないので、それを真似《まね》るのみ。

えっと、まずはお賽銭《さいせん》を入れて——って、アドニクスさん、金貨一枚かよ！　多いな⁉

財布《さいふ》が寂《さび》しい俺は、ルーカスさんと同じ大銀貨一枚。

これでも厳しいのだが、ここで銀貨、ましてや銅貨を入れる心の強さは持ち合わせていない。

それから……膝《ひざ》をついて祈る、と。

えっと、アドヴァストリス様、どうか今後も無事でいられますように——。

《サイは現在レベル11です。次のレベルアップには1,880の経験値が必要です》

「えっ⁉」

「サイ、静かにしろ」

「え、今、なんか声が聞こえて……」

小声で注意されて俺は慌てて言い訳したのだが、そんな俺に向けられたのは、テザスさんの心配するような視線だった。

「……疲《つか》れているのか？　結構長い旅だったからな。もう一日ぐらい休むか？」

「いや、確かに声が……なんでもないです……」

テザスさんだけではなく、マルコスさんとルーカスさんからも呆れと心配が混ざったような視線を向けられたら、何も言えない。

間違いなく聞こえたはずと思いつつ、再度祈ってみるのだが、今度は何も聞こえなかった。

経験値とか言っていたと思ったんだが……マジで俺、疲れてる？

実はストレスが溜《た》まっていて、ゲームみたいな世界に来た影響から、ゲーム風な幻聴《げんちょう》とか？

けど、ステータスはあるんだよな、この世界。

と思いつつ、久しぶりにステータスを確認する。

名前：マサル
種族：人間（17歳）
状態：健康
スキル：【魔法の素質・水系】【健康】【長寿《ちょうじゅ》】
【若作り】【槍術《そうじゅつ》 Lv.3】【頑強 Lv.3】
【病気耐性《たいせい》】【毒耐性】【水魔法 Lv.3】
恩恵《おんけい》：【金運が僅かにアップしている気がする……かも？】

「ふぁっ⁉」

思わず漏れた声を抑《おさ》えるように、慌てて口に手を当てる。

が、それはあまりに遅かった。

「――サイ」

熱心に祈っていたアドニクスさんにまで低い声で注意され、俺は慌てて立ち上がった。

「す、すみません！　先に出ています！」

足早に神殿から出た俺は、再度ステータスを確認。

「……うん、間違いなくあるな。恩恵。こんな項目《こうもく》、今まではなかったよな？」

さっきの声も気になるが、こっちの恩恵も気になる。

というか、あれがあったから、これか？

このステータスは邪神《じゃしん》が作った物のはず。そして経験とかレベルもきっとそうだろう。

つまり、アドヴァストリス様があの邪神……？

神殿にあった像はよく見ていなかったが、あの時に見た邪神と――別に似てなかったよな？

まぁ、作者が実際の姿を知っているとは思えないし、そんなものか。

「しかしこれ、金運が上がってるのか、上がってないのか、どっちだよ……」

たぶん、【大金持ち】のスキルを取った影響だろう。

最初の所持金が増えることに加え、この恩恵が付く効果があったとしか考えられないが、今まで確認できなかったのは、神殿で祈っていなかったからか。

アドニクスさんたちは、これまでも自由時間なんかに参拝してたのかもしれないが、俺はそんなこと、考えもしなかったからなぁ。

「金運か……そういえば、最近は依頼運が良い、とか言っていたな」

これの影響かは判らないが、この町に来るまでに請けた依頼はいずれも普通に利益が出た。

決して凄く儲かるってわけじゃないのだが、得た報酬と働いた日数分の生活費がトントン、なんて働き損はなく。訊けば、普段は何件かに一件はそういうのもあるそうだから、侮《あなど》れない。

「地味に効果があるのか？　だとしたらありがたいが……」

既に諦めていた【大金持ち】スキルだけに、ちょっとした効果だったとしてもなんか嬉《うれ》しい。

――この名前だけはなんとかしろ、と思うが。

「経験値とレベルの方は……興味はあるが、あんまり気にしないのが正解かもな」

これまでそれを知らずに上手《うま》くやってきたのだ。

気にしすぎてバランスが崩れたりしたら本末転倒《ほんまつてんとう》。

「幸い、俺は良い仲間に恵《めぐ》まれたわけだしな。――ちょっとむさ苦しいのが難点だが」

それ以外は、経験のない俺も対等に扱ってくれる、この上ないパーティーメンバーである。

だから俺は経験値のことなどを頭の片隅《かたすみ》に片付け、彼《かれ》らが神殿から出てくるのを待つのだった。

◇　◇　◇

ダンジョンの入り口周辺は想像以上に賑わっていた。

まず目に入るのは、ダンジョンを塞《ふさ》ぐように立っているギルドの建物。ダンジョンの入り口へのアクセスはあの建物の中からのみに限定され、無許可での侵入《しんにゅう》を防いでいる。

その周辺に建ち並ぶのは、冒険者向けのお店。

酒場や食堂、武器屋に道具屋など、これから入る冒険者と出てきた冒険者をターゲットとしていると思われるお店が多い。

その中でも少し異色なのは、〝湯屋〟との看板が出ているお店か。

一瞬、お風呂屋《ふろや》かと期待したのだが、建物はそんなに大きくなく、訊いてみれば盥《たらい》一杯《ぱい》程度のお湯で身体を洗えるだけの施設《しせつ》らしい。

俺たちが今泊まっている〝独立独歩〟にも似たような施設が存在するが、宿屋によっては水のみ、もしくは小さな桶《おけ》一杯程度の湯しかもらえないところもあり、そのような宿に泊まっている人や、ダンジョンで酷く汚《よご》れ、宿まで我慢《がまん》できない人が利用するんだとか。

ゆっくりつかれる風呂なら利用してみたかったのだが、ちょっと残念である。

お店以外で目に付くのは、人、人、人。

まずは荷物運び《ポーター》の売り込み。

たくさん荷物が運べると自慢《じまん》の肉体をアピールしているが、アドニクスさんレベルの人は一人もいない。というか、いたら冒険者になっているだろう。

次に、仲間を募集《ぼしゅう》している冒険者。

ダンジョンに一人で入るのは厳しいので、臨時パーティーを組もうというのだろうが、このような場所で会った人といきなり組んで上手くいくのだろうか？

パーティー登録も必要だし、面倒《めんどう》で厄介《やっかい》なだけな気がする。

それとも、お試《ため》しで組んで浅い場所で慣らし、上手くいきそうなら本格的に、とかそんな感じなのだろうか？　それならまだ解るが……やっぱり面倒そうである。

最後はちょっと特殊《とくしゅ》。紙の束を持って歩き、冒険者に声を掛けている人。

耳を澄《す》ませば、どうもダンジョンの地図を売っているらしい。

俺たちにも声を掛けてきたのだが、ルーカスさんが軽く手を振って断ってしまった。

「地図、買わないんですね」

「あぁ。地図がある階層だけで適当に稼ぐなら買うのもありだが、どうせなら奥に行きてぇだろ？　自分でマッピングできるよう、浅い階層で練習しておかねぇとな。幸いここは地下通路タイプのダンジョンだ。俺でもなんとかなるだろ」

ちなみに、地下通路タイプのダンジョンとは、石造りの通路が続くダンジョンのことである。

ゲームなんかでもよく見るし、ダンジョンと聞いて最初にイメージするようなタイプだろうか。

他には地下洞窟《どうくつ》タイプや、ダンジョン内なのに何故か屋外のように見える森タイプや草原タイプ、それらに分類されない特殊タイプなど、いろんなダンジョンがあるらしい。

「将来的には判らないが、荷物運《ポーター》びも雇うつもりはない。……下手したら、赤字になるしな」

「あぁ、いきなりガッポガッポとはいきませんよね、俺たち、ダンジョンでは初心者ですし」

「そういうことだ。慎重《しんちょう》に、だな。さて、そろそろ中に――」

アドニクスさんがそう言ってギルドの建物に向かおうとしたその時、俺たちの進行方向を遮るように、一人の男が立ち塞がった。

片手に槍を持ち、アドニクスさんたちほどとは言わずとも、ムキムキで鍛《きた》えられた身体。

おそらくは仲間募集の冒険者と思われるその男は、俺の方をバカにしたように見てから、先頭を歩くアドニクスさんに声を掛けた。

「オイオイ、あんたら。そんなひ弱そうなボウヤより、オレの方が役に――」

「「「……」」」

「なんでもないです」

アドニクスさんたち四人に無言で睨《にら》まれた直後、男は速《すみ》やかにフェードアウトした。

そりゃそうだろう。この四人に睨まれたら、俺だって全力でフェードアウトする。

四人にはそれだけの迫力がある。

逆に言えば、それに見合わないのが俺。

「すみません、庇《かば》ってもらって」

思わず口を衝《つ》いた言葉を打ち払うように、マルコスさんがパンパンと俺の背中を叩く。

「ハッハッハ、気にするな。むしろ俺たちが、お前を引き抜かれないようにしてるんだぜ？」

「そうそう。サイは槍を持ってるから、あまり強そうじゃねぇ槍使いに見えるんだろうが、真価はそっちじゃないからなぁ。――外見に似合わず、槍も十分な腕《うで》を持っているわけだけどよ」

「ダンジョン攻略には信頼が大事だと思っている。その点、サイは信頼できるからな」

「気にするな。お前も大人になれば大きくなる」

うん、慰めてくれてありがとう。

でもテザスさん。俺は一応大人です。そして成長期は既に終わってそうです。

スキル【健康】があっても、ここ半年で身長が伸《の》びた様子がないんだから！

くっ……、せめて、せめて、あと数センチは身長が欲《ほ》しかった！

四人とも、高身長なのが羨《うらや》ましぃぃぃ‼

しかし、俺は大人。大人なのである。

「……そうですね、ありがとうございます。さあ、早くダンジョンに行きましょう」

大人な俺は顔で笑って、心で泣いて。

アドニクスさんの大きな背中を押すようにしてギルドの建物へと入ると、すぐに目に飛び込んできたのは、中央奥に堂々と取り付けられた頑丈そうな扉だった。

今はそれが大きく開かれ、その前では数名のギルド職員が冒険者のチェックを行っていた。

俺たちもそこへ向かい、木札とギルドカードを見せて奥へ進めば、すぐに見えてくるのが下へと続く階段。その先がダンジョンである。

「思った以上に……薄暗いですね」

「そりゃ、光源がこれだけだからなぁ」

初めて入ったダンジョンの中には、一切の光が存在していなかった。

明かりとなるのは、俺とルーカスさんが持つランタンのみ。

こちらに来て幾度《いくど》も経験した野宿で、暗闇にはある程度慣れたつもりだったが、こうしてみると、星明かりというものが案外明るかったことに気付かされる。

今この状態で魔物が出現したら……結構危ないかもしれない。

「ふむ。少し目を慣らす必要があるか」

「だな。それじゃその時間を利用して、まずはここ上層での稼ぎ方を伝えておくぜ？　方法としては大まかに三つ。魔石で稼ぐか、毛皮で稼ぐか、肉で稼ぐか。まぁ、出現する魔物が大まかにその三種類に分けられるだけで、狙って斃《たお》すってものでもねぇらしいが」

魔石で稼ぐタイプは、逆に言えば魔石以外は価値がない魔物である。

ゴブリン系統がこれにあたり、他にはケヴァン・コボルトという魔物が出てくるらしい。

「このへんは基本的には雑魚《ざこ》だな。斃すのにそんなに苦労しねぇが、魔石も安い。メリットは魔石以外は回収しないから、嵩張《かさば》らないことだ。ただ、たまにゴブリン・リーダーが出てくるらしくてな。コイツは結構強いから警戒が必要だ」

「ゴブリン・リーダー……。アドニクスさんなら大丈夫ですか？」

「邪魔が入らなければ問題ない。だが、他のゴブリンを指揮するから厄介だ。油断はできない」

俺は戦ったことがないのだが、慎重なアドニクスさんが『油断はできない』ってレベルか。

つまり、普通なら問題ないと認識。これまでの経験からして。

他の三人の表情からしても、間違っていないだろう。

「毛皮を狙うタイプの魔物は夜行鼬《ナイト・ウィーズル》と短角鹿《ショートホーン・ディア》だな。たくさん狩《か》ることができるなら前者が儲かるらしいが、そう頻繁に遭遇できるわけでもねぇ。どちらかといえば後者の方が狙い目らしい。肉も売れるから、一匹《ぴき》でそれなりに儲かるんだと」

大まかに前者が金貨一枚、後者が金貨三～四枚。ただし、鹿の方は数十キロの肉を持ち帰ってそれなので、普通は荷物運《ポーター》びなしで狩れるのは二、三匹が限界だろう。

前者は毛皮だけを持ち帰れば良いので、重量当たりならそちらの方が儲かる。

鹿の肉がもう少し高く売れれば良いのだが、クセのある肉なので買い叩かれてしまうらしい。

「肉がメインの魔物は大鼠《おおねずみ》と巨大蝙蝠《ジャイアント・バット》。大鼠は金貨一枚足らず、巨大蝙蝠《ジャイアント・バット》は金貨三～四枚。一匹当たりの稼ぎは短角鹿《ショートホーン・ディア》と同じぐらいだが、危険度はこっちの方が高い。暗闇から音もなく襲いかかってくるらしい。十分に注意してくれ」

いずれも肉の味は短角鹿《ショートホーン・ディア》以上で単価も高く、更に巨大蝙蝠《ジャイアント・バット》はその皮膜《ひまく》が珍味《ちんみ》なので、重量当たりでいえば、夜行鼬《ナイト・ウィーズル》の次に儲かるらしい——危険度も高いようだが。

「ちなみに、宿で出てきた肉は？」

「鼠だろうな、値段からして。鹿の可能性もあるが、臭《くさ》みがなかったからな。別料金だが、酒の肴《さかな》には巨大蝙蝠《ジャイアント・バット》の皮膜とかもあったぞ？」

「……そうですか」

今更《いまさら》鼠の肉程度でびびったりはしないが……そうか、あの肉、鼠だったのか。

そして巨大蝙蝠《ジャイアント・バット》の皮膜……美味《うま》いのか？　鳥皮みたいなのだろうか？

「でも、ルーカスさん、よく知ってますね？　昨日来たばかりなのに」

「おいおい、サイ。俺が何も考えずに飲んでいたと思うのか？　当然、情報収集はしてたぜ？」

「ですよね、さすがルーカスさん。信じてました」

嘘《うそ》です。久しぶりの町に浮かれて、深酒したと思ってました。

ちなみに他の三人は……視線が合わないな？

「誰か、他の情報があったりは……」

「「「………」」」

返ってきたのは沈黙《ちんもく》だった。

ま、まぁ、情報収集はルーカスさんの担当だしな？

「さて、そろそろ目も慣れたんじゃねぇか？　先に進もうぜ」

微妙になった空気を振り払うように、ルーカスさんが手を振って促す。

俺たちはその声に揃《そろ》って頷くと、ダンジョンの奥へ一歩を踏み出した。

◇　◇　◇

ダンジョンの攻略は順調だった。

楽勝で儲かるという話ではなく、順調。

宿代や食事代、それにダンジョンの使用料を加えると、一日七〇〇〇レアは稼がないと赤字になってしまうのだが、少なくともそれを下回る日はなく、俺の貯蓄も僅かながら増えている。

これまで遭遇した魔物の中で一番の狙い目は、やはりルーカスさんお薦《すす》めの短角鹿《ショートホーン・ディア》。

俺の知っている鹿よりも二回りほどは大きく、体重も一〇〇キロ前後はあるだろう。

その名の通り角が小さいため、威圧感《いあつ》はさほどでもないのだが、それで危険度が低いかといえば、決してそんなことはない。

短いながらも鋭《するど》い角に刺《さ》されれば、場所によっては致命傷《ちめいしょう》になるし、体重が一〇〇キロもあれば突進力もなかなかのもの。もしも俺であれば、簡単に吹《ふ》き飛ばされてしまうだろう。

だが俺たちには、テザスさんという頼りになる盾役が存在する。

その大きな盾で確実に短角鹿《ショートホーン・ディア》の動きを止め、そこを俺の槍やマルコスさんの剣が止《とど》めを刺す。

アドニクスさんの大剣は威力《いりょく》が大きすぎて素材がダメになってしまうため、出番はなし。

ゴブリンやケヴァン・コボルトのように、魔石以外は回収しない魔物専用である。

そしてルーカスさんの担当は、夜行鼬《ナイト・ウィーズル》や巨大蝙蝠《ジャイアント・バット》のように動きの速い魔物。

もちろん、役割が固定されているわけではないのだが、全体としてはバランスの取れたパーティーと言って良いんじゃないだろうか？

……まぁ、稼ぎが順調なのは、『筋肉』のおかげでもあるんだが。

俺であれば、短角鹿《ショートホーン・ディア》一匹分の肉すら、その全部を持ち帰るのは厳しいのに、アドニクスさんたちは一人で一匹分を軽く持つ。一番細いルーカスさんも含めて。

こんなマッチョがパーティーにいない冒険者なら、一匹狩る度にダンジョンを出るか、専門の荷物運び《ポーター》を雇うか、もしくは魔石のみに限定してひたすら狩るか。

いずれにしても、浅い階層でコンスタントに稼ぎ続けるのは大変だろう。

そうなるとちょっと無理して深い階層に向かったりするそうだが、『筋肉』のおかげで、俺たちはそんな危険を冒《おか》すことなく、コツコツと探索を進めることができているわけだ。

全員の一大目標である結婚については影《かげ》すら見えないが、元々ここでの目的は金稼《かねかせ》ぎ、結婚相手を見つけようとは思ってもいないので、そこは問題になっていない。

そんなわけで、普通に稼げている俺たちの表情は明るく、パーティーの雰囲気も良い。

一泊二日のダンジョン探索から無事に帰ってきた今日も、宿の食堂で祝杯《しゅくはい》を挙げていた。

「……それでも、多少の潤《うるお》いが欲しいと思うことはあるけどなぁ」

ポツリと漏らした俺の言葉に反応したのは、隣《となり》に座って飲んでいたルーカスさん。

俺の肩に腕を回して、酒臭い息を吐きながらニヤニヤと笑う。

「お、なんだ、サイ。一発行っとくか？　奢《おご》ってはやれねぇが、付き合ってはやるぞ？　それぐらいの金は貯まったんじゃねぇか？」

「貯まってないですよ……たぶん」

娼館には安い所もあるようだが、サービス内容というか、サービスしてくれる人というか、そのへんも値段なり、らしい。聞いたところによると。

『それなりでも楽しめるぞ？』とはマルコスさんの言だが、なんといっても俺は初めてなのだ。綺麗で良い思い出にするためにも、そんなところには行きたくない。

――なお、娼館で初体験するのが良い思い出なのか、という疑問については考えない。

欠片《かけら》も見当たらない機会を待てるほど、俺は賢者《けんじゃ》じゃないのだ。

だからこそ少しでも良い娼館に行くべく、頑張ってお金を貯めているんだが……ピンキリなんだよなぁ、娼館の値段って。

安いところなら夕食一回分、高いところなら庶民《しょみん》一ヶ月分の稼ぎを掻《か》き集めてもまだ足りない。

なんか、青楼《せいろう》って分類の娼館に行けば、本当に夢を見させてくれるらしいが、これについてはアドニクスさんたちから全力で止められた。

曰《いわ》く、『あれは素人が手を出して良いところじゃねぇ』、『童貞なんか一撃』、『夢を見るためだけに金を稼ぐようになる』、『一回分ならどうにかなるが、後が続かず破産する』。

簡単に言えば、一度体験するとそれが忘れられず、全財産を注ぎ込むほどのめり込んでしまい、借金まで重ねて身を持ち崩す人も少なくない、ということのようだ。

別にヤバい薬を使っているわけじゃないので、強い意志があれば問題ないようだが、ギャンブルやら、ガチャやら、アイドルやら、元の世界でも多くの実例を知っている身としては、ちょっと安易には手を出せない。自分の意志の強さに、自信はないし？

「それからルーカスさん、その手の動きは止めてください。周囲の視線が……」

「おいおい、気にするような相手がどこにいるよ？」

一発、とか言いながら、ルーカスさんがやっていた卑猥《ひわい》な手の動きを制せば、ルーカスさんは呆れたように周囲に視線を巡《めぐ》らせ、すぐに何かに気付いたかのようにニヤリと笑った。

「それともあれか？　あいつの視線が気になるのか？」

ルーカスさんがそっと示すのは、俺が最初の朝に見かけた一人の冒険者。

俺たち同様にここを定宿としているようで、見かける機会も多い。

あの時は顔を確認できなかったのだが、改めて見たその顔はかなり可愛かった。

笑ったところは見たことがないし、切れ長の目が少しきつく感じるが、それでもなお魅力《みりょく》的。

身長は俺と同じぐらいであまり高くなく、威圧感はないし、冒険者には珍しく普段の所作にも荒々《あらあら》しいところがない。

そんな娘《こ》だから必然的に目が吸い寄せられるのだが――。

「どうせこちらのことなんて気にしてませんよ。彼女は目立ちますが、こっちは違いますからね」

そう。こちらは彼女を知っていても、彼女からすれば俺なんてその他大勢。

俺が何をしているかなど、目にも入っていないだろう。

「……そういえば、彼女、一人なんですね」

以前のルーカスさんとの会話を思い出し、俺がそんなことを言えば、ルーカスさんは自分の推理が当たっていたことが嬉しいのか、得意げに笑う。

「だろ？　やっぱり訳ありだったただろ？　あいつ、パーティーも組まず、荷物運《ポーター》びも雇わず、一人でダンジョンに入っているみたいだぜ？」

「調べたんですか？」

言葉に僅かに責めるような色が混じったからか、ルーカスさんはひょいと肩をすくめた。

「耳に入ってくるんだよ。色々と情報収集していると、な。……聞きたいか？」

「うっ。…………聞きましょう」

悩《なや》んだ末に言葉を絞《しぼ》り出す俺。

悪趣味だとは思うが、気にならないといえば嘘になる。

好奇心《こうきしん》に負けた俺は、ルーカスさんの話に耳を傾《かたむ》ける。

「つっても、積極的に調べたわけじゃねぇからな。真偽《しんぎ》不明として聞いておけ。まず名前はエステル。一見すると軽戦士って格好だが、火魔法も使えるらしい。お前に少し似ているな」

「火魔法……それは便利そうですね。俺の魔法より」

「卑下《ひげ》すんな。お前の水魔法もダンジョン探索には欠かせねぇ魔法だぜ？」

「そう言ってくれると、ありがたいですが……」

転生時には判らなかったのだが、水魔法には攻撃魔法が少なく、低レベルではほぼ皆無《かいむ》。

故に今の俺の攻撃手段は槍のみである。

それでもそれなりには戦えているが、他四人と比べると、攻撃力の低さは如何《いかん》ともしがたい。

「いやいや、マジで助かってるからな？　好きなだけ水が使えるのは、やっぱ強《つえ》ぇよ。水なしでの解体とか、シャレにならねぇ苦行だぜ？」

俺もやっているからそれは解る。

解体するときには専用の手袋《てぶくろ》を使うし、慣れればそこまで汚れずに済むのだが、相手は魔物。いつも綺麗に斃せるわけじゃないし、戦闘中に血で濡《ぬ》れることは少なくない。

それを洗い流せることは、長時間ダンジョンに潜る上では、かなり重要である。

「確かに火魔法での攻撃は魅力的だが、それは担当の違いというやつだ。俺たちだって、それぞれ得意なことがあるだろ？　――それじゃ、続けるぞ？　と言っても、もう大した情報はないんだが。

あいつも以前はパーティーを組んでいたんだが、そこで何かトラブルがあったようでな」

ルーカスさんも、エステルについての情報は『耳に入った』だけなので、詳しくは知らないようで経緯《けいい》は不明なのだが、結果としてエステルはパーティーを解消、今は誰とも組むことなく、一人でダンジョンに潜ることを続けているらしい。

「パーティートラブルですか。幸い俺は恵まれましたが……」

「俺たちもそうだぜ？　若干《じゃっかん》、不安はあったからな、新しいヤツを入れるのは。俺たち、冒険者になったころからずっと組んでたからなぁ。——裏切り者は出たが。けっ！」

やさぐれた言葉を吐き出すルーカスさんだが、実際のところ、本気で裏切り者とは思っていないことを、俺は知っている。

——いや、結婚に関しては裏切りなんだろうが、友情が切れたわけではない、と言うべきか。

「でも、結婚祝いを贈《おく》ったんですよね？　全員で」

「……アドか？　まぁ、手切れ金ってやつだよ」

などと憎《にく》まれ口を叩くが、こじれた男女間じゃあるまいし、本当に手切れ金もないだろう。

思わず笑った俺のコップに、ルーカスさんは酒を注ぐ。

「そんなのどうでも良いから、飲め、飲め！　冒険者、飲めなきゃナメられんぞ？　特にお前は外見が子供っぽいんだ。多少のはったりは必要だぜ？」

「はぁ、いただきます」

微妙にアルハラっぽいが、俺は勧《すす》められるまま、コップを傾ける。

酒自体はそんなに美味いとは思わないのだが、酒精が少ないのか泥酔《でいすい》することはないし、つまみの方はいろんな種類があって結構美味いので、最近は酒に付き合う機会も増えている。

ちょっと気になっていた巨大蝙蝠《ジャイアント・バット》の皮膜も食べてみたのだが、少し塩味が強いものの、パリパリとした食感が面白《おもしろ》く、味もそんなに悪くなかった。

「……ふぅ。明日はいよいよ、四層ですね」

「そうだな。ま、ここのダンジョンは一層当たりの面積も広いし、最下層の深ささえ判ってねぇ。まだまだ序の口だな」

「ですねぇ。宝箱も見つかってないですし」

ダンジョン内に時折現れるという宝箱。

その中には非常に高価な物が入っていることがあり、時にはパーティーメンバー全員、一生遊んで暮らせるような額になることもあるという。

俺たちはダンジョンに慣れるという意味もあり、一層、二層、三層と、虱潰《しらみつぶ》しに歩いているのだが、発見した宝箱の数はゼロ。空っぽの宝箱すら見たことがない。

「バッカ、おめぇ、こんな階層で見つけられるのは、よっぽど幸運なヤツらだぞ？　そもそも、入ってる物《もん》も、かなりしょっぺーらしいからなぁ」

宝箱を見つけた喜びに飛び上がったかと思ったら、中に入っていたのは錆《さ》びた鉄剣一本。

そんな事例は珍しくない――というか、一桁《けた》階層ぐらいだと、大半がそんなレベルらしい。

「サイが夢見るような一攫千金《いっかくせんきん》は、最深部に潜ってるヤツらの特権だな。俺たちはまだまだだ」

「今って、三五層でしたっけ？」

「公開されているのはな。それより先に潜っているパーティーもいねぇとは限らねぇ」

探索中の階層を公言して得られるのは、名声のみ。

その代わりに色々と煩《わずら》わしいことも増えるだろう。

最前線にいる冒険者からすると、メリットとデメリット、どちらが多いのか。

「ま、俺たちには当分、関係ないことですねぇ。先は長いです」

「だが、目指すんだろ？　折角迷宮都市に来たんだ、男として当然だよな？」

「もちろんですよ。一緒に頑張りましょう！」

「おう！　そいじゃ、俺たちの前途が洋々たるものであることを祈って」

「そして、無事に結婚できることを願って」

「「乾杯《かんぱい》‼」」

俺とルーカスさんは共にコップを掲《かか》げ、それをコツンとぶつけたのだった。

◇　◇　◇

俺たちの探索は、四層に進んでも変わることなく順調だった。

大きな違いといえば、一泊二日の探索行が二泊三日になったぐらい。

冒険者の数が少し減ったことで魔物との遭遇機会は増えたが、その強さ自体には変化を感じられず、戦闘も堅実なもの。多少の難点といえば、マッチョたちでも取捨選択《せんたく》が必要になるほど、得られる素材の量が増えたことぐらいか。

価値が高い物を優先して確保しつつ、ときには魔物から隠れて探索を進め、ついに第五層。

このダンジョンで一つの区切りと言われる階層に、俺たちは足を踏み入れる。

何故五層が区切りなのか。

それは魔物の種類に変化がないのが、この階層までだからである。

第六層からはやや手強《てごわ》くなる上に、往復に掛かる時間も長くなる。

ここから先に進むか、それとも五層までに留まり、程々に稼げることに満足するか。

冒険者としての心意気が試される、一つの分岐点《ぶんきてん》。

もちろん、五層までで探索を続けても下手な依頼を請けるより稼げるのだから、それを選ぶこともまた堅実であり、決して間違いではない。

もしも結婚などしていたら、まず選ぶべき選択肢《せんたくし》だろう。

しかし俺たちは、自由なバチェラー《独身者》。

こんな所で停滞《ていたい》するつもりはない。

そんなわけで我らが〝結婚したい同盟〟は臆《おく》することなく探索を進め、五層に足を踏み入れて丸一日ほど。今回はそろそろ引き返そうかと話していたそんな時、それは起こった。

――突然、俺の足下《あしもと》から地面が消えた。

「えっ？」

声を出す暇もあればこそ。

即座《そくざ》に襲う浮遊《ふゆう》感と尻に走る衝撃《しょうげき》。

それが落とし穴によるものと理解する間もなく、驚きに目を見開いたテザスさんの姿が消え、俺の身体はスロープのような物を滑《すべ》り落ち始める。

「――っ！　落とし穴⁉」

咄嗟《とっさ》に側面の壁《かべ》を探《さぐ》るが、手の届く場所にそれは存在しなかった。

それならばと手のひらや足の裏を斜面《しゃめん》に押し付け、なんとか耐《た》えようとするが、その程度で止まるなら罠《わな》として欠陥品《けっかんひん》だろう。

そして俺の落ちたその罠は、しっかりとした良品だった。

さほども速度が緩むことはなく、俺の身体は滑り続ける。

ただ俺にできるのは、手に持つランタンを壊《こわ》さぬようにしっかりと抱《かか》えることだけ。

そうして俺は、暗く長いスロープの中を、ジェットコースターも斯《か》くやという速度で疾走《しっそう》するのだった……。


「何が起きた！」

アドニクスは背後から聞こえた声に即座に振り返ったが、そこで発生していた異変は、ただサイの姿が見えなくなっていることだけ。サイが落下した落とし穴の形跡《けいせき》もない。

それ故、状況《じょうきょう》を理解したのはテザスの言葉を聞いてからだった。

「落とし穴だ‼　サイが落ちた！」

「落とし穴⁉　ルーカス！　お前、見落としたのか！」

「そんなはずねぇ！　ねぇが……クソッ。どういうことだ。何故気付かなかった……」

ルーカスはテザスの言葉を強く否定したが、事実としてサイは落とし穴に落ちている。

悔《く》やむように額に手を当てるルーカスに対し、マルコスはサイが消えた辺りに屈《かが》み込み、地面に手を当てて、首を捻る。

「痕跡《こんせき》も残ってねぇぞ、この落とし穴。なんだこれ」

「テザス、ここに穴があいたんだよな？」

「間違いない。サイの姿が滑り落ちるように消え、すぐに元の地面に戻った」

「くっ、魔法的な落とし穴かよ。それなら俺が気付けなかったのも解るが……くそったれが！」

地面を蹴《け》り付けるルーカスを落ち着かせるように、アドニクスがその肩に手を置く。

「ルーカス、悔やむのは後だ。なんとかなるのか？」

「これは俺たちには反応しなかった。可能性が高いのは、魔法使いに反応する罠ってことだが、そうである以上、俺たちがこの落とし穴をあけるのは難しい――いや、無理だ」

希望的観測を排除《はいじょ》するように言い直したルーカスの言葉を聞き、アドニクスは暫《しば》し瞑目《めいもく》して唸《うな》るような声を漏らしたが、すぐに頷いて目を開けた。

「――そうか。お前たち、急いで帰るぞ」

「アド！　お前、サイを見捨てるつもりか‼」

「冷静になれ、テザス。俺たちがここまで来られたのは、サイの水魔法があったからだ。残りの水と食料、あいつを捜索《そうさく》するのに十分な量か？　確実に、この階層より下に落ちたんだぞ？」

「それは……」

「幸い、あいつは自分で水が確保できるし、食料もある。味は悪いが非常食も持たせてある。慎重に行動すれば、それなりの日数生き延びられるはずだ。違うか？」

全員の顔を見回し、誰からも他の案が出ないのを確認し、アドニクスは再度頷く。

「よし。まずは水と食糧《しょくりょう》を持てる限界量、補給する。この状況だ、ダンジョンの地図も買えるだけは買う。――帰還《きかん》するぞ」

◇　◇　◇

人生最高のスリルを体験させてくれたアトラクションは、唐突《とうとつ》に終わった。

不意に襲った浮遊感に、必死にランタンを掲げて周囲を観察。

地面の位置を確認し、着地体勢に。

ドンと足を着いて、三歩ほど蹈鞴《たたら》を踏み、停止。

「ふぅ。一〇・〇、とはいかないが、まぁまぁ？　怪我しなかっただけで――」

などと、少し調子に乗った俺をかすめて、ザクッと地面に突き刺さる物が存在した。

細く長く、とても見慣れた物。

そう、落下する時に俺が手放してしまった相棒である。

「おわっと！　槍衾《やりぶすま》はなかったのに、自分の槍に刺されて死んだとか、笑い話だぞ」

笑えるのは俺以外、話を聞いた第三者だけだろうが。

なんとなく、『相棒を手放してランタンを守るとか、どうよ？』とか、槍が言っているような気がするが、きっと気のせいである。

「実際、ランタンを失っていたら、俺、死んでたと思うしな」

足を折ったりすることなく着地できたのは、ランタンの明かりがあったからこそ。

もしも骨折などしてしまえば、即座には死ななかったとしても、着実に死の足音は近付いてきていただろうし、周りが見えなければ暗闇でただ震《ふる》えることしかできなかっただろう。

「ってことで、お前を頼りにするのはこれからだぞ？」

そんな言い訳をしつつ、俺は槍を手に取り、落ちてきた場所を見上げる。

高さとしては……五メートルぐらいか？　そんな所にスロープの出口が存在するが、そこを遡《さかのぼ》って元の場所に戻れるかといえば、どう考えても無理だろう。

スロープの出口までならまだしも、そこから先の長さ。

慌てていたこともあり、どれだけの時間滑り落ちていたのかは不明確だが、素人がちょっと頑張ったぐらいで登れる距離でないのは解るし、道具もなしに挑《いど》むのは自殺に等しい。

「遭難《そうなん》時はその場を動かず、救助を待つのが鉄則と聞くが……この場合はダメだよなぁ」

律儀《りちぎ》なアドニクスさんたちが俺をあっさり見捨てるとは思わないが、現実問題としてすぐに救助に来られるかといえば、まず不可能だろう。

レスキュー隊なんかいるわけでもないし、他人《ひと》の助けを期待するのは無駄である。

それにこれでも俺は冒険者、戦う力のない無力な一般人《いっぱんじん》というわけではない。

「極力自力での脱出《だっしゅつ》を目指す。これだよな。――戦闘力に不安はあるが」

魔法が使えるといっても、俺の使える水魔法は攻撃ではほぼ役に立たない。

頼みの綱《つな》は槍で、アドニクスさんにはそれなりに才能があると言われたが……。

「ネックは槍の品質か。こんなことなら、買い換《か》えておけば良かった」

安物というわけじゃないが、これまでの戦いはテザスさんという最強の盾があってこそ。

短角鹿《ショートホーン・ディア》の突進を正面から受け止めたとして、俺はもちろん、槍の方も耐えられるかどうか。

「……可能な限り、逃げる。そして、上への階段を探す。それしかないだろうな」

俺はそう結論を出し、持ち物を確認する。

水袋に残っている水は僅かだが、それに関しては問題ではない。

食料は数日分に加え、『万が一に備えて持っておけ』と言われて買った非常食。

味は最悪に近いが、コンパクトで活動に十分な栄養価だけはあるらしい。

「ランタンの油は、節約すれば一〇日、いや一五日ぐらいは保《も》つか？」

ランタンを持って歩くのは俺とルーカスさんが多かったが、慎重なアドニクスさんは予備も兼《か》ねて全員にランタンを持たせていたし、油は均等に消費するよう調整していた。

おかげで俺の持つ油瓶《びん》にも、まだまだ十分な量の油が残っている。

「あとは俺の魔物運か……」

これまでは、稼げる魔物に遭遇することを願っていたのだが、現在はひたすら遭遇しないことを祈るのみ——そう、本気で祈る。アドヴァストリス様に。

「俺の金運、仕事しないでくれよ……頼みます、アドヴァストリス様！」

稼げるけど強い魔物とか、いらないですからね、マジで！

今は金より、安全の方が重要。

どんな高価な素材も、持ち帰れなければゴミなのだ。

あのノリだと、『気が向いたから、レアモンスター出しちゃおう！』とかやりそうで怖い。

——いや、できるのかどうかは知らないが。

「しかし、こんなことなら、マッピングの道具も買っておくべきだったか」

俺が落ちてきた場所は小部屋のような所だった。

出口は一つしかなく、迷うべき選択肢すらないが、先に進めばその限りではないだろう。

これまで通過してきた階層からして、俺の記憶《きおく》力で迷わずに進むことなど、できるはずもない。

「……それでも、進むしかないよなぁ」

俺はこの世界に来て初めて感じる心細さを押し殺し、足音を立てないようにして通路を進む。

ランタンの明かりがある以上、目立つことは避けられないが、消してしまえば先には進めないし、そもそも暗闇でも見える魔物と見えない俺、ランタンを消して不利なのは、確実に俺である。

じりじりと歩みを進め、数分ほど経《た》ったころだろうか。

突如《とつじょ》、暗闇の中から声が響《ひび》いた。

「誰です！」

「け、決して怪《あや》しい者じゃ……！」

それに対して俺の口を衝いて出たのは、怪しい人が発する定番台詞《ぜりふ》だった。

慌てて「本当に！」などと付け加えてみたが、どう考えても無意味である。

なんとか弁明を、と声の主を探してみれば、ランタンの明かりが届くギリギリの場所にいたのは、こちらに向かって剣を構える女の子だった。

「君は――」

エステル、と言いかけて、俺は言葉を呑《の》み込む。

そこにいたのは〝独立独歩〟に泊まっていて、単独で活動している女の子の冒険者。

ルーカスさんから聞いて名前は知っていたが、知らない男が自分の名前を知っていたりしたら、普通に気持ち悪いだろう。

どうやって声を掛けるべきかと悩む俺に対し、彼女はこちらの顔を確認して、何か考えるように眉《まゆ》を顰《ひそ》めた。

「確か……あなた、私と同じ宿に泊まっていましたね」

「えっ？　俺のことを知って……？」

「目立ちますからね、あなたは」

俺がエステルを覚えているのは、ある意味で当然。

若い女の子の冒険者なんて珍しく、パーティーも組まずに行動しているとなれば、どうしても目に付くし、それが可愛いとなれば覚えていないはずがない。

それに対して俺は、特徴《とくちょう》のない普通の男。

ダンジョンに入る冒険者の中では少し若いかもしれないが、珍しいと言うほどではない。

そんな俺の顔を覚えていてくれるとか、もしかして俺のこと――。

「――大人の中に子供が交じっているようで」

だよな！　そんな都合の良い妄想《もうそう》、現実になるわけないよな‼

もちろん知ってた。

でも、ちょっと悲しい。

「気になっていたんですよ。ベテランの中にあなたのような子供が一人……一体どのような取り引きがあったのか……。まさか！　い、いけません、そのような‼」

「違うわ！　普通にパーティーメンバーだ！」

頬《ほお》を染めて首を振る彼女に、俺は慌てて声を上げる。

何を考えたのかは知らないし、あえて考えない。

考えないが、『ここは絶対に否定しておくべき』と俺の魂《たましい》が囁《ささや》いた。

「そうなんですか？　どこかに通報したりする必要は――」

「ないから！　寄生とかじゃなく、普通に役に立ってるから！　俺、一応、魔法使い！」

「まぁ、それで。なら理解できますね。子供でも」

「子供でもねぇから！　あの中に交じったら子供に見えるのは理解してるが、一七歳だから！」

「えっ……？　私と同じ？　どう見ても年下にしか……」

「ひでぇな！　おい！　――あ～、近付いても良いか？」

目を丸くしているエステルに、俺は思わずツッコミを入れ、そんな提案を口にする。

さすがにランタンの明かりが届くギリギリの距離では話しにくいし、魔物のことを考えても、あまり大きな声を出すのは避けたい。

エステルは俺の顔をじっと見て、少し考えていたが、ゆっくりと頷いて剣を下ろした。

「……構わないでしょう。でも、妙な真似をしたら、容赦《ようしゃ》しませんよ？」

「しない、しない。そもそも俺の方が弱いだろうし。取りあえず、自己紹介しておく。サイ、ランク二の冒険者だ。槍と水魔法が使える。魔法の方は、水を出すぐらいしかできないが」

「では、私も。エステルです。ランク五の冒険者、剣と火魔法が使えます」

俺の素性《すじょう》が判って、少しは警戒を解いてくれたのか、エステルは胸元《むなもと》に右の手のひらを置いて、笑みを浮かべて挨拶《あいさつ》を返してくれた。

「ランク五……凄いな、俺と同じ歳《とし》で」

「運に恵まれた結果――いえ、私、運はないんでした。悪運に恵まれた結果、でしょうか。ここにも罠に掛かって落ちてしまいましたし。ふふふ……」

哀愁《あいしゅう》漂《ただよ》う表情で、遠くを見るエステル。

ルーカスさんに聞いた話から想像するに、確かにエステルの運はなさそうである。

だが、それを乗り越《こ》えてランクを上げ、現在も生き残っているのだから、彼女の実力もさることながら、決定的に運が悪いということもないだろう。

「エステルも落とし穴に落ちたのか？」

「あなたも——ですよね、あちらから歩いてきたということは。えぇ、そうです。見事に嵌《は》まってしまいました。まさか、あんな落とし穴があるとは予想外でした」

「ルーカスさん——俺の仲間も見つけられなかったみたいだからな。俺以外は落ちてないのが不思議だが……魔法使い、魔力に反応したのか？」

「あり得ますね。まだ浅い階層にあれほどの罠があれば、必然的に話題になるはずです。そうなっていない以上、ほとんど罠に掛かる人がいないと考えられます。——そんな罠に掛かったのが、私たちなんですけど。不運です」

エステルは深いため息をつくが、俺は少しだけ心が軽くなっていた。

「俺からすると、エステルに会えたのは不幸中の幸いだな。正直、俺一人だと無事に帰れるとは思えなかったからなぁ。どうだ？　外に出るまで、一緒に行動してくれないか？」

心が軽くなったのは、可愛い女の子と一緒に行動できそうだから、ということもあるが、一番の理由はやはり戦力。

五層までならなんとか戦えたが、それも敵が単独であればこそ。

複数になれば斃せそうにない魔物は多かったし、どこまで落ちたかは不明だが、絶対に五層より下であるこの階層なら尚更《なおさら》だろう。

自分一人で生き延びられると思うほど、俺は楽観主義者ではない。

対してエステルは、普段から一人で行動しているだけに、俺ほどには切迫《せっぱく》していないだろうし、初対面に近い相手とパーティーを組むリスクを考えれば、断られる確率も高い。

だからといって、この状況で提案しないのはバカである。

場合によっては泣き落としや土下座すら厭《いと》わぬ覚悟《かくご》だ――効くかどうかは怪しいが。

「足手纏《あしでまと》いはいらない、と言いたいところですが……」

――やっぱ、土下座案件？　全裸《ぜんら》土下座したら、ワンチャンある？

などと、半ば本気で考えたのだが、エステルは少し考え込んで言葉を続けた。

「……水を出せるのは有益ですね。私が唯一《ゆいいつ》困っていたのは、水の確保ですから」

「そうなのか？　荷物は……確かにあまり多くなさそうだが」

俺の持っている袋と比べて、エステルの持つ鞄《かばん》は明らかに小さかった。

一人でダンジョンに入っているのだ。食料に水、その他の道具類。さっきは点《つ》けていなかったが、ランタンだって持っていないはずはないだろう。

そういった必需品《ひつじゅひん》を考えれば、いっそ異常なほどに小さな鞄。

それに俺の目が向いたことに気付いたのだろう、エステルは軽く笑うと、鞄をポンと叩いた。

「多くはないですが、それなりに持っていますよ。これ、マジックバッグですから」

「ええっ!?　マジで？　あの、高級品？」

「ええ。もっとも性能は程々なので、あまり多くは入れられませんが。私、一人で行動しているので、ダンジョンで得た素材を持ち帰るためにも、無駄な物は省いています。水の確保は難しいので、比較的多めに用意していますが、先が見えないこの状況では心許《こころもと》ないですね」

「食料は大丈夫なのか？　少しなら分けることも――」

「大丈夫ですよ。塩は多めに持ち歩いています。ここは食べられる魔物も多いですし、明かりも魔物から採れる脂《あぶら》で代用が可能です。水さえ得られれば、数ヶ月でも生き延びられるでしょう」

　確かに、確かにそうなんだが……一見すると、ちょっと良いとこのお嬢様にも見えるエステルの口からそんな言葉が出ると、違和《いわ》感が凄い。

「……エステルって、実はかなりサバイバビリティが高い？」

　俺の問いに、エステルが一瞬だけ荒《すさ》んだような顔つきになり、息を漏らすように笑った。

「ふっ……。私もそれなりに苦労してきましたから。この程度の逆境で弱音を吐くほど、軟弱《なんじやく》ではありません」

　いや、十分に弱音を吐いてもいい逆境だと思うが。

　もしもエステルに会えなければ、俺なんか壊れた蛇口《じやぐち》の如《ごと》く、弱音を垂れ流しながら歩いていた自信がある。そんな風に蛇口を壊さないためにも、エステルには是非パーティーを組んで欲しいところなのだが……。

「それで、エステル。俺とパーティーを組んでくれるか？　所詮《しよせん》はランク二。戦力としては心許ないかもしれないが、ある程度は戦える。力仕事にも自信はないが、全力で頑張る。水も好きなだけ出そう――魔力の許す限りにはなるが。どうだ？」

ここがアピール所と売り込むが――自分で言っていて、微妙に魅力に乏《とぼ》しい気がするな?

だが幸いなことに、水の効果は十分に大きかったのだろう。

しばらく沈黙していたエステルは小さく頷くと、笑みを浮かべて俺に手を差し出した。

「解りました。外に出るまでパーティーを組みましょう。サイ、よろしくお願いします」

「ありがとう！　こちらこそよろしく‼」

握《にぎ》り返した手の温かさにホッとするものを感じつつ、上手くいった安堵《あんど》からか、俺は『女の子の手を握ったのって、小学生以来かも?』などと、そんな益体《やくたい》もないことを考えていたのだった。

to be continued...?

あとがき

この度《たび》は「異世界転移、地雷《じらい》付き。第五巻」お買い上げ、誠《まこと》にありがとうございます。

お久しぶりです、いつきみずほです。

五巻ですよ、五巻。まさかお届けできるとは……。これも偏《ひとえ》に、ご購入《こうにゅう》頂いた皆様《みなさま》の応援《おうえん》があってのこと、感謝の念に堪《た》えません。そして、六巻が出せるかどうかは……売り上げ次第《しだい》。

さぁ、保存用、布教用も買うのだ～――という冗談《じょうだん》はさておき。


既《すで》に本文をお読みの方はもちろん、まだの方も表紙などでお判りかと思いますが、今回はウェブ版から大幅《おおはば》に改稿《かいこう》、ほぼすべて書き下ろしとなっております。

そのせいというわけじゃないですが、ページ数的にはちょっと少なめ。

でも実のところ、文字数的には一～三巻とほぼ同じだったりします。

ただし、四巻だけはちょっと多め。一割に満たない差ですけどね。

ちなみに、前巻のあとがきで『女の子が少ない』と書いたからというわけじゃないのですが……

やったね！　女の子が増えたよ！

――大半の場面で『女の子』じゃない特殊《とくしゅ》形態（?）ですが。

おや？　これじゃ、コミカライズしても女の子が増えない？　……うん、コミカライズはストーリーも若干《じゃっかん》異なるので、リーヴァの出番が増えることを期待しましょう。

そして、リーヴァが登場するまでコミカライズが続くことを祈《いの》りましょう。

現状、コミカライズではユキやナツキも登場して男女比率が逆転、オリジナルのキャラも出ていますので、こちらの方もよろしくお願いします。

サイドストーリーでは、三巻の彼《かれ》が再登場です。

ある意味、ラノベの王道パターンを歩んでおります……いや、違《ちが》うか。

初登場で少年一人とマッチョ四人じゃ、ダメですね。ウリアゲテキニ。ジャンル違いです。

イラストにしたときに『映《ば》え』なさすぎです。むしろ、新ジャンルです。

一応、ヒロインポジの少女もちょろっと出てますが、ラノベとして考えると『出番少なすぎ』と没《ぼっ》になりそうなお話ですね。自由に書かせてくれる編集さんに感謝を。


最後になりましたが、猫猫《ねこびよう》猫《ねこ》さん、いつも素敵《すてき》なイラストに加え、今回も新キャラを可愛《かわい》くデザインしてくれて、ありがとうございます。編集さん、この巻が出せたのもあなたのご尽力《じんりょく》あってのことと感謝しております。今後ともよろしくお願いします。

そして読者の皆様。今回も最後までお読み頂き、ありがとうございました。

またお目にかかれることを願っております。

いつきみずほ

DRAGON NOVELS
ドラゴンノベルス

異世界転移、地雷付き。5

2021年4月5日　初版発行
2024年1月30日　再版発行

著　者　いつきみずほ

発行者　山下直久

発　行　株式会社 KADOKAWA
〒102-8177　東京都千代田区富士見2-13-3
電話 0570-002-301（ナビダイヤル）

編　集　ゲーム・企画書籍編集部

装　丁　AFTERGLOW

D T P　株式会社スタジオ205

印刷所　大日本印刷株式会社

製本所　大日本印刷株式会社

DRAGON NOVELS ロゴデザイン　久留一郎デザイン室＋YAZIRI

ISBN978-4-04-074044-7　C0093

カクヨム
書籍化作品
第4回カクヨムWeb小説コンテスト
ファンタジー部門
特別賞受賞作
俺はこんな暮らしがしたかったんだ
人間嫌いの元商社マンが送る
ソロ異世界隠遁ライフ!